家藏文库

韩愈诗选

〔唐〕韩愈 著 　　王基伦 注析

中州古籍出版社
·郑州·

图书在版编目（CIP）数据

韩愈诗选 /(唐) 韩愈著；王基伦注析. — 郑州：中州古籍出版社，2016.7
（家藏文库）
ISBN 978-7-5348-6446-9

Ⅰ. ①韩… Ⅱ. ①韩… ②王… Ⅲ. ①唐诗 – 诗集 Ⅳ. ①I222.742

中国版本图书馆CIP数据核字（2016）第147694号

家藏文库：韩愈诗选

选题策划　卢欣欣　赵发杰
约稿统筹　卢欣欣
责任编辑　高林如　卢欣欣
责任校对　周　靖
封面设计　王　歌
版式设计　曾晶晶

出　版　中州古籍出版社
　　　　　地址：河南省郑州市经五路66号
　　　　　邮编：450002
　　　　　电话：0371-65788693
经　销　新华书店
印　刷　郑州市毛庄印刷厂
版　次　2016年7月第1版
印　次　2016年7月第1次印刷
开　本　640毫米×960毫米　1 / 16
印　张　14印张
字　数　180千字
定　价　25.00元

前　言

　　本书依据钱仲联《韩昌黎诗系年集释》的次序，选注韩愈诗一百余首，约为其现存诗歌总数的三分之一。1957年，钱仲联先生于上海古典文学出版社首次出版此书，仿照宋人集解、间诂一类的纂述方法，采集多家论说，重新系年编排，当年即获好评。钱锺书先生曾对此书提供一些意见，更推崇仲联先生此书有重大的学术价值。此后学界赞誉声不断，肯定有嘉，迄今亦无更完整的善本。台北世界书局1966年再版此书，上海古籍出版社1998年至2007年间也数度再版。本书考释详备，依年代排列诗作，有助于我们知人论世，从了解韩文公的生平入手，进而了解韩诗的内容、作法，诗歌所反映的社会现实，探究其"以文为诗"的表现手法，以及如何酝酿出才力充沛、想象雄奇、奇僻险奥的诗作风格。

　　在选注本书的过程中，选注者特别参考了台北"故宫博物院"藏唐代李汉编《昌黎先生集》，此外还有明代蒋之翘注《唐韩昌黎集》、清代方世举《韩昌黎诗集编年笺注》、民国高步瀛《唐宋诗举要》，以及日本学者清水茂注《韩愈》（岩波书店1958年）、原田宪雄《韩愈》（集英社1965年）等书，据此做了些文字校释和选取诗篇的工作。

　　梳理出以下几个切入点，先对韩愈及其诗歌加以介绍。

一、时代与生平

韩愈（768—824），生于唐代宗大历三年，卒于唐穆宗长庆四年，字退之，河阳（今河南省孟州市南）人，郡望昌黎，世称"韩昌黎"；曾任吏部侍郎，称"韩吏部"；谥"文"，又称"韩文公"。为唐代杰出的文学家。今存《昌黎先生集》四十卷，《外集》十卷，《遗文》一卷。

韩愈出生在"安史之乱"平定（763）后的第五年，唐王朝已逐步走向衰落。他一生经历代宗、德宗、顺宗、宪宗、穆宗五朝，其中宪宗元和年间，号称"中兴"，社会经济逐渐恢复，百姓生活转好；但藩镇势力继续壮大，佛老流弊依然不减，整个国家仍处于政治黑暗、兵连祸结、社会动荡不安的局面。

韩愈三岁而孤，由长兄韩会和嫂夫人郑氏抚养。这个家庭浓厚的儒学背景和文学氛围对韩愈的成长历程有很大影响。他少年时代就发愤自励，勤学苦读，"自五经之外，百氏之书未有闻而不求、得而不观者"（韩愈《答侯继书》）。德宗贞元二年（786）韩愈十九岁，他在这一年开始应举。经四次应试，至贞元八年才在陆贽门下及进士第，然而参加吏部博学宏词科试三次（贞元九、十、十一年）均落榜。贞元十二年，韩愈开始步入仕途，先是宣武节度使董晋表署为推官，后避汴州军乱，往依徐州节度使张建封幕下任观察推官。贞元十七年始选授国子监四门博士。贞元十九年夏末，升任监察御史。这一年关中大旱，韩愈呈给德宗《御史台上论天旱人饥状》，反对官吏横征暴敛，请求朝廷宽免徭赋，结果被贬为岭南道阳山县令，这是韩愈首次自高位摔跌下来，上距就职御史台的时间不足半年，不久改江陵法曹参军。

韩愈求举失败及仕途坎坷的因素很多，朝中无权臣奥援是直接原因。他出仕于德宗末年，这正是以二王（叔文、伾）、刘（禹锡）、柳（宗元）

为代表的部分朝官与保守势力激烈对抗的时期。韩愈此时与政坛主流人物关系疏远，《赴江陵途中寄赠王二十补阙李十一拾遗李二十六员外翰林三学士》、《永贞行》二诗，以明显的嫉视态度表明对二王集团的不满，甚至一度怀疑柳、刘二人是促成他被贬阳山的帮凶。不过，真正贬官原因不详，此事乃韩愈单方面的误会，亦未影响日后韩、柳、刘三人的情谊。贞元后期的政风败坏，韩愈对前途倍感彷徨不安，在阳山令任内始终郁闷不乐。至宪宗元和元年（806），韩愈被召回朝廷，任国子博士；其后又有几次升迁转任，元和四年至七年任都官员外郎分司东都、河南县令、尚书职方员外郎。仕宦至此时止，多在冷衙署办公，职卑钱少，抱负不得施展，以至落入"冬暖而儿号寒，年丰而妻啼饥"（《进学解》）的极困顿窘境。上述可说是其早期仕宦生活的偃蹇时期。

宪宗元和八年，韩愈迁比部郎中、史馆修撰，从此步入高官的行列。是年，作《进学解》一吐胸中积郁，执政奇其才，转考功郎中、知制诰，始参与朝廷机要。元和十一年，迁中书舍人，寻降为太子右庶子。十二年，裴度平淮西吴元济叛乱，奏为行军司马，以赞助谋划有功，升刑部侍郎，次年转兵部侍郎，这是韩愈一生最意气风发的时候。十四年正月，上《论佛骨表》，反对迎佛骨入禁中，触怒宪宗，贬潮州刺史，这是韩愈政治生涯的第二次大蹉跌。任后上表，陈情哀切，年末转袁州刺史。十五年被召回朝廷，拜国子祭酒。穆宗长庆元年（821）七月，再任兵部侍郎。二年二月，奉命往镇州宣抚兵变，回朝复命，转吏部侍郎。三年六月，为京兆尹兼御史大夫，十月，再任吏部侍郎。四年，卒，年五十七岁。

二、求学历程与文学主张

韩愈一生以承继儒道为职志，曾自叙求学历程说："愈也，布衣之士也。生七岁而读书，十三而能文，二十五而擢第于春官，以文名于四方。"(《与凤翔邢尚书书》)"今有人生二十八年矣。名不著于农工商贾之版,其业则读书著文,歌颂尧舜之道;鸡鸣而起,孜孜焉亦不为利……"(《上宰相书》)可见在未能仕宦之前,韩愈实以读书著文之儒家生徒自居。他对文章尤有偏好,曾说:"虽愚且贱,其从事于文,实专且久。"(《上襄阳于相公书》)"性本好文学,因困厄悲愁,无所告语,遂得究穷于经传史记百家之说,沈潜乎义训,反复乎句读,砻磨乎事业,而奋发乎文章。"(《上兵部李侍郎书》)

他的一些文章,如《答李翊书》、《答刘正夫书》、《进学解》等更详述自己长期读书作文的体会。值得注意的是,韩愈对儒家经典十分重视,往往注意其文学内容与形式,并把儒家与后世文学家相提并论,如《进学解》谈到读书写作的心得:"沈浸酝郁,含英咀华,作为文章,其书满家;上规姚、姒,浑浑无涯,周《诰》殷《盘》,佶屈聱牙;《春秋》谨严,《左氏》浮夸,《易》奇而法,《诗》正而葩,下逮《庄》、《骚》,太史所录,子云、相如,同工异曲……"韩愈在博采古代文章的过程中,显然特别重视儒学与文学的结合,而不是后人所谓"文统"、"道统"之分。孙昌武《韩愈选集·前言》指出:"北齐高湝致杨遵彦书中说:'经国大体,是贾生、晁错之俦;雕虫小技,殆相如、子云之辈。'(《隋书》卷二《李德林传》)在唐人的观念中,经学家、政治家、文学家的不同文章类型已区别得很清楚。但韩愈所重不在董仲舒和晁、贾的经术政论文章,而在两司马(司马相如和司马迁)、扬雄等文人创作。他说:'汉朝人莫不能为文,独司马相如、太史公、刘向、扬雄为之最。'(《答刘正夫书》)在《送孟东野序》里提到的历代'善鸣'、'能鸣'者中,汉代人中提到的也是司马迁、司马相如、扬雄;唐代则提出了陈子昂以下到张籍九位,都是文学家。他批评当世科举之文:'诚使古之豪杰之士若屈原、孟轲、司马迁、相如、扬雄之徒进于是选,必知其怀惭乃不自进而已耳。'

(《答崔立之书》)因此柳宗元也指出：'退之所敬者，司马迁、扬雄。'(柳宗元《答韦珩示韩愈相推以文墨事书》，《柳河东集》卷三四)近人陈衍则说：'昌黎虽倡言复古，起八代骈俪之衰，然实不欲空疏固陋，文以艰深。注意于相如、子云，是其本旨。'(《石遗室论文》卷四)"对于韩愈的这种倾向，后人有各种评论，北宋程颐说他"倒学"，是"因学文日求所未至，遂有所得"(《二程语录》卷一一《遗书伊川先生语》)。南宋朱熹也说：韩柳用力处"只是要作好文章"，"用了许多岁月，费了许多精神，甚可惜也"(朱熹《沧州精舍谕学者》，《朱文公文集》卷七四)。陈衍《石遗室论文》卷四更明白强调："昌黎长处，在聚精会神，用功数十年，所读古书，在在撷其菁华，在在效法，在在求脱化其面目。然天资不高，俗见颇重，自负见道，而于尧、舜、孔、孟之遗，实模糊出入。故其自命因文见道之作，皆非其文之至者。"这类批评相当普遍，却忽略了韩愈诗文是对儒家学说的彻底实践的事实。

韩愈一心在发扬文学创作的传统，他注意到前代作家以"善鸣"、"出奇"胜场，因此他读书所重在"奇辞奥旨"兼顾："凡自唐虞已来，编简所存，大之为河海，高之为山岳，明之为日月，幽之为鬼神，纤之为珠玑华实，变之为雷霆风雨，奇辞奥旨，靡不通达。"(《上兵部李侍郎书》)其他相近的言论主张尚有："务出于奇，以不同俗为主。"(《国子助教河东薛君墓志铭》)"文丽而思深。"(《与祠部陆给事书》)"海含地负，放恣横从。"(《南阳樊绍述墓志铭》)"文章语言，与事相侔。惮赫若雷霆，浩瀚若河汉，正声谐韶濩，劲气沮金石。丰而不余一言，约而不失一辞。其事信，其理切。"(《上襄阳于相公书》)这些体会有得之言，显示韩诗有深厚的内在学养，又必然走向奇、丽、深、劲的路途。正如他在《调张籍》一诗中所言："我愿生两翅，捕逐出八荒。精神忽交通，百怪入我肠。"

三、韩诗的分期与主要内容

韩诗大致可分为三期,汤贵仁《韩愈诗选注·前言》的说法是:"贞元八年(公元七九二年)韩愈中进士以前,是他的青少年时期。……这一时期的诗歌留下的不多,艺术上也还不够成熟,但已显示了他对社会问题的敏锐观察力。从贞元八年到元和五年(公元八一〇年)授河南县令,是韩愈一生的中期。这个阶段是韩愈仕途坎坷不定的时期,也是他政治思想和诗歌创作日趋成熟的时期。……从元和六年(公元八一一年)入京任职方员外郎至长庆四年(公元八二四年)冬逝世,是韩愈一生的后期。……这一时期,他跻身于上层统治集团,政治地位的变化,在一定程度上影响了他的诗歌写作,除了坚持反对藩镇割据这一思想外,早期和中期的对社会黑暗面的批判逐渐减弱,但也不乏较深刻的社会意义的篇章如《泷吏》、《华山女》、《过鸿沟》等。"孙昌武《韩愈选集·前言》提出的分期看法与上述大同小异,但更能追探韩愈诗风转换的原因:"如果综观韩愈创作风格的演变就会发现,无论是诗还是文,早期作品平正古朴者居多,'尚奇'特色并不显著。雄奇变怪的追求是在贬阳山之后才明显起来的。而到了晚年,随着境遇心情的转变,诗文风格又渐趋平缓。特别表现在诗作上,元和十年以后雄肆奇古的长篇古诗很少写作了,而多写清新蕴藉的小诗。这个事实表明,韩愈尚奇,首先决定于他的思想意识。坎坷不平的人生经历郁结下的愤懑之气无可发泄,加上他又具有争奇好胜、不安凡庸的个性,这都促使他在创作中形成奇崛不凡的美学特征。"

检视汤、孙二人的说法,似以孙说为胜。盖贞元八年之前韩愈诗作太少,实难与后来比拟。贞元十九年十二月被贬阳山,内心愤慨不平,对其诗风的影响十分明显。宪宗元和六年韩愈虽返京任职,但生活依然困穷,至元和九年始位居要津,心境日趋坦然自适。以此时为后期的分界,较合乎韩诗风格转变的实际情形。罗宗强等《隋唐五代文学史》第六编第二章第五节《尚怪奇——韩愈的诗（二）》也说："韩愈那些追求怪奇最具代表性的作品基本上都出现于贞元后期到元和年间，此前他的诗风是以叙述写实为主的。"此处肯定韩诗"怪奇"诗风出现于贞元后期，故汤贵仁关于中期开始于"贞元八年"的说法，不如孙昌武、罗宗强"贬阳山之后"的说法来得恰当；而其结束于元和年间的说法，则汤、孙、罗三书说法相近。

综合上述说法，显然韩愈一生仕途坎坷，势必产生许多抒发个人怨愤的作品。他对当时政治黑暗和社会动乱带给百姓的苦难有深刻的感受，反映战争带给百姓的苦难也成为他诗歌的一大主题。如《龊龊》、《归彭城》写东郡水灾，《赴江陵途中》写关中旱情，《宿曾江口示侄孙湘》写三江水区百姓的困境，表现了对百姓的同情和"排云上阊阖"、"上陈人疾苦"的意愿。又在《八月十五夜赠张功曹》中写出地方官作威作福，使一些正直臣子返京无望，为自己宦海浮沉的遭遇长歌恸哭。《咏雪赠张籍》以委婉深沉的笔触批判德宗末年的弊政，《永贞行》明白指斥二王革新集团的不当作为。其他如《丰陵行》不满皇帝葬仪的奢靡，《华山女》揭露道教清修的虚伪，《送灵师》抨击迷信佛教的蠹国败俗。这类诗作伴随其一生，数量最多，只是晚年稍减而已。

韩愈诗文的雄奇怪变，既然深受一生际遇的影响，因此争奇好胜不仅表现在字句形式方面，更主要的是奇在内容，奇在境界。这一点可于描写壮丽山河的歌咏看出，这一类诗作是韩诗中写得很有特色的篇章。钱仲联在《韩昌黎诗系年集释·前言》中举例说："《南山诗》洋洋大篇，写终南山全貌；《送惠师》、《送灵师》、《此日足可惜》、《谒衡岳庙》、《陪杜侍御游湘西两寺独宿有题》、《岳阳楼别窦司直》、《答张彻》、《卢郎中云夫寄示送盘谷子诗两章歌以和之》等篇中有描写天台观日、瞿塘遇险、黄河夜渡、雾后登岳、湘山夜景、洞庭风浪、华山绝陉、太行瀑布的片断，用雄伟瑰异的笔墨，在读者面前展现了魅人的画卷。"其实，那掀天的巨浪（《洞庭湖阻风》）、燎原的大火（《陆浑山火》），以至嶙峋神秘的高山（《岣嵝山》）、人迹罕至的古刹（《山石》），景象的如此不凡，正流露出诗人不平静的心声。其中《岳阳楼别窦司直》以大笔重彩写洞庭湖的汹涌波涛，善于描绘惊心动魄的奇异景象，以之衬托对时政的感慨和内心之不平。《山石》诗大笔淋漓，形象鲜明，而文意流畅，不见斧凿痕迹，都是不可多得的佳作。

韩愈诗作的第三大内容，应是一些叙琐事、写微物的短小诗篇，这类作品，刻画事物形象生动，描绘情态体贴入微，于青壮年时期偶有佳作，至晚年更多受到陶渊明的影响，具有"一往清切，愈朴愈真，耐人吟讽"（方东树《昭昧詹言》）的特点。钱仲联《韩昌黎诗系年集释·前言》举例说："《郑群赠簟》、《赤藤杖歌》赞颂了手工艺者的精制，《听颖师弹琴》表现音乐的形象性和它强烈的感染力，都是这方面的佳作。《汴泗交流赠张仆射》、《雉带箭》写击球打猎，而归结到习战杀贼的谋略，或兼喻赋诗作文的构思；《短灯檠歌》通过长檠短檠及有关人事的对照，表现了对世态炎凉的愤慨；《石鼓歌》刻划斓斑古色的文物，隐含着对陋儒的嘲弄和对中朝大官的讽刺。"这些都是前人诗集中罕见的内容。他如《戏题牡丹》的朦胧隐约，《榴花》、《池上絮》的含蕴隽永，《闲游》、《独钓》的清新细腻，《落齿》、《杏花》、《李花二首》、《叉鱼》、《桃源图》、《早春呈水部张十八员外二首》、《南溪始泛三首》，莫不因事物起兴，别有一番由小见大、追求悠闲生活的风味。韩愈晚年诗风转变甚大，许多律绝明白流畅，不仅景物形象饱满，生活态度也优裕自如，全无老气横秋的迟暮习气。游国恩等《新编中国文学史》第四编第九章第一节《韩孟诗派》说："可惜前人对他这一类作品注意得不够。"从中期至晚期，无论刻意锤炼，或是妙手偶得，韩诗皆有不同的艺术成就。

四、韩愈"以文为诗"及其诗歌特色

韩愈承袭杜甫之后，勇于大胆创新诗歌形式，对当时的诗坛起了推陈出新、独辟蹊径的作用，前人一致公认其作法为"以文为诗"。严羽《沧浪诗话·诗辨》曾说：宋人"以文字为诗，以才学为诗，以议论为诗"，概括言之就是"以文为诗"，韩愈实开此风气的先河。

所谓的"以文为诗"的"文"，含义是相当广的。它可以是指"文字"或是"才学"、"议论"，前者较接近变换调整文字的手法，运用险韵、奇字、古句、方言，以达到富有古音之目的。王夫之《姜斋诗话》卷下说："韩退之以险韵、奇字、古句、方言，矜其饾饾之巧。"黄子云《野鸿诗的》说："昌黎极有古音……盘空硬语，以文入诗。"（参见《清诗话》）才学、议论较接近学习古道的精神，运用《诗经》、《楚骚》等内容，达到富有古调之目的。陈沆《诗比兴笺》卷四说："昌黎不特约六经以为文，亦直约《风》、《骚》以成诗。"意即指此。

归纳各家说法，历代"以文为诗"的定义有如下四种：（一）变句脉：例如七言诗上四下三句法，变成上三下四句法。此说由宋张耒、清赵翼提出。（二）以赋为诗：取汉赋铺叙而无含蓄的方法作诗。此说由宋晁以道，清沈德潜、方东树、赵翼提出。（三）以古文章法、古文手笔（或笔力）作诗：如章法剪裁、叙写简妙之类。此说由清方东树、许印芳提出。（四）以议论作诗：此说由清顾嗣立提出。（参阅罗联添《论韩愈古文几个问题》，《汉学研究》九卷二期）

韩诗特点即由"以文为诗"而来。以"变句脉"来说：韩愈破坏诗歌的规范，打破句式工稳的外在形式，使之松动变形。他引进散文、骈赋的句法，使诗句可长可短，跌宕跳跃，变化多端。像《忽忽》开头一句是"忽忽乎余未知生之为乐也,愿脱去而无因",全是散文句法,却又给人以一种发自肺腑的叹息似的震撼,以下各句又采用十一、七、三、七、七的句法。又如《南山诗》中"或连若相从;或蹙若相斗;或妥若弭伏;或竦若惊雊","或靡然东注"、"或行而不辍"、"或遗而不收"等,也常见一、四句式。其他如:"曰吾儿可憎。"(《读东方朔杂事》)"在纺织耕耘。"(《谢自然诗》)"若饮水救渴。"(《送文畅师》)亦是一、四句法。有的则是上三下二,如:"知音者诚希。"(《知音者诚希》)"淮之水舒舒。"(《此日足可惜一首赠张籍》)有的则是上三下四,如:"溺厥邑囚之昆仑。""维欲悔舌不可扪。"(《陆浑山火一首和皇甫湜用其韵》)"落以斧引以缠徽。""嗟我道不能自肥。""子去矣时若发机。"(《送区弘南归》)这些诗句,散文化的程度很彻底,成为拗折刚硬的另一种审美形态。

在散文化的句式中,韩愈大量应用虚词,使用之广,亦是前所未见,所、其、之、哉、矣、乃、耳等主要文言虚词,在韩诗中俯拾即是。如:"乃与夫子亲。"(《北极一首赠李观》)"苟异于此道。"(《谢自然诗》)"遨嬉未云几。"(《杂诗》)"惟子能谙耳,诸人得语哉!"(《咏雪赠张籍》)"次第知落矣。"(《落齿》)"巨灵高其棒。"(《题炭谷湫祠堂》)"后日更老谁论哉?"(《李花赠张十一署》)"诗成使之写。"(《醉赠张秘书》)"破屋数间而已矣。""忽此来告良有以。"(《寄卢仝》)"放纵是谁之过欤?""不从而诛未晚耳。"(《谁氏子》)"心之纷乱谁能删。"(《雪后寄崔二十六丞公》)"固以听所为。"(《病鸱》)这些虚词的使用,使诗的平稳意脉发生了变化,令人感到惊讶、陌生,也令人感到新奇、为之注目,助成了诗歌刚健的语气和纡徐曲折的态势。

再就"以赋为诗"来说:韩愈擅长以宏大的气魄、丰富的想象创作诗歌,改变了大历、贞元以来诗坛描写景物纤巧卑弱的现象。韩诗大都气势磅礴,风云再造,如《南山诗》写了俯瞰终南山的全貌,春夏秋冬,外势内景，连用五十一个"或"字领头，句中用"若"字比拟的句型，又连用十四个叠字，大规模地用种种形象来比喻南山，把终南山写得奇伟雄壮，气象万千，在五言诗中开创了长篇句法，构成了多彩多姿的风景图。《听颖师弹琴》也以种种形象来比喻琴声，成为名篇。《荐士》、《送区弘南归》、《孟东野失子》也用一连串具体事物做比喻，来说明抽象的道理。《忽忽》写对于人生幻变的感受，"安得长翮大翼如云生我身，乘风振奋出六合"，竟然把哀愁的情绪写得雄壮悲怆。又如《卢郎中云夫寄示送盘谷子诗两章歌以和之》有四句描绘瀑布："是时新晴天井溢，谁把长剑倚太行？冲风吹破落天外，飞雨白日洒洛阳。"描写瀑布横空出世，颇有李白《望庐山瀑布》的意味，而力度则过之。《陆浑山火一首和皇甫湜用其韵》描述一场山火："赫赫上照穷崖垠，截然高周烧四垣。神焦鬼烂无逃门，三光弛隳不复暾。虎熊麋猪逮猴猿，水龙鼍龟鱼与鼋，鸦鸱雕鹰雉鹄鹇，炕臎煨燔孰飞奔。"这首诗也写得奇怪诡异，气势慑人。韩愈在写诗时，有意采用汉赋的铺陈手法，博喻的长篇赋体排句和超越现实的游仙式想象，在诗中烘托出一种浓烈的气氛和强大的力道。晚唐司空图《题柳柳州集后》说："愚尝览韩吏部歌诗数百首，其驱驾气势，若掀雷扶电，撑抉于天地之间，物状奇怪，不得不鼓舞而狥其呼吸也。"（《司空表圣文集·题柳柳州集后》）

韩愈得自汉赋的另一种创作方式，就是常用怪辞，创造"横空盘硬语，妥帖力排奡"（《荐士》）的语言风格，特意搜求色彩奇丽、意象新颖、突兀怪诞的词语。首先是《寄卢仝》、《泷吏》等诗多用方言、口语，如"鳄鱼大于船，牙眼怖杀侬"，明白如话。其次如《永贞行》中"狐鸣枭噪"、"赐睒跳踉"、"火齐磊落"、"蛊虫群飞"、"雄虺毒螫"，《送无本师归范阳》中"众鬼囚大幽"、"鲸鹏相摩窣"、"奸穷怪变得"这一类描写，以及"夬夬"、"阌阌"、"兀兀"、"喁喁"等叠字，都有些匪夷所思，光怪陆离；过去人们认为令人厌恶的（鬼、妖、阴风、蛤蟆、蝎子、毒螯）、不愉快的（如腹泻、打呼噜、牙齿脱落、眼花、头秃、腥臊入口）、惨淡的（如蛮荒、死亡、黑暗）事物和景象，对韩愈而言都是素材，甚至常以这一类素材构造诗的意境。例如《游青龙寺赠崔大补阙》写寺院壁画"光华闪壁见神鬼……"，虽然写来奇奇怪怪，但也确实呈现出惊天动地的鬼神气势，表现了诗人在夜赏壁画时心灵所受到的强烈震撼。此外，为了表现强力怒张的怪奇境界，韩愈喜欢搜求富有力感的语词，例如"大肉硬饼如刀截"、"两翅久不擘"、"仰见突兀撑青空"、"訇哮簸陵丘"、"天跳地踔颠乾坤"等。他也好用舂、撞、劈、馋、崩、刮、斫、捩、坼裂……这一类的动词。这些词语或狠重，或迅捷，或斩绝，或剧烈，有许多生僻字眼，自然带出怪奇的意味，甚至呈现拗折艰涩的形态。有时用字过于生僻，甚至出现连续数句诗全用冷僻字堆砌而成的现象，如《城南联句》长达一百五十韵、一千五百字，充满僻词涩语，这就与文学的审美意义相去甚远了。

最后，就"以古文章法作诗"来说。韩愈的五七言古诗，有的几乎通篇散行，极少骈俪对仗，《此日足可惜一首赠张籍》即是。他的《南山诗》共一百零二韵、一千多字，全诗极力铺陈，有似大赋，却又层次严密，顿挫逶迤，整体结构基本上是散文章法。再如著名的《山石》诗，采用一般山水游记散文的单行顺序，以时间为序，从行至山寺、登堂所见、夜看壁画、铺床用餐、夜卧所闻所见，到天明下山、临流濯足、抒发感慨，娓娓道来，让人身历其境。诗中的断、转、衔接，自然延展，以一幅幅融时空为一体的山寺景观构成浓淡明暗变化、清健疏朗的诗境。《嗟哉董生行》似仿效古乐府之长短句，又似运用质直的散文句式，几乎可以当作一篇记述人物的散文读。此诗与韩愈《送董邵南序》合读，更易明了董生之为人，实乃相辅相成之作品。《八月十五夜赠张功曹》被方东树《昭昧詹言》称为"一篇古文章法",全诗首尾都是实写,写眼前行乐;中间一大段张署的歌词是虚写,写昔日谪迁之苦。从文章的表面逻辑看来,人所歌的昔日哀景,是被否定了的陪衬之意;我所歌的眼前乐景,是结论性的主题。但从实际的情感逻辑看来,昔日的患难哀愁,才是真正要追溯的主题;眼前的反面行乐,不过是故作宽解,大笔反衬,以加强主题。文章布局有实有虚,主题有宾与主、反与正,虚实相生、以宾显主的写法皆常见于古文,而韩诗常有之。他如《谒衡岳庙遂宿岳寺题门楼》、《古意》、《岣嵝山》等诗也运用了古文章法之妙。

五、结语

综上所述,韩愈诗歌的主要特色就是气势宏伟、奇崛险怪,此一特点突出体现于其描写景物的大量作品中。分而言之,一是在诗的内容上,通过"狠重奇险"的努力方式,追求"不美之美";一是在诗的形式上,通过散文化的风格,追求"非诗之诗"。前者又有两种情形,其一是把不美的对象写得生动有趣,如《落齿》、《送侯参军赴河中幕》、《赠刘师服》;其二是事物本不丑,却将其丑化,如《和侯协律咏笋》写众蛇揽聚,《昼月》写月之沾上泥垢。早期他创作了许多仕路写实的作品,伴随着两度被贬岭南,这类诗作,至晚年仍不衰。中期作品以追求怪奇为目标,这是受了阳山之贬的刺激,也与他"穷苦之言易好"、"不平则鸣"的文学主张相符合。尚怪奇与散文化的创作手法相结合,构成了韩诗以僻字、拗句、重韵、险意的健笔硬笔,写出雄、奇、壮、伟、怪、变为主的独特风格,这类作品实以五古、七古独多,也是他一生诗作的最大成就。到了晚年,韩愈转写一些律绝,古诗也短小清新,这些和平冲淡的作品未受前人重视,却是值得我们一读再读的好诗。

目　录

早期： 平正古朴

（德宗贞元二年至贞元十八年，786—802）

条山苍 ··· 3
孟生诗 ··· 3
古风 ··· 8
谢自然诗 ··· 9
答孟郊 ·· 12
醉留东野 ·· 14
知音者诚希 ·· 16
汴州乱二首 ·· 17
嗟哉董生行 ·· 18
此日足可惜一首赠张籍 ··· 20
龊龊 ·· 25
忽忽 ·· 26
雉带箭 ·· 27

驽骥赠欧阳詹	29
归彭城	32
河之水二首寄子侄老成	35
赠侯喜	37
山石	39

中期： 雄奇变怪

（德宗贞元十九年至宪宗元和九年，803—814）

落齿	45
湘中	47
答张十一功曹	49
贞女峡	50
宿龙宫滩	52
县斋有怀	52
八月十五夜赠张功曹	58
湘中酬张十一功曹	61
谒衡岳庙遂宿岳寺题门楼	62
岣嵝山	65
赴江陵途中寄赠王二十补阙李十一拾遗李二十六员外翰林三学士	66
洞庭湖阻风赠张十一署	75
岳阳楼别窦司直	76
永贞行	80
杏花	86

李花赠张十一署	88
感春四首	90
题张十一旅舍三咏	94
榴花	94
井	95
蒲萄	95
郑群赠簟	96
醉赠张秘书	97
南山诗	100
短灯檠歌	109
荐士	110
秋怀诗十一首（选五）	116
陆浑山火一首和皇甫湜用其韵	120
送石处士赴河阳幕	126
送湖南李正字归	128
李花二首	129
寄卢仝	132
石鼓歌	136
送无本师归范阳	141
双鸟诗	144

晚期：　清新蕴藉

（宪宗元和十年至穆宗长庆四年，815—824）

游太平公主山庄	149

奉和虢州刘给事使君三堂新题二十一咏（选十） …… 151
    竹洞 …… 151
    渚亭 …… 152
    竹溪 …… 152
    花岛 …… 153
    柳溪 …… 153
    柳巷 …… 153
    花源 …… 154
    镜潭 …… 154
    孤屿 …… 154
    月池 …… 155

桃源图 …… 155

春雪 …… 159

盆池五首 …… 160

游城南十六首（选三） …… 162
    晚春 …… 162
    赠同游 …… 163
    楸树 …… 164

调张籍 …… 165

听颖师弹琴 …… 168

病鸱 …… 169

和李司勋过连昌宫 …… 171

次潼关先寄张十二阁老使君 …… 173

华山女 …… 175

左迁至蓝关示侄孙湘 ·············· 177

题楚昭王庙 ·············· 179

泷吏 ·············· 180

题临泷寺 ·············· 183

晚次宣溪辱韶州张端公使君惠书叙别酬以绝句二章 ·············· 184

赠别元十八协律六首（选二） ·············· 186

宿曾江口示侄孙湘二首 ·············· 188

去岁自刑部侍郎以罪贬潮州刺史乘驿赴任其后家亦谴逐小女
　道死殡之层峰驿旁山下蒙恩还朝过其墓留题驿梁 ·············· 189

同水部张员外曲江春游寄白二十二舍人 ·············· 191

送桂州严大夫 ·············· 192

早春呈水部张十八员外二首 ·············· 193

枯树 ·············· 194

南溪始泛三首 ·············· 195

重要参考书目 ·············· 199

早期：平正古朴

（德宗贞元二年至贞元十八年，786—802）

条山苍

条山苍，河水黄。浪波沄沄①去，松柏在高冈。

[题旨]

这首诗描写中条山的景象。条山，即中条山，在今山西省西南部黄河和涑水、沁河之间。诗约作于德宗贞元二年（786）。

[注解]

①沄沄：水流急而涌动的样子。《说文》："沄，转流也。从水云声，读若混。"《楚辞·哀岁》："流水兮沄沄。"王逸注："沄沄，沸流。"

[赏析]

韩愈的父亲韩仲卿曾任潞州铜鞮（今山西省沁县）县尉。贞元二年，韩愈十九岁，从宣州（今安徽省宣城市）赴京应试，便道至山西访友，遂游中条山。这是一首即兴抒感的小诗，只写些普通景物，在格调上颇似陈子昂的《登幽州台歌》，但却没有那种苍凉的悲慨，可以视为少年时期心境的写照。程学恂《韩诗臆说》云："寻常写景，十六字中，见一生气概。"

孟生诗

孟生江海士①，古貌又古心。尝读古人书，谓言古犹今。作诗三百首,窨默咸池音②。骑驴到京国③,欲和薰风琴④。岂识天子居,九重郁沈沈⑤。一门百夫守,无籍不可寻⑥。晶光⑦荡相射,旗戟翙以森⑧。迁延乍却走,惊怪靡自任⑨。举头看白日,泣涕下沾襟。竭来⑩游公卿,莫肯低华簪⑪。谅非轩冕族,应对多差参⑫。萍蓬风波急⑬,桑榆日月侵⑭。奈何从进士⑮,此路转岖嵚⑯。异质忌处群,孤芳难寄林⑰。谁怜松桂性,竞爱桃李阴⑱。朝悲辞树叶,夕感归巢禽⑲。顾我多慷慨,穷檐时见临⑳。清宵静相对,发白聆苦吟。采兰起幽念㉑,眇然望东南㉒。秦吴修且阻,两地无数金㉓。我论徐方牧㉔,好古天下钦。竹实凤所食㉕,德馨神所歆。求观众丘小,必上泰山岑㉗;求观众流细,必泛沧溟㉘深。子其听我言,可以当所箴。既获则思返,无为久滞淫㉙。卞和试三献㉚,期子在秋砧㉛。

[题旨]

孟生,称孟郊(751—814),郊字东野,湖州武康(今浙江省德清县)人。早年屡试不第,德宗贞元十二年(796)孟郊四十六岁时才考中进士。十三年寄寓汴州(今河南开封市)。十五年春南下,往游吴越。十七年,始任溧阳(今江苏省溧阳市)县尉。后任职河南水陆转运从事、试协律郎。晚年丧子,心情尤为哀痛。因暴疾而死。有《孟东野诗集》。贞元八年,韩愈与孟郊、李观同在长安应进士试,韩、李二人同登进士第,孟郊落第东归,将谒徐、泗、濠节度使张建封于徐州(今江苏省徐州市),韩愈因有此诗赠别。孟郊有《答韩愈李观别因献张徐州》的答诗,而李观卒于贞元十年,推测此诗作于贞元九年。

[注解]

①江海士:《庄子·刻意》:"就薮泽,处闲旷,钓鱼闲处,无为而已矣;

此江海之士，避世之人，闲暇者之所好也。"　②窅（yǎo）默：深远幽隐。咸池音：《咸池》为古乐曲名，或以为黄帝之乐，或以为尧乐。陈景云《韩集点勘》："按苏子容诗'孟郊篇什况《咸池》'，自注云：'唐人题孟郊诗三百篇为《咸池集》，取退之诗义。'又刘贡父《诗话》亦云：'孟（郊）有集号《咸池》，仅三百篇。'至宋次道跋东野诗，却云'蜀人寒济用退之赠郊句纂成《咸池》二卷，一百八十篇'，与苏、刘之说不同，未详孰是。"屈原《远游》："张《咸池》奏《承云》兮，二女御《九韶》歌。"　③"骑驴"句：写孟郊落魄到京城求举。京国：京城，指长安。杜甫《奉赠韦左丞丈二十二韵》有"骑驴十三载，旅食京华春"句。　④"欲和"句：称赞他关心民瘼，有致君尧舜的志向。《孔子家语·辨乐》："舜弹五弦之琴，造《南风》之诗，其诗曰：'南风之薰兮，可以解吾民之愠兮。'"　⑤九重：指天子所在之处。宋玉《九辩》："岂不郁陶而思君兮，君之门以九重。"郁沈沈：幽暗深邃的样子。　⑥无籍：指未步入仕途。《古今注·问答释义》："籍者，尺二竹牒，记人之年、名、字、物色，县之宫门，案省相应，乃得入焉。"《新唐书·百官志》："（尚书省刑部）司门郎中、员外郎各一人，掌门关出入之籍及阑遗之物。凡著籍，月一易之，流内记官爵姓名，流外记年齿貌状，非迁解不除。凡有名者，降墨敕，勘铜鱼、木契然后入。"不可寻：不可求。　⑦晶光：光耀照人。　⑧旗戟：此指仪仗。戟，古兵器。翩：翩翻，指旗之飘扬。森：森严，指戟之肃杀。　⑨"迁延"二句：谓面对上述情形，仓皇离去，惊怪异常。迁延：退却貌。乍：猝然。却走：离去。《汉书·王商传》："单于仰视商貌，大畏之，迁延却退。"靡自任：自身不堪忍受。　⑩朅（qiè）来：《说文解字·去部》段玉裁注："古人文章多言'朅来'，犹往来也。"　⑪低华簪：犹"低头"。华簪，华丽的头簪，古代男子以簪绾发。　⑫"谅非"二句：谓心知自己非膺官受禄之辈，因此应对言谈多龃龉。轩冕族：贵显之族。轩冕，本义指卿大夫的轩车和冕服。差参：即"参差"，颠倒以押韵。　⑬"萍蓬"

句：喻身世漂泊无定。潘岳《西征赋》："陋吾人之拘挛，飘萍浮而蓬转。" ⑭"桑榆"句：《淮南子·天文训》佚文："日西垂，景（yǐng）在树端，谓之桑榆。"（《太平御览》卷三《天部三》）曹植《赠白马王彪》："年在桑榆间，影响不能追。"李善注："日在桑榆，以喻人之将老。" ⑮从进士：参与进士科举考试。李肇《国史补》："进士为时所尚久矣，俊乂实集其中。由此出者，终身为闻人。故争名常切，而为俗亦弊。" ⑯岖嵚（qīn）：山石险峻貌。此句谓孟郊科场不利。孟郊至贞元十二年始登进士第。 ⑰"异质"二句：谓资质特异，每为庸众所忌，正如孤芳自赏难以群居合流。 ⑱"谁怜"二句："怜"、"爱"二字同义。上句"松桂"喻坚贞清芳，下句"桃李"喻虚华浮薄。 ⑲"朝悲"二句：谓早晨悲叹落叶离枝，晚上感念禽鸟归巢。上句寄慨时光流逝，身世飘零；下句反衬有家难归，长处羁旅之苦。 ⑳"顾我"二句：谓知道我心中多有感慨，因而时常光临寒舍。穷檐：指居处贫陋。 ㉑"采兰"句：束晳《补亡诗六首·南陔》："循彼南陔，言采其兰。眷恋庭闱，心不遑安。"《诗·小雅·南陔》序曰："《南陔》，孝子相戒以养也。"采兰、幽念指思亲之情。 ㉒眇然：旷远貌。望东南：孟郊故乡在湖州武康，故云。 ㉓"秦吴"二句：谓自长安回故乡路途遥远，两地俱无资财可赖以谋生。长安为古秦地，武康居古吴地。修：长。江淹《别赋》："况秦吴兮绝国，复燕宋兮千里。" ㉔徐方牧：指徐、泗、濠节度支度营田观察使张建封。徐方，本指古徐国地，故址在今安徽泗县。方，同邦、地。牧，此指州守。唐节度使例兼所治州刺史，张兼徐州刺史。 ㉕"竹实"句：赞美张建封为贤能所附。《诗·大雅·卷阿》："凤凰鸣矣，于彼高冈。梧桐生矣，于彼朝阳。"郑笺："凤凰鸣于山脊之上者，居高视下，观可集止。喻贤者待礼乃行，翔而后集。梧桐生者，犹明君出也……凤凰之性，非梧桐不栖，非竹实不食。" ㉖"德馨"句：颂扬张建封德望远闻。德馨：谓道德远被。馨，芳香远闻。《书·君陈》："黍稷非馨，明德惟馨。"神所歆：神明所享。

歆，享用。　㉗岑：山之巅。《孟子·尽心上》："孔子登东山而小鲁，登太山而小天下。"　㉘沧溟：大海。李斯《谏逐客书》："泰山不让土壤，故能成其大；河海不择细流，故能就其深；王者不却众庶，故能明其德。"按：以上竹实、德馨、泰山、沧溟，皆言张建封能容纳贤豪也。　㉙滞淫：久留。王粲《七哀诗》之二："荆蛮非我乡，何为久滞淫？"《国语·晋语四》韦昭注："滞，废也。淫，久也。"　㉚"卞和"句：《韩非子·和氏》："楚人和氏，得玉璞楚山中，奉而献之厉王。厉王使玉人相之。玉人曰：'石也。'王以和为诳，而刖其左足。及厉王薨，武王即位，和又奉其璞而献之武王。武王使玉人相之。又曰：'石也。'王又以和为诳，而刖其右足。武王薨，文王即位，和乃抱其璞而哭于楚山之下，三日三夜，泪尽而继之以血。王闻之，使人问其故，曰：'天下之刖者多矣，子奚哭之悲也？'和曰：'吾非悲刖也，悲夫宝玉而题之以石，贞士而名之以诳，此吾所以悲也。'王乃使玉人理其璞而得宝焉，遂命曰'和氏之璧'。"和氏即卞和。　㉛秋砧（zhēn）：本义指秋季捣衣，此指秋季贡举时期。唐代生徒由州县举选者曰乡贡，在秋季拔解，仲冬随上计吏集于京师。参见《此日足可惜一首赠张籍》注⑫。砧，捣衣石。

[赏析]

　　本诗慰勉孟郊、推扬孟郊，以"古"字为关纽：首先揭出孟郊"古貌又古心"，然后由诗文写到德行，痛惜其仕途困隘，执古道而不行于今，最后称许张建封"好古天下钦"，预期孟郊在彼处必定有合，鼓励孟郊到张建封幕下做事，切莫灰心隐居。孙昌武《韩愈选集》指出："韩、孟结交，即以复古之志为基础。他们所希之'古'，一方面是儒家圣贤之道的价值观念，另一方面是先秦盛汉古诗文的传统。本诗写法亦求合于'古'：遣词用语、使典用事多取法魏、晋以上，比喻方法亦规仿《诗》、《骚》、古诗，整首诗格调古朴浑厚。"蒋抱玄《评注韩昌黎诗集》说："颇不以险硬见能，亦集中有数之作。"

附

答韩愈李观别因献张徐州　孟郊

富别愁在颜，贫别愁销骨。懒磨青铜鉴，畏见新发白。古树春无花，子规啼有血。离弦不堪听，一听四五绝。世途非一险，俗虑有千结。有客步大方，驱车独迷辙。故人韩与李，逸轮双皎洁。哀哉摧折归，赠词从横设。徐方国东枢，元戎天下杰。祢衡投刺游，王粲吟诗谒。高情无遗照，明抱开晓月。在士不埋冤，有仇皆为雪。愿为奇草木，永向君地列。愿为古琴瑟，永向君前发。欲识丈夫心，曾将孤剑说。

古　风

今日曷不乐？幸时不用兵①。无曰既蹙②矣，乃尚可以生。彼州之赋，去汝不顾；此州之役，去我奚适③？一邑之水，可走而违④；天下汤汤⑤，曷其而归⑥？好我衣服，甘我饮食，无念百年，聊乐一日⑦。

[题旨]

古风，即古诗。题目表明是有意拟古之作。李白有《古风》五十九首。据"幸时不用兵"句，此诗可能是德宗贞元十年（794）以前，韩愈客居京城、未入汴幕时作。

[注解]

①"幸时"句：考《德宗本纪》，自贞元二年，李希烈伏诛后，中土诸

节镇，无有称兵构乱者。然据《资治通鉴》卷二三五云：德宗贞元前期"虽一州一镇有兵者，皆务姑息"，则韩愈此诗语微而有讽意。 ②蹙：紧迫，指赋役烦苛。 ③"彼州"四句：谓彼州有重赋，离去无所顾念；然此州又有酷役，离去后我又能到哪里？意本《诗·魏风·硕鼠》："硕鼠硕鼠，无食我黍。三岁贯汝，莫我肯顾。逝将去汝，适彼乐土。" ④走而违：谓逃离。走，跑。 ⑤汤汤：大水急流貌。 ⑥"曷其"句：归去何方？《书·五子之歌》："呜呼曷归，予怀之悲。"其、而：皆虚词。 ⑦"好我"四句：取义《史记·淮阴侯列传》："农夫莫不辍耕释耒，褕衣甘食。"索隐："恐灭亡不久，故废止作业而事美衣甘食。"

[赏析]

魏怀忠《新刊五百家注音辨昌黎先生文集》引樊汝霖曰："自安史乱后，方镇相望于内地，大者连州十余，小者不下三四，兵骄则逐帅，帅强则叛上，不廷不贡，往往而是。故托古风以寓意。"由此可知，战争遗祸甚烈，朝廷缺乏岁收，民间反而税赋更重，一片民不聊生的惨状。孟郊《赠韩郎中愈二首》之一："何以定交契？赠君高山石。何以保贞坚？赠君青松色。贫居过此外，无可相彩饰。闻君《硕鼠》诗，吟之泪空滴。"（《孟东野集》卷六）此即明示本诗意同《硕鼠》，同情民间疾苦。诗后半谓赋役如洪水横流，无处逃避；民众只得过一天算一天，暂求温饱而已。清高宗御定《唐宋诗醇》说："可谓长歌之哀，深于痛哭矣。"

谢自然诗

果州南充县①，寒女谢自然，童騃②无所识，但闻有神仙。轻生③学其术，乃在金泉山④，繁华荣慕绝，父母慈爱捐⑤。凝心感魑魅⑥，慌惚难具言。一朝坐空室，云雾生其间，如聆笙竽韵，来自冥冥天。白日变幽晦，萧萧风景寒。檐楹暂明灭⑦，五色光属联⑧。观者徒倾骇，踯躅讵敢前⑨。须臾自轻举，飘若风中烟。茫茫八纮⑩大，影响无由缘⑪。里胥⑫上其事，郡守⑬惊且叹，驱车领官吏，町俗⑭争相先。入门无所见，冠屦同蜕蝉⑮，皆云神仙事，灼灼⑯信可传。余闻古夏后⑰，象物知神奸，山林民可入，魍魉莫逢旃⑱。逶迤⑲不复振，后世恣欺谩。幽明纷杂乱，人鬼更相残。秦皇虽笃好，汉武洪⑳其源；自从二主来，此祸竟连连。木石生怪变㉑，狐狸骋妖患㉒。莫能尽性命，安得更长延㉓？人生处万类，知识最为贤；奈何不自信，反欲从物迁。往者不可悔，孤魂抱深冤；来者犹可诫，余言岂空文㉔。人生有常理，男女各有伦，寒衣及饥食，在纺织耕耘。下以保子孙，上以奉君亲，苟异于此道，皆为弃其身。噫乎彼寒女，永托异物群。感伤遂成诗，昧者宜书绅㉕。

[题旨]

谢自然，人名。《太平广记》卷六六："谢自然，孝廉谢寰女。"《集仙录》："谢自然居果州南充县，年十四，修道不食，筑室于金泉山。贞元十年十一月二十日辰时，白日升天，士女数千人咸共瞻仰。"此诗即评论其人其事之作。

[注解]

①果州：唐属剑南道。南充县：今四川省南充市。 ②童骇（ái）：幼童天真痴愚貌。骇，痴也。③轻生：轻视自己的生命。④金泉山：在南充市西门外。 ⑤捐：弃也。 ⑥凝心：专心致志。魑魅：鬼怪之属。 ⑦楹（yíng）：厅堂前的直柱。暂明灭：犹云"乍明灭"，忽隐忽

现。　⑧属联：相连接。　⑨踯躅：徘徊不进貌。讵：怎，岂。　⑩八纮（hóng）：八极，原意是天地四方，此指太空。　⑪"影响"句：言谢女的形影、声音无由复见。　⑫里胥：里吏，最基层的乡里小吏。　⑬郡守：《集仙录》中说谢女升天后，"刺史李坚表闻，诏褒美之"。　⑭甿（méng）俗：民俗。甿，农夫。　⑮冠：帽。屦（jù）：麻鞋。　⑯灼灼：明明白白。　⑰夏后：夏禹，一称大禹，善治水，夏朝开国君主。　⑱"魍魉"句：人民从此不再遇见鬼怪。《左传·宣公三年》："楚子问鼎之大小轻重焉。（王孙满）对曰：'在德不在鼎。昔夏之方有德也，远方图物，贡金九牧，铸鼎象物，百物而为之备，使民知神奸。故民入川泽山林，不逢不若，螭魅罔两，莫能逢之。'"杜预注："罔两，水神。"旃（zhān）：语尾词，"之"、"焉"的合读，"之"即指魍魉。　⑲逶迤：形容衰微不振。　⑳洪：扩大。　㉑"木石"句：《国语》："木石之怪曰夔魍魉。"　㉒"狐狸"句：《晋书·郭璞传》："时暨阳人任谷，因耕息于树下，忽有一人著羽衣就淫之，既而不知所在，谷遂有娠。积月将产，羽衣人复来，以刀穿其阴下，出一蛇子，便去。谷遂成宦者。后诣阙上书，自云有道术。帝留谷于宫中。璞复上疏曰：'任谷所为妖异，无有因由。……臣愚以为阴阳陶烝，变化万端，亦是狐狸魍魉，凭假作愿。愿陛下采臣愚怀，特遣谷出。'"　㉓"莫能"二句：谓木石、狐狸连正常的性命都不能享有，更不必说成佛成仙、益寿延年了。　㉔空文：空话。唐白居易《读张籍〈古乐府〉诗》："《风》、《雅》比兴外，未尝著空文。"　㉕书绅：写在衣带上。绅，古代士大夫束在腰间的大带子，也偏指其下垂的部分。《论语·卫灵公》："子张书诸绅。"

[赏析]

　　杨慎《升庵诗话》曰："谢自然女仙，白日飞升，当时盛传其事至长安，韩昌黎作《谢自然诗》纪其迹甚著，盖亦得于传闻也。"当时好事者神化其说，众口相传，称她为"东极真人"。《新唐书·艺文志》："李坚《东极真人传》一卷。"注："果州谢自然。"可见谢的故事流传极广。

韩愈此诗章法明确，先作总叙，再写女道士成仙的过程，而后历数秦始皇、汉武帝以来崇信神仙之说所产生的流毒，说古道今，针砭现实，以感伤作结。其中批判"木石"、"狐狸"的荒诞故事，有"莫能尽性命，安得更长延"句，足以唤醒痴愚；"人生处万类，知识最为贤"句，更足以彰扬知识的价值。文末指出"人生有常理，男女各有伦"，这是韩愈一贯的主张。他为此事感伤，又希望"昧者宜书绅"，用来自警的意味很明显。清高宗《唐宋诗醇》说："前叙后断，排斥不遗余力，人诧其白日飞升，吾独为孤魂冤痛，警世至深切矣。"顾嗣立《昌黎先生诗集注》曰："公排斥佛老，是生平得力处。此篇全以议论作诗，词严义正，明目张胆，《原道》、《佛骨表》之亚也。"

答孟郊

规模背时利，文字觑天巧①。人皆余酒肉，子独不得饱②。才春思已乱，始秋悲又搅③。朝餐动及午，夜讽恒至卯④。名声暂膻腥⑤，肠肚镇⑥煎炒。古心虽自鞭，世路终难拗。弱拒喜张臂⑦，猛拿闲缩爪⑧。见倒谁肯扶？从嗔我须咬⑨。

[题旨]

孟郊，生平参见《孟生诗》题旨。钱仲联《韩昌黎诗系年集释》将此诗系于德宗贞元十四年（798），时东野有《汴州别韩愈诗》云："不饮浊水澜，空滞此汴河，坐见绕岸水，尽为还海波。四时不在家，弊服断绵多，远客独憔悴，春英各婆娑。汴水饶曲流，野桑无直柯，但为君子念，叹息终匪佗。"退之以此诗作答。

[注解]

①"规模"二句：谓诗歌的规制格局、表现方式与当时流行的体制风尚相反，对自然细致观察，选取尤美者以文辞表现。此赞美东野诗。规模：指诗歌的格局表达方式。时利：时尚所追求的。觑：细视，观察。这里也有主观选取的意思。天巧：大自然最本真的美。 ②"人皆"二句：为东野穷困鸣不平，与杜甫《梦李白》"冠盖满京华，斯人独憔悴"的感慨相近。 ③"才春"二句：一年四季，东野思乱神搅，悲不自胜。《东野集》多伤春悲秋苦寒之作，故有此言。程学恂《韩诗臆说》曰："二语写尽东野致功之苦。凡公赞东野处，皆到至处，真实不虚。是真巨眼，是真相知。" ④"夜讽"句：此句写东野苦吟的作风。卯：卯时，早晨五时至七时。孟郊《夜感自遣》："夜学晓未休，苦吟神鬼愁。" ⑤"名声"句：似言东野登第后依汴州宣武军行军司马陆长源，暂近富贵。膻腥：喻仕途富贵。《庄子·徐无鬼》："蚁慕羊肉，羊肉膻也。舜有膻行，百姓悦之。" ⑥镇：常也。 ⑦"弱拒"句：无力反抗，却喜欢伸开臂膀拉出架势。 ⑧"猛拿"句：凶猛地擒拿，却悠闲地缩起拳脚。 ⑨"见倒"二句：谓世俗不扶持东野般的寒士，韩愈却要跟东野同好恶，嗔怒世俗。嗔：嗔怒，生气发怒。

[赏析]

此诗对东野的生活及诗歌创作，做了极生动的描绘和评价。首先指出他的诗歌"规模背时利，文字觑天巧"的特征，可谓知言。诗中同情东野既已于贞元十二年登第，两年来却崎岖仕途，不脱穷困。交情深厚，于此可见。语言风格亦接近孟东野，"句句响快"，饱含笔力。蒋抱玄《评注韩昌黎诗集》云："光坚响切,自是本色,然不逮孟诗之耐人咀嚼也。"可见韩退之钦敬东野自有其缘故。

醉留东野

昔年因读李白杜甫诗,长恨二人不相从①。吾与东野生并世,如何复蹑二子踪?东野不得官,白首夸龙钟②。韩子稍奸黠③,自惭青蒿倚长松④。低头拜东野,愿得终始如驵骎⑤。东野不回头,有如寸筳⑥撞巨钟。吾愿身为云,东野变为龙⑦,四方上下逐东野,虽有离别何由逢⑧?

[题旨]

德宗贞元十三年(797)孟郊寄寓汴州(今河南省开封市),时韩愈在汴,有诗文唱和。十五年春离汴南下,往游吴越。此诗言"东野不得官",当是贞元十五年春东野离汴南下时,愈赋诗送别之作。

[注解]

①二人不相从:李白、杜甫于玄宗天宝三载(744)在洛阳相会,偕游梁园、济南等地。次年秋分手,即无缘再会。二人诗直接言及不能相从之恨者,如李白《送杜二》:"何时石门路,重有金樽开。"《沙丘城下寄杜甫》:"思君若汶水,浩荡寄南征。"杜甫《送孔巢父谢病归游江东兼呈李白》:"南寻禹穴见李白,道甫问讯今何如?"《不见》:"不见李生久,佯狂真可哀。"《春日忆李白》:"何时一樽酒,重与细论文。"韩愈与孟郊友谊深厚,而今将别离,不免想到李杜之间的友谊而深有感慨。 ②夸龙

钟：犹俗云"倚老卖老"。龙钟，老态。时孟郊四十九岁，即以"白首"、"龙钟"自夸，是自我嘲讽之意。　③奸黠：狡狯。这里是有点小聪明、稍稍灵活些的意思，反衬东野耿介刚直。　④"自惭"句：亦自嘲语气。青蒿：一种野草，比喻自身。长松：喻东野。　⑤駏蛩（jù qióng）：兽名，相传与蹶相互依存。蹶前脚似鼠，后脚似兔，常为駏蛩取甘草吃。蹶有灾难，駏蛩也会背负它逃走。这里以駏蛩与蹶共生现象比喻韩、孟两人互相扶助而不分离。　⑥寸莛（tíng）：一寸长的草茎。韩愈以莛喻己，以巨钟喻孟郊，谓己劝东野留下，如寸草撞巨钟无回音，对方没有反应。　⑦"吾愿"二句：《易·乾卦》："同声相应，同气相求，水流湿，火就燥，云从龙，风从虎……则各从其类也。"表示二人志同道合，愿能永远相随。　⑧"虽有"句：即使人间有离别，也不会发生在我们身上。何由逢：不会遭遇离别的命运。何由，从何处，从什么途径。

[赏析]

孟郊长韩愈十七岁，韩愈在文坛初试啼声时，孟郊创作已臻成熟，韩愈也是在孟的影响下形成了独特的诗风。

本诗以"醉"言出之，肆口道来，设想奇僻；开端即表示对李、杜的向往，亦可看出诗歌艺术上的追求与自信。从怀古伤今，顺势写到自己和东野的情谊，用了许多譬喻，设想奇，造句亦奇，将离情依依写得不落俗套。诗中以东野为龙，以自己为云，取《易·乾卦》"云从龙"之义，充分表达了对他的倾服。又以青蒿、寸莛喻自己，以长松、巨钟喻对方。贯串全诗的一份心意，确实能见出退之"低头拜东野"的衷心佩服之情。朱彝尊《批韩诗》说"粗粗莽莽，肆口道出，一种真意，亦自可喜。"真可谓率笔直书，流露挚友真情了。

知音者诚希

知音者诚希①,念子不能别②。行行天未晓,携手踏明月③。

[题旨]

此诗见旧集《遗文》,年代难考。钱仲联《韩昌黎诗系年集释》引方世举曰:"此诗大抵为东野而作。"考韩愈《与孟东野书》云:"与足下别久矣。以吾心之思足下,知足下悬悬于吾也。……足下知吾心乐否也。吾言之而听者谁欤?吾唱之而和者谁欤?言无听也,唱无和也,独行而无徒也,是非无所与同也,足下知吾心乐否也。"可见孟郊为韩愈十分重要的知己,而此文作于贞元十六年(800)三月,此诗倘若如方世举所言,则约莫作于此时。

[注解]

①知音:取用《列子·汤问》伯牙善鼓琴、锺子期能听琴音的故事。希:同"稀",少。 ②"念子"句:想和你在一起,不忍离别。 ③"行行"二句:写夜间依依惜别的情景,携手谈心,直到天明。《诗·邶风·北风》:"惠而好我,携手同行。"

[赏析]

古诗云:"不惜歌者苦,但伤知音稀。"刘勰《文心雕龙·知音》云:"音实难知,知实难逢,逢其知音,千载其一乎!"韩愈必然深有同感,其《与冯宿论文书》(作于贞元十四年)也说:"仆为文久,每自意中以为好,则人必以为恶矣,不知古文直何用于今世也?然以俟知者知耳。"

亦是此意。今读此诗，如何焯《义门读书记》所言："下二句只似惜别，却暗寓知希，深妙。"颇有言短意长的况味。蒋抱玄《评注韩昌黎诗集》说："音节短而古。"可见韩愈五绝仍保有语句劲直的特色，此亦有待知音欣赏之。

汴州乱二首

汴州①城门朝不开，天狗堕地声如雷②，健儿争诤③杀留后，连屋累栋烧成灰。诸侯咫尺不能救，孤士何者自兴哀。

[题旨]

唐德宗贞元十五年（799）二月三日，汴州宣武军节度使董晋去世，御史大夫陆长源知留后事。八日，军乱，杀陆长源等。韩愈此时从董晋丧，于离开汴州途中听到军乱的消息，有感而作。其事可参考《旧唐书·董晋传》、《资治通鉴》卷二三五。

[注解]

①汴州：唐宣武军节度使治所，在今河南省开封市。 ②"天狗"句：《史记·天官书》："天狗，状如大奔星，有声。其下止地，类狗。所堕及，望之如火光炎炎冲天。其下圜如数顷田处，上兑者则有黄色，千里破军杀将。"此处形容藩镇兵乱，声势冲天。 ③诤：通"哗"，喧哗。

母从子走者为谁？大夫夫人留后儿①。昨日乘车骑大马，坐者起趋乘者下。庙堂不肯用干戈②，呜呼奈汝母子何？

[注解]

①"大夫"句：谓陆长源的夫人和孩子。 ②"庙堂"句：讽朝廷不肯出兵，无力平定藩镇内部的叛乱。

[赏析]

以时事政治为题材的作品，于韩诗并不多见。汴州军乱，殃及池鱼，这两首诗独对四邻诸镇坐视不救和朝廷姑息无能深表不满。何焯《义门读书记·昌黎集》说："前伤无伯（霸），后伤无王。"顾嗣立《昌黎先生诗集注》引胡渭说："此诗一章讥四邻坐视，二章讥君相姑息也。"诗句质直切情，颇有汉魏歌谣的遗意。

嗟哉董生行

淮水出桐柏山①，东驰遥遥千里不能休。泜水②出其侧，不能千里，百里入淮流。寿州③属县有安丰，唐贞元时，县人董生召南隐居行义于其中④。刺史不能荐⑤，天子不闻名声。爵禄不及门，门外惟有吏，日来征租更索钱。嗟哉董生朝出耕，夜归读古人书，尽日不得息。或山于樵，或水于渔。入厨具甘旨⑥，上堂问起居。父母不戚戚，妻子不咨咨⑦。嗟哉董生孝且慈。人不识，惟有天翁知。生祥下瑞无休期⑧。家有狗乳出求食，鸡来哺其儿，啄啄庭中拾虫蚁，哺之不食鸣声悲，傍徨踯躅⑨久不去，以翼来覆待狗归。嗟哉董生谁将与俦⑩？时之人夫妻相虐兄弟为仇，食君之禄，而令父母愁。亦独何心？嗟哉董生无与俦！

[题旨]

　　德宗贞元十五年（799）秋，韩愈为徐州（今江苏省徐州市）刺史张建封从事，以地利之便，得知寿州安丰（今安徽省霍邱县西）董生事迹，遂作诗赞美之。董生指董召南。贞元间，隐居乡里，后屡试不第；元和间，北上燕赵，入河北藩镇。韩愈另有《送董邵南序》。

[注解]

　　①"淮水"句：《书·禹贡》："导淮自桐柏。"注："桐柏山在淮阳之东。"《水经注》："淮水出南阳平氏县胎簪山，东北过桐柏山。"桐柏山：在今河南省桐柏县西南。　②淝水：《水经注·淮水》："淮水又过寿春县北，肥水从县东北流注之。"肥水，又作淝水。　③寿州：即寿春，淮水、淝水合流处在今安徽省寿县。《新唐书·地理志》："寿州寿春郡，本淮南郡，天宝元年更名。领县五：寿春、安丰、盛唐、霍邱、霍山。属淮南道。"　④召南：朱熹《韩文考异》：召，或作"邵"。隐居行义：《论语·季氏》："隐居以求其志，行义以达其道。"　⑤刺史：《新唐书·地理志》："唐兴，高祖改郡为州，太守为刺史。"不能荐：隋唐举士由州郡推荐参加朝廷的科举，而董生却未能获得推荐。　⑥甘旨：美好的食物，借指奉养父母。《礼·内则》："由命士以上，父子皆异宫，昧爽而朝，慈以旨甘。日出而退，各从其事。日入而夕，慈以旨甘。"　⑦咨咨：叹息声。咨嗟之意。　⑧生祥下瑞：上天降下的祥瑞之象。无休期：没有停止的时候。　⑨踯躅：徘徊不进貌。　⑩谁将与俦：谁是他的同类呢？俦，同伴，同类。

[赏析]

　　此诗先慨叹董生不遇于时，次写董生逸趣、孝行，乃至孝感上天，因而降下鸡哺幼犬的祥瑞之象。末尾感慨世风不古，赞扬董生隐逸高行。全

韩愈诗选 | 19

诗长短句交错，间用古文句式，甚至以俚俗的描绘取胜，恰如沈德潜《唐诗别裁集》所云："直白少文，正是不可及处。"

此日足可惜一首赠张籍

此日足可惜，此酒不足尝①；舍酒去相语，共分一日光。念昔未知子，孟君自南方；自矜有所得，言子有文章②。我名属相府，欲往不得行③；思之不可见，百端在中肠。维时月魄死④，冬日朝在房⑤，驱驰公事退，闻子适及城。命车载之至，引坐于中堂，开怀听其说，往往副所望。孔丘殁已远，仁义路久荒，纷纷百家起，诡怪相披猖⑥。长老守所闻⑦，后生习为常。少知⑧诚难得，纯粹⑨古已亡。譬彼植园木，有根易为长。留之不遣去，馆置城西旁，岁时未云几，浩浩观湖江⑩。众夫指之笑，谓我知不明，儿童畏雷电，鱼鳖惊夜光⑪。州家举进士，选试缪所当⑫，驰辞对我策⑬，章句何炜煌。相公朝服立⑭，工席歌鹿鸣⑮。礼终乐亦阕⑯，相拜送于庭。之子去须臾，赫赫流盛名⑰。窃喜复窃叹，谅知有所成。人事安可恒，奄忽令我伤⑱。闻子高第日，正从相公丧⑲，哀情逢吉语，惝恍难为双⑳。暮宿偃师㉑西，徒展转㉒在床。夜闻汴州乱，绕壁行徬徨。我时留妻子，仓卒不及将㉓，相见不复期，零落甘所丁㉔。骄女未绝乳，念之不能忘，忽如在我所，耳若闻啼声。中途安得返，一日不可更㉕。俄有东来说，我家免罹殃，乘船下汴水㉖，东去趋彭城㉗。从丧朝至洛，还走不及停。假道经盟津㉘，出入行涧冈。日西入军门㉙，羸马颠且僵㉚。主人㉛愿少留，延入陈壶觞。卑贱不敢辞,忽忽㉜心如狂。饮食岂知味,丝竹徒轰轰。平明脱身去,决若惊凫翔㉝。黄昏次汜水㉞,欲过无舟航,号呼久乃至,夜济十里黄㉟。中流上滩潬㊱,沙水不可详,惊波暗合沓,星宿争翻芒㊲。辕马蹢躅㊳鸣,左右泣仆童。甲午憩时门,临泉窥斗龙㊴。东南出陈许㊵,陂泽㊶平茫茫。道边草木花,红紫相低昂。百里不逢人,角角雉雏鸣㊷。行行二月暮,乃及徐南疆。下马步堤岸,上船拜吾兄㊸。谁云经艰难,百口无夭殇㊹。仆射南阳公㊺,宅我睢水阳㊻。箧㊼中有余衣,盎㊽中有余粮。闭门读书史,清风窗户凉。日念子来游,子岂知我情?别离未为久㊾,辛苦多所经。对食每不饱,共言无倦听。连延三十日,晨坐达五更。我友二三子,宦游在西京㊿,东野窥禹穴㉛,李翱观涛江㉜,萧条㉝千万里,会合安可逢?淮之水舒舒㉞,楚山直丛丛㉟,子又舍我去,我怀焉所穷㊱?男儿不再壮,百岁如风狂㊲。高爵尚可求,无为守一乡㊳。

[题旨]

　　德宗贞元十三年(797),韩愈在汴州,孟郊自南方来,向他推荐张籍。十月,籍自和州(今安徽省和县)来,从韩愈习文。次年秋,韩主汴州贡举,籍中试。又次年(贞元十五年)春,籍于高郢主试下登进士第。是年秋,韩愈在徐州依张建封,张籍来访,留月余,此为送别时作。张籍(约765—830):字文昌,吴郡(治今江苏省苏州市)人,寓居和州乌江,韩愈曾荐为国子博士,后任水部员外郎,主客郎中、国子司业。有《张司业集》传世。《新唐书》、《旧唐书》均有传。

[注解]

　　①"此酒"句:《诗·小雅·瓠叶》:"君子有酒,酌言尝之。" ②念

昔"四句：言孟郊向我称誉你（张籍）。 ③"我名"二句：谓自己当时在董晋幕府任职，不能前去会见张籍。韩愈时为试秘书省校书郎，汴州观察推官。中唐后，节度使多带宰相衔，据《旧唐书·德宗纪》"（贞元十二年）七月乙未，以东都留守、兵部尚书董晋检校左仆射、同中书门下平章事、汴州刺史、宣武军节度使、宋亳颍观察使"，故称其幕府为"相府"。 ④维：发语词。月魄死：指朔日，每月初一。此日不见月光。《汉书·律历志》："死霸，朔也；生霸，望也。"霸，"魄"古字。 ⑤朝在房：《礼记·月令》："季秋之月，日在房。"指早晨可以同时看到日和月。房为二十八宿之一。合上句是说张籍抵汴的时间在季秋朔日（九月初一）。 ⑥诡怪：奇僻怪诞，此指离经叛道之言。披猖：猖狂跋扈。 ⑦"长老"句：谓年长者谨守闻于"百家"之言。 ⑧少知：稍许了解圣人仁义之说的人。 ⑨纯粹：指笃于仁义之道的人。 ⑩"譬彼"六句：此谓张籍学问道德之广大深博。方崧卿《韩集举正》引《汉皋诗话》："'植园木'以喻籍之始从学也，'观湖江'以喻其成也。"馆置：设馆舍安置。 ⑪夜光：夜明珠。 ⑫"州家"二句：谓张籍由汴州举进士，韩愈时任汴州乡贡试官。是年，张籍在汴州拔解，试《反舌无声》诗等。州家：刺史。唐选举，由国学者谓之生徒，由州县者谓之乡贡。每年十一月，生徒、乡贡集于尚书省，次年春试于礼部。（见《新唐书·选举志》）凡试于礼部者，皆谓之进士。顾炎武《日知录》："进士乃诸科目中之一科，而传中有言举进士者，有言举进士不第者。但云举进士，则第不第未可知之辞，不若今人已登科而后谓之进士也。"缪所当：指任考官。缪，通"谬"，妄也。 ⑬策：唐代考试科目之一，进士试时务策五道，问以政事经义，令其对答，而观其文辞内容以定高下。 ⑭相公：指董晋。朝服立：身穿朝服肃立。 ⑮工席：布设酒席。歌鹿鸣：歌唱《诗·小雅·鹿鸣》，取其宴群臣嘉宾之意。《新唐书·选举志上》：州县举乡贡者，"皆怀牒自列于州县。试已，长吏以乡饮酒礼，会属僚，设宾主，陈俎豆，备管弦，牲用少牢，歌《鹿鸣》之诗，因与者艾叙长少焉"。⑯阕：终也。⑰"之子"二句：指张籍登进士第，名声四扬。⑱"人事"二句：指董晋去世，一切变化出乎意料。奄忽：谓变化迅疾，人事无常。⑲"闻子"二句：贞元十五年，高郢知举，张籍登第。唐进士放榜一般在二月，是月三日董晋卒，死前知汴州必乱，命其子三日敛，既敛即行。韩愈护丧至洛。（参见《汴州乱二首》）董晋生前以使相封陇西郡开国公，故称"相公"。⑳惝恍（chǎng huǎng 又 tǎng huǎng）：精神恍惚貌。难为双：二者难以同时接受。㉑偃师：今河南省偃师市。㉒展转：同"辗转"，形容彻夜未眠。㉓"我时"二句：谓韩愈家属陷乱中。不及将：来不及携带。将，携带。㉔甘所丁：甘心接受所遭遇的一切。丁，当，遭逢。㉕"一日"句：此谓痛苦难以度日。更：度过。㉖汴水：唐宋人称通济渠为汴水。通济渠西起洛阳，引谷、洛二水入黄河，又自板渚（今河南省荥阳市北）引黄河至盱眙入淮河。㉗彭城：古县名，即徐州（今江苏省徐州市）。时韩愈妻子儿女在此。㉘盟津：即孟津，古黄河津渡，为著名关隘，在河南府河阳（今河南省孟州市）南。㉙军门：这里指河阳三城节度使府门。㉚羸马：瘦弱的马。颠且僵：倒地不动。㉛主人：指守盟津之吏、河阳三城节度使李元淳。据《资治通鉴》，贞元十五年三月，李元淳（《旧唐书·德宗纪》作"李元"，避后来宪宗讳而改）自河阳迁帅昭义。㉜忽忽：精神恍惚貌。㉝"决若"句：是说像受惊飞起的野鸭一样急忙离去。决：《庄子·逍遥游》："我决起而飞，枪榆枋而止。"凫：野鸭。㉞次：停留。汜（sì）水：发源于河南省巩义市东南，流经河南省荥阳市北入黄河。㉟十里黄：言黄河宽阔。㊱滩（tān）：沙滩。《尔雅·释水》："滩，沙出。"㊲"惊波"二句：写水中旋涡与波光水影。合沓：重叠。翻芒：光芒闪动。㊳踯躅（zhí zhú）：徘徊不进貌。踯，同"蹢"。㊴"甲午"二句：言经过新郑，遭遇

韩愈诗选 | 23

水患。"窥斗龙"乃"想当然耳"（据钱锺书《管锥编》）。甲午：是年二月乙亥朔，甲午为二十日。时门：古郑国（今河南省新郑市）都城门。临泉：泉为唐高祖名"渊"之讳，此指流经新郑的洧水。 ㊵"东南"句：陈州治宛丘，今河南省淮阳市；许州治长社，今河南省许昌市。按路途应先许州后陈州。 ㊶陂（bēi）泽：沼泽。陂，池塘。 ㊷角角：见《集韵》入声一屋韵，象声词，此形容雉鸣。雉：野鸡。雊（gòu）：雄雉的鸣叫。 ㊸吾兄：未详所指。韩愈上有三兄（韩会、韩介，一不知名），皆早逝。堂兄有云卿之子俞、绅卿之子岌等。 ㊹百口：谓全家人。夭殇：死亡。早死曰夭，未成年死曰殇。 ㊺"仆射（yè）"句：指张建封。《旧唐书·张建封传》："（贞元）十二年，加检校右仆射。"南阳公是他的封号。 ㊻睢（suī）水：古代鸿沟支流之一，自开封东流入泗水。韩愈《与孟东野书》："主人与吾有故，哀其穷，居吾于符离睢上。" ㊼篋：小箱子。 ㊽盎：大腹敛口的盆子。 ㊾"别离"句：张籍去年十月入京，至此时来访仅半年余。 ㊿西京：长安，今西安市。 ㈤㈠"东野"句：孟郊于贞元十五年春离汴州，南游吴越一带。禹穴：在今浙江省绍兴市会稽山，相传禹巡狩至会稽而崩，因葬于此。 ㈤㈡"李翱"句：李翱于贞元十二年自徐州至汴州，与韩愈定交，十五年春，亦离汴南游。李翱《复性书》："南观涛江，入于越。"涛江：即浙江，又名钱塘江，可观潮水胜景。 ㈤㈢萧条：寂寥貌。 ㈤㈣舒舒：舒展貌。 ㈤㈤楚山：杜佑《通典》卷一八〇《州郡十·古徐州·彭城郡》："彭城，春秋宋地，后属楚，谓之西楚。项羽建都于此，故其山曰楚山。"以上淮水、楚山指张籍故乡和州地。丛丛：聚集貌。 ㈤㈥焉所穷：哪里有尽头。 ㈤㈦"男儿"二句：谓人生如风吹过隙，光阴速逝。 ㈤㈧"无为"句：此句归结到希望张籍出仕。无为：不要，劝勉之词。

[赏析]

本诗是惜别道情的长篇，分两大段：先叙与籍相见于汴州及籍中进士之事,此乃"追溯与籍交结之始";而后"历叙己之崎岖险难"(《唐宋诗醇》卷二八),至今日与籍重逢而又别去。许多细碎琐事,包括汴州兵乱前后,韩愈家人生活状况,以及韩愈对友人的思念等,皆"从心坎流出",是了解韩愈生平、交游及心境的重要材料。在写作技巧方面,全用铺陈,叶韵错杂,偶出生词险韵,力求高古不俗,显出韩诗独特的技巧与风格。

龊　龊

龊龊当世士,所忧在饥寒。但见贱者悲,不闻贵者叹。大贤事业异,远抱非俗观①。报国心皎洁,念时涕汍澜②。妖姬坐左右,柔指发哀弹③。酒肴虽日陈,感激④宁为欢?秋阴欺白日,泥潦不少干⑤。河堤决东郡⑥,老弱随惊湍。天意固有属,谁能诘其端。愿辱太守荐,得充谏诤官⑦。排云叫阊阖⑧,披腹呈琅玕⑨。致君岂无术,自进诚独难。

[题旨]

这首诗写于德宗贞元十五年(799)秋,时韩愈在张建封幕中。诗中表明自己有"报国"、"念时"之远大抱负,愿刺史张建封推荐入朝做官。龊龊(chuò chuò):拘谨貌。此处用为贬义,委琐自私的意思。韩愈《与于襄阳书》有云:"世之龊龊者既不足以语之,磊落奇伟之人又不能听焉,则信乎命之穷也。"

[注解]

①远抱:心怀远大。俗观:见解庸俗。　②汍澜(wán lán):流泪

貌。冯衍《显志赋》："泪汍澜而雨集兮，气滂浡而云披。" ③妖姬：美女。哀弹：凄楚的乐曲。 ④感激：心有感慨。阮籍《咏怀》八十二首之二："感激生忧思。" ⑤"秋阴"二句：语出宋玉《九辩》："皇天淫溢而秋霖兮，后土何时而得干？"又杜甫《秋雨叹》："秋来未曾见白日，泥污后土何时干？" ⑥"河堤"句：谓黄河在滑州决口。《旧唐书·德宗纪》："（贞元十五年七月）郑、滑大水。"东郡：指滑州（今河南省滑县）。 ⑦太守：指刺史，张建封兼徐州刺史，参见《孟生诗》注㉔。谏诤官：指朝廷中司谏诤的拾遗、补阙等官职。 ⑧排云：拨开云彩。阊阖：天门。屈原《离骚》："吾令帝阍开关兮，倚阊阖而望予。"司马相如《大人赋》："排阊阖而入帝宫兮，载玉女而与之归。" ⑨披腹：剖腹。琅玕（gān）：美石，比喻忠心。

[赏析]

　　此诗为抒写怀抱之作。韩愈有理想，并且自负高尚，把"当世士"视为只追求一己富贵的拘谨庸碌之徒，可是他也认识到"自进诚独难"，所以提出现实的要求："愿辱太守荐，得充谏诤官。"此项志愿，与他后来作《上宰相书》、《争臣论》、《天旱人饥疏》、《论佛骨表》等的表现相合。就志向而言，韩愈与李白、杜甫的远大志向已不可同日而语，愤慨中透露出悲凉，从中可以看出时势气运的变化。

忽　忽

　　忽忽乎余未知生之为乐也，愿脱去而无因。安得长翮①大翼如云生我身，乘风振奋出六合②，绝浮尘。死生哀乐两相弃，是非得失付闲人。

[题旨]

韩愈于德宗贞元八年（792）登进士第，十二年始佐董晋于汴州。十五年董晋卒而汴州乱，韩愈依张建封于徐州。这期间曾三度呈《上宰相书》，未获回音。多年来郁郁不得志，遂写诗吐露此时的心境。陈克明《韩愈年谱及诗文系年》考定此诗作于贞元十五年。忽忽：愁乱之貌。

[注解]

①翮（hé）：羽根，鸟羽毛中的硬梗。　②六合：上、下及东、南、西、北四方。

[赏析]

韩愈诗常以鱼、鸟自喻，体现了他的浪漫情怀。这首小诗缘出于作者自伤之意，竟然把平常流于哀愁的情绪写得雄壮悲怆、气势轩昂。结语带出庄子的哲学态度：得志则乘风奋起，不得志则逍遥自适。作者以"红尘是非不到我"的心态，一吐失意无奈时的怨气，颇有李白歌行的风味。

雉带箭

原头火烧静兀兀①，野雉畏鹰②出复没。将军③欲以巧伏人，盘马弯弓惜不发④。地形渐窄⑤观者多，雉惊弓满劲箭加。冲人决起⑥百余尺，红翎白镞⑦随倾斜。将军仰笑军吏贺，五色离披马前堕⑧。

[题旨]

此诗为德宗贞元十五年（799）秋冬，韩愈随侍张建封于徐州射猎时作。雉：野鸡，雄者羽毛艳丽，尾长；雌者羽毛淡黄褐色，尾较短。带箭：中箭。

[注解]

①原头：原野高地。火烧：用烈火驱赶鸟兽。静兀兀：形容猎者静悄悄没有动作，等待时机。兀兀，静止不动貌。 ②鹰：猎鹰。 ③将军：指徐州刺史张建封。 ④盘马：跨马盘旋。《世说新语·雅量》："（庾）翼便为于道开卤簿盘马。"弯弓：挽弓，拉满弓。 ⑤地形渐窄：猎物陷入狩猎者紧缩的包围之中，故地形显得狭小。 ⑥冲人决起：此句写雉中箭后的挣扎。冲人，冲开人群。决起，急飞而起。参阅《此日足可惜一首赠张籍》注㉝。 ⑦红翎白镞：红色的箭羽，银亮的箭头。由于箭贯透雉身，故得见此。 ⑧五色：彩色斑驳，指雉的羽毛。离披：散乱貌。

[赏析]

这首诗把打猎的场面写得神采飞动，跃然纸上。首句写出打猎行动前的情景，"静"字烘托出气氛。接着写"野雉"见火而出，见鹰而藏，与下"盘马弯弓惜不发"扣合。朱熹《韩文考异》云："雉出复没，而射者弯弓不肯轻发，正是形容持满命中之巧，毫厘不差处。"程学恂《韩诗臆说》又云："二句写射之妙处，全在未射时，是能于空处得神。"可见此诗铺陈实事，但在叙事中既能于空处斡旋，又能就细节渲染。如诗中将军"盘马弯弓"一节、野雉"冲人决起"一节，情境逼真。而野雉中箭受死的那一幕，更是运用奇崛的笔墨捕捉具有强烈视觉效果的瞬间景象，描绘出具有震撼力的画面。结尾写"将军仰笑军吏贺"、"五色离披"，都是为了突出"雉带箭"这一刻。这首诗写平日的生活事件，戛然而止，却已颂扬了围猎射箭的中心人物——将军。

驽骥赠欧阳詹

驽骀诚龌龊①,市者何其稠②?力小苦易制,价微良易酬③。渴饮一斗水,饥食一束刍④。嘶鸣当大路,志气若有余。骐骥生绝域⑤,自矜无匹俦⑥,牵驱入市门⑦,行者不为留。借问价几何?黄金比嵩丘⑧。借问行几何?咫尺视九州⑨。饥食玉山禾,渴饮醴泉流⑩。问谁能为御⑪?旷世⑫不可求。惟昔穆天子⑬,乘之极遐游⑭,王良执其辔⑮,造父夹其輈⑯。因言天外事⑰,茫惚使人愁⑱。驽骀谓骐骥,饿死余尔羞⑲,有能必见用,有德必见收⑳,孰云时与命,通塞皆自由㉑?骐骥不敢言,低徊㉒但垂头。人皆劣㉓骐骥,共以驽骀优。咩㉔余独兴叹,才命不同谋㉕。寄诗同心子㉖,为我商声讴㉗。

[题旨]

德宗贞元十五年(799),韩愈任职徐州幕府,至长安"朝正"(古代诸侯和臣僚于正月朝觐皇帝);欧阳詹时任京城国子监四门助教,率国子监生徒向皇帝上书,推举韩愈为国子监博士。事不成,韩愈作此诗赠欧阳詹,以劣马、良马为喻,抒发怀才不遇的感慨。这首诗可与韩愈《杂说四首》写"千里马"一文参看。欧阳詹,字行周,泉州晋江(今福建省晋江市)人。在当时的东南颇有才名,韩愈早年寄食江南即闻其名。后于贞元八年与韩愈、李观、李绛、崔群、王涯、冯宿、庾承宣等人同榜登进士第,皆极天下一时之选,号称"龙虎榜",从此欧阳詹与韩愈结为终身挚友。《新唐书·欧阳詹传》说他"文章切深,回复明辩",是唐代福建中进士的第一人,也是当代有影响力的古文家。卒年四十,韩愈曾作《哀辞》悼念之。

[注解]

①驽骀(tái):劣马,喻庸才。齷齪(wò chuò):拘谨无能的样子。 ②市者:指买马的人。稠:多。 ③"力小"二句:马的力量小,很容易驾驭;马的价格低廉,很容易卖掉。苦:很,太。张相《诗词曲语辞汇释》:"'苦'与'良'互文,皆甚辞。"制:驾驭。酬:付价钱。《韩非子·说林下》:"伯乐教其所憎者相千里马,教其所爱者相驽马。千里之马时一有,其利缓,驽马日售,其利急。" ④一束刍:一捆草料。 ⑤骐骥:良马,喻贤才。生绝域:生长在偏僻荒远的地方,如汉武帝时"神马来西北"之类。 ⑥自矜:自视甚高。匹俦:可以相比者。 ⑦市门:市场。 ⑧"黄金"句:极言骐骥价格高昂,须有嵩山一般高的黄金才能购买。嵩丘:中岳嵩山,在河南省登封市。 ⑨"咫尺"句:骐骥行走迅速,九州有如咫尺之间。咫尺:周制八寸曰咫,十寸曰尺。言距离之短。九州:《书·禹贡》划分中国为冀、豫、雍、扬、兖、徐、梁、青、荆九州。(《周礼·夏官·职方氏》言九州无徐、梁而有幽、并,《尔雅·释地》则无青、梁而有幽、营)这里泛指全国。 ⑩"饥食"二句:极言骐骥饮食高洁。玉山禾:《西山经》:"玉山,是西王母所居也。"又《海内西经》:"昆仑之墟,高万仞,上有木禾,长五寻,大五围。"郭璞注:"木禾,谷类也。生黑水之阿,可食,见《穆天子传》。"鲍照《代空城雀诗》:"诚不及青鸟,远食玉山禾。"醴泉:王充《论衡·是应》:"谓泉从地中出,其味甘若醴,故曰醴泉。"《白虎通》:"醴泉者,美泉也。状如酒醴,可以养老。" ⑪御:驾驭车马。 ⑫旷世:长久的时间。旷,久。 ⑬惟:发语词,也有思念的意思。穆天子:周穆王,姬姓,名满。曾西击犬戎,东攻徐戎,于涂山会合诸侯。《史记·秦本纪》:

"周穆王得骥:温骊、骅骝、𫘧骖之驷,西巡狩,乐而忘归。"裴骃《史记集解》引郭璞曰:"《纪年》云穆王十七年西征于昆仑丘,见西王母。"《穆天子传》卷四:"天子肆意远游,命驾八骏之乘,右服骅骝而左绿耳,右骖赤骥而左白𫘨。主车则造父为御,齐合为右。……驱驰千里,西至昆仑。" ⑭遐游:远游。 ⑮王良:春秋时代晋国善御者,曾为赵简子驾车。《孟子·滕文公下》、《吕氏春秋·审分》俱有其名。䩭:牲口用的嚼子和缰绳。 ⑯造父:周之善御者。《史记·赵世家》:"造父幸于周缪(穆)王,缪王使造父御,西巡狩,见王母,乃赐造父以赵城。"夹其辀:指驾车而言。辀,车辕。 ⑰天外事:谓周穆王、造父等人肆意远游天际之事。 ⑱茫惚:茫茫恍惚,将信将疑。使人愁:使人难以捉摸。 ⑲余尔羞:我替你感到羞愧。 ⑳收:意同上句的"用",犹收用。 ㉑通塞:得志或失败。皆自由:都取决于自己的选择。以上四句,谓自己不合时宜,才如此失意。 ㉒低徊:低头徘徊,沮丧的样子。 ㉓劣:用作动词,犹批评、指责。 ㉔喟:叹息的样子。 ㉕"才命"句:才能和命运总是不尽合,意即有才能的人往往命运多舛。 ㉖同心子:志趣相投的人,此指欧阳詹。 ㉗商声:悲怆的声音。讴:歌唱。

[赏析]

  欧阳詹古道热肠,愿意推举韩愈,真是韩愈的知己。韩愈作此诗回报知己,摆落客套语气,直接以驽驹、骐骥对比,语言质朴而自然。其中夹用对话语气,读来生动活泼,倍感亲切。诗中援引典故甚多,呼唤穆天子之类的明君,王良之类的善御者,正是悲叹自身命运多艰,不愧学富五车的才情。与韩愈《杂说四首》"千里马"之类的文章合观,得知韩愈擅长以马为喻,比喻人才之不易被人发觉,乃至时运不济,终不见用的窘境。这在专制政权时代下是知识分子的悲哀,也是韩愈仕途偃蹇时,一种不吐不快的心境的流露。

附

答韩十八驽骥吟　欧阳詹

故人舒其愤，作尔驽骥篇。驽取易售陈，骥以难知言。委曲感既深，咨嗟词亦殷。伊情有远澜，余志游其源。室有周孔堂，道适尧舜门，调雅声寡同，途遐势难翻，顾兹万恨来，假彼二物云。贱贵而贵贱，世人良共然。芭蕉一叶妖，茂葵一花妍，异无材实资，手植阶墀前。梗楠十围瑰，松柏百尺坚，罔念栋梁功，野长丘墟边。伤哉昌黎韩，焉得不迍邅？上帝本厚生，大君方建元，实将庇群贮，庶此规崇轩。班尔图永安，抡择其精专。君看广厦中，岂有庭前萱。

归彭城

天下兵又动，太平竟何时[①]？訏谟者谁子[②]？无乃失所宜[③]。前年关中旱，闾井多死饥[④]。去岁东郡水[⑤]，生民为流尸。上天不虚应[⑥]，祸福各有随。我欲进短策，无由至彤墀[⑦]。刳肝以为纸，沥血以书辞[⑧]。上言陈尧舜[⑨]，下言引龙夔[⑩]，言词多感激，文字少葳蕤[⑪]。一读已自怪，再寻[⑫]良自疑。食芹虽云美，献御固已痴[⑬]。缄封在骨髓，耿耿空自奇[⑭]。昨者[⑮]到京城，屡陪高车[⑯]驰。周行[⑰]多俊异，议论无瑕疵，见待颇异礼，未能去毛皮[⑱]，到口不敢吐，徐徐俟其巇[⑲]。归来戎马间[⑳]，惊顾似羁雌[㉑]，连日或不语，终朝见相欺[㉒]。乘间辄骑马，茫茫诣空陂[㉓]，遇酒即酩酊[㉔]，君知我为谁？

[题旨]

　　徐州位于今江苏省徐州市,为古彭城郡、彭城国。(参见《此日足可惜一首赠张籍》注解㉗、㊸)唐玄宗天宝年间亦一度改徐州为彭城郡。德宗贞元十五年(799),韩愈在徐州张建封幕下任节度推官。是年冬,以徐州从事朝正京师,翌年春归徐州,作此诗,写下在京师的所见所感。

[注解]

　　①"天下"二句:据《新唐书·德宗纪》、《资治通鉴》卷二三五载:贞元十五年三月,彰义军节度使(治蔡州,今河南省汝南县,辖地包括河南省东南部各县)吴少诚遣兵袭唐州(今河南省泌阳县),杀监军邵国清、镇遏使张嘉瑜,掠百姓千余人而去。八月,掠临颍(今河南省临颍县)。十二月,讨吴诸军兵溃于小溵水[淮水支流大溵水上流,流经郾城(今河南省漯河市郾城区北)]。至次年,乱事犹未平。　②吁谟(xū mó)者:掌握国政权柄的人,当指宰相而言。吁谟,大的谋划。《诗·大雅·抑》:"吁谟定命。"毛传:"吁,大。谟,谋。"谁子:是谁?子是对古代男子的美称。据《新唐书·宰相世系表》:当时任宰相的工部侍郎郑余庆、门下侍郎崔损,充位而已。而德宗所信任者有李齐运、王绍、李实、韦渠牟等。　③失所宜:措置失当。　④"前年"二句:《新唐书·德宗纪》:"(贞元十四年)冬,无雪,京师饥。"关中:指以当时京师(长安)为中心的渭水流域地区,因位于东函谷关、西散关、南武关、北萧关之间,故称之。闾井:村落。古代二十五户为闾。　⑤"去岁"句:贞元十五年,郑、滑水患。参《龊龊》诗注⑥。　⑥不虚应:不是凭空有所感应,意即事出必有因。　⑦彤墀(chí):即丹墀,借指宫廷。墀,殿上空地,亦指台阶。《汉书·梅福传》:"故愿壹登文石之陛,涉赤墀之涂。"应劭注:"以丹掩泥涂殿上也。"　⑧"刳(kū)肝"二句:极言

韩愈诗选 | 33

对唐室的忠诚，以肝为纸，以血为墨，所言必然是竭尽心智的肺腑之言。刳肝：剖露肝胆。刳，剖开。沥血：滴下鲜血。沥，滴。 ⑨上言：先说。陈尧舜：《孟子·公孙丑下》："我非尧、舜之道，不敢陈于王前。" ⑩下言：接着说。龙夔：龙、夔是舜的两位贤臣。《书·舜典》："帝曰：夔，命汝典乐，教胄子……帝曰：龙，朕堲谗说殄行，震惊朕师，命汝作纳言，夙夜出纳朕命，惟允。" ⑪葳蕤（wēi ruí）：鲜丽貌。 ⑫寻：寻思。 ⑬"食芹"二句：自以为芹菜味美，就献给皇帝，那就太傻了。典出《列子·杨朱》。嵇康《与山巨源绝交书》亦用此典故说："野人有快炙背而美芹子者，欲献之至尊，虽有区区之意，亦已疏矣。"献御：进献给皇帝。 ⑭"缄封"二句：（把自己的意见）密藏在心中，耿耿忠怀只能自我欣赏。缄封：密闭。耿耿：诚信貌。 ⑮昨者：前些时候。指贞元十五年冬。 ⑯高车：达官贵人所乘之车。 ⑰周行（háng）：本义为大路，引申为朝廷权臣的行列。《诗·周南·卷耳》："嗟我怀人，置彼周行。"毛传："思君子，官贤人，置周之列位。" ⑱"见待"二句：谓自己极受礼遇，未能免去表面的虚礼。曾国藩《求阙斋读书录》卷八："谓不能披肝沥胆，豁露天真，犹今谚云客气也。" ⑲俟其衅（xì）：等待适当的机会。衅，间隙。 ⑳戎马间：身在节度使府，故云。 ㉑羁雌：失群无伴的雌鸟，以此喻离群索居，心境苦闷。羁，无偶。枚乘《七发》："龙门之桐……暮则羁雌、迷鸟宿焉。"谢灵运《晚出西射堂》诗："羁雌恋旧侣，迷鸟怀故林。" ㉒见相欺：被猜疑欺骗。此处寓有对周围环境（包括张建封在内）的不满情绪。 ㉓茫茫：神情恍惚貌。诣空陂：到空旷的山坡。陂，山坡。 ㉔酩酊（mǐng dǐng）：大醉貌。

[赏析]

　　韩愈在徐州并不如意，曾上书张建封有"抑而行之，必发疾狂"之语，可见其有积极用世之心。这首诗写于从京师归来之后，"忧时伤乱，感愤无聊"(《唐宋诗醇》评语),显然更为强烈。诗中列举淮西反叛、关中大旱、郑滑大水诸事,认为朝政的昏乱和连年的战争,带给人民莫大的苦难。自己虽有致君尧舜之策,但却"无由至彤墀",表现出一片忧时念国的至诚;然而见到朝中权贵时,即使自己满腔热血,大臣相待以礼,韩愈仍然口不敢言。对照韩愈当时彷徨不进的处境,其苦闷无奈的心情,更可由"连日或不语,终朝见相欺"看出。结尾"君知我为谁"极表忧愤,更增添不满之意在其间。

河之水二首寄子侄老成

河之水,去悠悠,我不如,水东流。我有孤侄在海陬①,三年不见兮,使我生忧。日复日,夜复夜,三年不见汝,使我鬓发未老而先化②。

[题旨]

韩愈少孤,依兄嫂而居。与孤侄老成一起长大,名为叔侄,实如兄弟。老成,韩介之子,过继为韩会之后,未仕而卒。韩愈《祭十二郎文》云:"吾佐董丞相于汴州,汝来省吾。止一岁,请归取其孥。明年,丞相薨,吾去汴州,汝不果来。是年,吾佐戎徐州,使取汝始行,吾又罢去,汝又不果来。"十二郎,即老成也。这首诗说"三年不见兮",所谓"三年",当是取其成数,实两年余。据此,这首诗作于德宗贞元十六年(800),韩愈在洛阳准备赴京朝正之时。

[注解]

①海陬(zōu):海边。陬,隅,角落。时韩老成在宣州(今安徽省

宣城市）上元别业居住。　②鬓发未老而先化：即《祭十二郎文》所云："吾年未四十，而视茫茫，而发苍苍，而齿牙动摇。"化，指黑化为白。

河之水，悠悠去，我不如，水东注。我有孤侄在海浦①，三年不见兮，使我心苦。采蕨于山②，缗鱼于泉③；我徂④京师，不远其还⑤。

[注解]

①海浦：河流入海的岸边地区。　②"采蕨"句：采蕨在山林。　③"缗(mín)鱼"句：钓鱼在泉水边。缗：钓丝。此处用作动词。　④徂：往，到。　⑤"不远"句：不久一定返回家乡。

[赏析]

读过韩愈名作《祭十二郎文》的人，都会被作者的深情所感动。如"死而有知，其几何离？其无知，悲不几时，而不悲者无穷期矣。""一在天之涯，一在地之角，生而影不与吾相依，死而魂不与吾梦相接，吾实为之，其又何尤？彼苍者天，曷其有极！"真是字字血泪。这首诗可说是《祭十二郎文》的前奏，一为诗，一为文，而有多处可并提合观：

诗：我不如，水东流。　　文：吾念汝从于东。

我有孤侄在海陬。　　中年兄殁南方，吾与汝俱幼。

使我鬓发未老而先化。　吾年未四十，而视茫茫，而发苍苍，而齿牙动摇。

我徂京师，不远其还。　暂相别，终当久相与处。

由此观之，韩愈时时刻刻思念老成。《祭十二郎文》云："图久远者，莫如西归，将成家而致汝也。"这可能是韩愈最大的心愿。可惜老成早卒，遂让骨肉重聚的希望破灭，读完此诗令人伤感不已。

赠侯喜

吾党侯生字叔迟①,呼我持竿钓温水②。平明鞭马出都门,尽日行行荆棘里。温水微茫③绝又流,深如车辙阔容辀④。蛤蟆⑤跳过雀儿浴,此纵有鱼何足求。我为侯生不能已,盘针擘粒投泥滓⑥。晡时⑦坚坐到黄昏,手倦目劳方一起。暂动还休未可期,虾行蛭渡似皆疑⑧。举竿引线忽有得,一寸才分鳞与鬐⑨。是时侯生与韩子,良久叹息相看悲。我今行事尽如此,此事正好为吾规。半世遑遑就举选⑩,一名始得⑪红颜衰。人间事势岂不见,徒自辛苦终何为?便当提携妻与子,南入箕颍无还时⑫。叔迟君今气方锐,我言至切君勿嗤。君欲钓鱼须远去,大鱼岂肯居沮洳⑬。

[题旨]

韩愈《洛北惠林寺题名》云:"韩愈、李景兴、侯喜、尉迟汾,贞元十七年(801)七月二十二日,鱼于温洛,宿此而归。昌黎韩愈书。"本诗即记述此次钓鱼之作。韩愈《祭侯喜文》云:"我钓我游,莫不我随。"亦指此事。故知此诗作于德宗贞元十七年七月以后。侯喜:字叔迟,上谷人。善为文,而仕途不顺遂,与韩愈交游多年。韩愈曾荐之于卢郎中,《与卢郎中论荐侯喜状》云:"进士侯喜,其为文甚古,立志甚坚。家贫亲老,无援于朝,在举场十余年,竟无知遇。愈与之还往,岁月已多。"此书作于贞元十七年。《与祠部陆员外书》又云:"有侯喜者……喜之家,在开元中衣冠而朝者,兄弟五六人。及喜之父,仕不达,弃官而归。喜率兄弟操耒耜而耕于野，地薄而赋多，不足以养其亲；则以其耕之暇，读书而为文，以干于有位者而取足焉。喜之文章，学西京而为也，举进士十五六年矣。"此书作于贞元十八年。于此略知侯喜生活梗概。而喜以贞元十九年中进士第，仕终国子主簿，亦韩门弟子。

[注解]

①吾党：指志同道合者。迨："起"古字。 ②温水：即洛水。唐时洛水自西南方流入洛阳，横穿市区流向东北，此次韩愈等人垂钓处在洛阳东北。 ③微茫：形容天旱水少。 ④深如车辙：形容水浅，有如车轮碾过的泥沟。阔容辀：谓河水只有一车的宽度。辀，车辕，亦泛指车。 ⑤蛤蟆：《风俗通》："蛤蟆一跳八尺，再丈六。" ⑥盘针：弯针为钩。掌粒：剖粒为饵。泥滓：泥浆。 ⑦晡时：申时，下午三点到五点。晡，日偏斜。 ⑧"暂动"二句：形容垂钓时看到水面波动，原来是虾、水蛭等游动，让人疑心有鱼在水下。蛭：水蛭。 ⑨"一寸"句：指钓到一条才分鳞、鳍的寸长小鱼。鬐（qí）：鱼鳍。 ⑩遑遑：匆忙的样子。就举选：参加科举选才之试。 ⑪一名始得：谓考取功名。 ⑫箕颍：箕山与颍水。箕山，在河南省登封市东南，又称许由山。相传尧时巢父、许由曾隐于此，后伯益避禹之子于箕山之北。颍水，源出嵩山西南，河南省登封市西。皇甫谧《高士传》："（许）由于是遁而耕于中岳颍水之阳、箕山之下。" ⑬沮洳（jù rù）：土地低湿处。

[赏析]

韩愈与侯喜情感深厚，作此诗时，侯喜尚未登进士第，两人皆有急于仕进之心，因而一次钓鱼嬉戏，会引出深层感慨。妙在韩愈从远处写来，描出一片美好景致、一份好心情，却在不耐久候的情绪下，引出烦躁彷徨的气氛。忽然由此一转，创造出鲜明的情境——人生至乐在于家庭和乐，富贵功名又何须眷恋？查慎行《十二种诗评》说："通篇多为结句作势。"洵然。

山 石

　　山石荦确行径微①，黄昏到寺蝙蝠飞。升堂坐阶新雨足②，芭蕉叶大支子肥③。僧言古壁佛画好，以火来照所见稀④。铺床拂席置羹饭，疏粝⑤亦足饱我饥。夜深静卧百虫绝⑥，清月出岭光入扉⑦。天明独去无道路⑧，出入高下穷烟霏⑨。山红涧碧纷烂漫⑩，时见松枥皆十围⑪。当流赤足踏⑫涧石，水声激激风吹衣。人生如此自可乐，岂必局束为人鞿⑬。嗟哉吾党二三子⑭，安得至老不更归⑮。

[题旨]

　　此诗继承《诗经》传统的制题方法，以开头二字为题，篇题并不能概括诗的主要内容。全诗写诗人在一个初夏黄昏前往山寺（当是洛阳惠林寺），翌日清晨返回的所见、所闻、所感，实为一幅夏秋之间的山景图。此诗写作年月不可确考。方世举《昌黎诗集编年笺注》系于《赠侯喜》之后，详其意义应为早年作品，今从之。或有人以为是去徐至洛阳途中作（如魏怀忠《新刊五百家注音辨昌黎先生文集》引樊汝霖说），亦有人认为所述为南方景物，是南迁阳山或潮州时作品（如王鸣盛《蛾术编》说）。

[注解]

　　①荦（luò）确：山多大石，险峻不平貌。荦，超绝，特出。《史记·天官书》："此其荦荦大者。"确，亦作"埆"，坚石。行径微：山路狭窄。

径,步道。微,狭小。 ②升堂:进入厅堂。升,上、进。堂,正室。新雨:刚下完的雨。新,初。 ③支子:即栀子花,夏天开花,花瓣六出,香味浓郁。支,通"栀"。肥:状栀子果实饱满。 ④稀:稀微不清。 ⑤疏粝:粗糙的饭食。粝,本作"粝",糙米。 ⑥百虫绝:指虫声停止。 ⑦扉:门扇。 ⑧无道路:指晓色迷茫中看不清道路。也有信步走去,不知原路之意。 ⑨穷烟霏:看尽烟霏,即走遍山径。烟霏,雨后水汽上升形成流动的云雾。霏,云气。 ⑩纷烂漫:光彩分布貌。纷,盛多,杂乱。烂漫,色彩斑斓鲜明。 ⑪枥:同"栎",麻栎。一种落叶乔木。围:计量圆周的约略单位,此指两臂合抱的长度。 ⑫蹋:通"踏"。 ⑬局束:拘束难伸貌。为人鞿(jī):被人所拘系,不自由。鞿,马缰绳。 ⑭吾党二三子:指与作者志趣相合的几个朋友,可能是韩愈《洛北惠林寺题名》提到的李景兴、侯景、尉迟汾等人。 ⑮不更归:"更不归"的倒文,谓不归隐山林。

[赏析]

本诗以游记的写法,按行程的顺序,描述了"黄昏到寺"、"夜深静卧"、"天明独去"三段时间的感受。全诗层次井然,生动而真切,语言也多力避偶俪,显得洁净而自然。

起笔点明雨后黄昏的古寺景色,一、二句是荒凉风景,三、四句转眼写出新鲜情景。"升堂"两句写诗人登上正殿,坐在台阶上休息,这是一种偶然;在休息过程中,不经意地欣赏到"芭蕉叶大支子肥"的画面,这更是一种巧遇。"大"、"肥"承接了"新雨足",增强了形象鲜明的效果。之后描述寺僧接待客人的情景,不仅景物描写得很好,更可看出主人待客的热诚。虽然食宿简单,但心境是舒适的。夜深了,百虫绝响;明月升起岭上,清辉洒入门户;待到天明,一切均被晨雾笼罩。"山红涧碧"两句写红日映照下的山林秀色,山头是一抹朝晖,山涧是一带清碧,大自然反映出炫目耀眼的山光水色。有时见到古松巨枥，有时踏石过溪，谛听水声风声，面对清风流水必然涌起一股愉悦之情。这样的生活自在而惬意，何必要被世俗所拘束牵绊呢？结尾"人生如此自可乐，岂必局束为人鞿"，正说明了寺中过夜的意趣。退出官场的羁绊，抒发自己的感慨，韩愈此时此刻，当然希望与二三知己同游终老了。

这首诗不像王维一首诗一个画面，而是以推步移形的手法，由一个进程建构出许多画面，这在以往的记游诗是少见的。其中每个画面，又都带有明显的时间和地点特征，如"黄昏到寺蝙蝠飞"，黄昏怎能看见清晰的画面呢？作者巧妙地选用"蝙蝠飞"的镜头，让黄昏时容易出现的蝙蝠在寺里盘旋，立刻把诗人和山寺统统笼罩在幽暗的暮色中。又如"夜深静卧百虫绝"表现了山寺之夜的清幽，"清月出岭光入扉"描绘出诗人兴致勃勃赏月的景象。诗后段"独去无道路"呼应了上文的"行径微"，"出入高下"呼应了"山石荦确"，"赤足踢涧石"呼应了"新雨足"，这都是前后照应的手法。韩愈这次游山，是和两三朋友结伴同行的，作者记下了这次饶有兴味的游山之旅，成就了这篇杰出的记游诗。

中期：雄奇变怪

（德宗贞元十九年至宪宗元和九年，803—814）

落　齿

　　去年落一牙①，今年落一齿。俄然落六七，落势殊②未已。余存皆动摇，尽落应始止。忆初落一时，但念豁③可耻。及至落二三，始忧衰即死。每一将落时，懔懔④恒在己。叉牙妨食物⑤，颠倒怯漱水⑥。终焉舍我落，意与崩山比。今来落既熟⑦，见落空相似。余存二十余⑧，次第知落矣。傥常岁落一，自足支两纪⑨。如其落并空，与渐亦同指。人言齿之落，寿命理难恃。我言生有涯，长短俱死尔⑩。人言齿之豁，左右惊谛视⑪。我言庄周⑫云，木雁各有喜⑬。语讹默固好⑭，嚼废软还美⑮。因歌遂成诗，持用诧妻子。

[题旨]

　　韩愈身体早衰，中年即发白齿落，在诗文中屡次言及。贞元十八年（802）《与崔群书》云："近者左车第二牙，无故动摇脱去。"今此诗又云："去年落一牙，今年落一齿。"则此诗当作于德宗贞元十九年。

　　公诗有《江陵途中》云："自从齿牙缺。"《感春》云："语误悲齿堕。"《赠崔立之评事》云："齿发早衰嗟可闵。"《送侯参谋赴河中幕》云："我齿豁可鄙。"《赠刘师服》云："今我呀豁落者多，所存十余皆兀臲。"《寄崔二十六立之》云："所余十九齿，飘飘尽浮危。"《江州寄鄂州李大夫》云："我齿落且尽。"公文有《祭十二郎文》云："吾年未四十，而视茫茫，而发苍苍，而齿牙动摇。"《上兵部李侍郎书》云："发秃齿豁。"《进学解》云："头童齿豁。"《五箴》云："齿之摇者日益脱。"其感于中而见于诗文者多矣。

[注解]

①牙：与下句中的"齿"意无别，乃是互文。 ②殊：张相《诗词曲语辞汇释》："殊，犹'犹'也。" ③豁：残缺，裂开。 ④懔懔：危惧貌。 ⑤叉牙：参差不齐貌。妨食物：妨碍进食。 ⑥"颠倒"句：指牙齿歪斜不正，要掉还没掉，漱口也不方便。与上句的主语同为牙齿，乃是互文。 ⑦熟：习以为常。 ⑧余存二十余：剩下二十多颗牙齿。 ⑨两纪：二十四年。周代礼制一纪十二年，见《书·毕命》孔传及《国语·晋语四》。 ⑩"我言"二句：《庄子·养生主》："吾生也有涯，而知也无涯。"《列子·杨朱》："万物齐生齐死，十年亦死，百年亦死。"王羲之《兰亭集序》："况修短随化，终期于尽。" ⑪惊谛视：吃惊地注视。谛，注意，仔细。 ⑫庄周：战国初期哲学家，提出逍遥、齐万物、同生死的泯除相对学说，对后世影响甚大。 ⑬"木雁"句：典出《庄子·山木》："庄子行于山中，见大木枝叶盛茂，伐木者止其旁而不取也。问其故，曰：'无所可用。'庄子曰：'此木以不材得终其天年。'夫子出于山，舍于故人之家。故人喜，命竖子杀雁而烹之。竖子请曰：'其一能鸣，其一不能鸣，请奚杀？'主人曰：'杀不能鸣者。'明日，弟子问于庄子曰：'昨日山中之木，以不材得终其天年。今主人之雁，以不材死。先生将何处？'庄子笑曰：'周将处乎材与不材之间。'"后世因用"木雁"比喻有才与无才，皆有可能得享天年。诗意谓有牙无牙，皆有可喜之处。 ⑭"语讹"句：说话声音讹误，那就索性不说话更好。 ⑮"嚼废"句：咀嚼功能不佳，那就吃软的食物更觉味美。

[赏析]

许多人视韩愈为道学家，视韩诗为近似古文的"以文为诗"，殊不知他主张任何题材都可入诗，《进学解》说："玉札丹砂，赤箭青芝，牛溲马勃，败鼓之皮，俱收并蓄，待用无遗。"他写过滑稽可喜的《毛颖传》，裴度《寄李翱书》说他："以文为戏。"这首诗写落齿的经验，把生活上庸俗不美之事，写得生动有趣，亦庄亦谐，见出作者性情的另一面。

韩愈从"去年落一牙"的低调开始，层层递进，写牙齿一个接一个落下，写年轻和年老时落齿的不同感受。"及至落二三，始忧衰即死"两句，已经由浅入深，接触到生死的大问题了。"叉牙妨食物，颠倒怯漱水"两句，细腻而风趣的描写，使人对老化过程感到无可奈何。"意与崩山比"一句善用夸张，诙谐滑稽。到这里是前半段，将落齿的情形与想法，参差有序地写来，虽有曲折，只如白话。接下去八句左忖右度，反复估计，幽默讨喜。自"人言齿之落"一句开始，韩愈泰然接受落齿的事实，同时征引《庄子》的典故，纵论祸福、生死之道。最后四句，作者自我解嘲，已经超脱了落齿的痛苦和烦恼。"语讹默固好，嚼废软还美"二句，从反面说出不才之可喜，意味颇深长。

这首诗，韩愈一再重复"落"字，诙谐处不下于陶潜《止酒》诗里一再重复"止"字。诗中自我解嘲的语调，则使人想起杜甫的《空囊》。朱彝尊《批韩诗》曰："真率意，道得痛快，正是昌黎本色。"

湘　中

猿愁鱼踊水翻波，自古流传是汨罗①。苹藻满盘无处奠②，空闻渔父叩舷歌③。

[题旨]

德宗贞元十九年（803）冬，韩愈贬阳山，次年春行至湘中（今湖南省湘水一带),作此诗吊屈原。韩有《祭张署文》叙迁谪阳山事:"南上湘水,屈氏所沈,二妃行迷,泪踪染林,山哀浦思,鸟兽叫音。余唱君和,百篇在吟。"又《寄三学士诗》云:"商山季冬月,冰冻绝行辀。春风洞庭浪,出没惊孤舟。"

[注解]

①汨罗:汨罗江源出江西,向西北流至湖南省湘阴县磊石山入洞庭湖。战国时楚国爱国诗人屈原自沉于此。 ②蘋藻:蘋、藻都是水草,古人用以祭祀。《诗·召南·采蘋》:"于以采蘋,南涧之滨。于以采藻,于彼行潦。……于以奠之,宗室牖下。"郑玄笺:"古者妇人先嫁三月,祖庙未毁,教于公宫;祖庙既毁,教于宗室。教以妇德、妇言、妇容、妇功。教成之祭,牲用鱼,芼用蘋藻,所以成妇顺也。"无处奠:找不到屈原葬身之处,无法祭奠。 ③渔父叩舷歌:此暗用屈原《渔父》故事:屈原被逐后,行吟汨罗江畔,遇一渔父,屈原向他表明自己不能"以身之察察,受物之汶汶","以皓皓之白,蒙世俗之尘埃"。渔父听罢,拍动船桨而歌曰:"沧浪之水清兮,可以濯我缨;沧浪之水浊兮,可以濯我足。"叩舷歌,拍击船身而唱歌。舷,船身两侧。

[赏析]

韩愈在贬官途中,走访汨罗江,欲亲自祭奠屈原,其心情当与屈原心心相印:"忠心为国,而终不见用。"屈原遭放逐事,自汉代贾谊、司马迁以来,即为文人寄寓感慨的对象。而韩愈此诗,先点明这是"流传"故事,再说出湘江浩渺,不知何处祭奠屈原,最后徒闻"渔父叩舷歌",怅然若失。因此孙昌武《韩愈选集》说:"全从空处用笔,恍惚古今之间。"缅怀屈原,念及自身的凄凉,读来别有一番感喟。

答张十一功曹

山净江空①水见沙,哀猿啼处两三家②。筼筜竞长纤纤笋③,踯躅④闲开艳艳花。未报恩波知死所⑤,莫令炎瘴⑥送生涯。吟君诗⑦罢看双鬓,斗觉霜毛一半加⑧。

[题旨]

张十一(758—817),名署,河间(今河北省河间市)人。形貌魁硕,长于文辞。德宗贞元二年(786)进士,举博学宏词,为校书郎,自武功县尉拜监察御史。贞元十九年与韩愈、李方叔同时被贬南方,得郴州临武(今湖南省临武县)令,二人相偕南行,出秦岭,下襄、汉,次年正月过洞庭,溯湘江,抵长沙,南至九嶷山,同至临武。韩愈继续南行。二人一路唱和,张署有《赠韩退之》诗,此诗为和答之作,应写于初抵临武时。张署后任江陵功曹参军、刑部员外郎、澧州刺史、河南令等职,任地方官期间,颇有建树,政声斐然。

[注解]

①山净江空:春山明净,春江空阔。 ②两三家:人烟稀少,意谓景致荒凉。 ③筼筜(yún dāng):大竹名。皮薄,节长而竿高,竹中较大的一种。杨孚《异物志》:"筼筜生水边,长数丈,围一尺五六寸。一节相去六七寸,或相去一尺,庐陵界有之。"纤纤:细小貌。 ④踯躅:即羊踯躅,杜鹃花科。《岭南异物志》:"南中花多红赤……唯踯躅为胜。岭北时有,不如南之繁多也,山谷间悉生。二月发时,照耀如火,月余不

歌。"　⑤"未报"句：君恩未报，死所亦未知。恩波：指皇帝的恩泽。死所：葬身之地。　⑥炎瘴：炎热地区的瘴气。瘴，疫气。古人未发现疟疾病原虫，以为南方湿热空气导致疫情产生从而使人断送性命。　⑦君诗：指张署《赠韩退之》诗："九疑峰畔二江前，恋阙思归日抵年。白简趋朝曾并命，苍梧左宦一联翩。鲛人远泛渔舟火，鹏鸟闲飞雾里天。涣汗几时流率土，扁舟直下共归田。"（《全唐诗》卷三一四）　⑧斗：与"陡"同，顿时。霜毛：白发。

[赏析]

　　现存韩愈七律仅十三首，程学恂《韩诗臆说》："吾独取此篇为真得杜意。"所谓"杜意"大概是指本诗写景的手法，颇如杜甫在夔州后的作品。例如首联二句"山净江空水见沙，哀猿啼处两三家"颇似杜诗《登高》首联"风急天高猿啸哀，渚清沙白鸟飞回"。又如颔联二句"筼筜竞长纤纤笋，踯躅闲开艳艳花"，也与杜诗《江畔独步寻花七绝句》第七首"繁枝容易纷纷落，嫩蕊商量细细开"相似。其实重点不在于字词对仗、题材运用的相似，更重要的是首联景象开阔，写出阳山地区的荒寒落寞；颔联景物纤细，用"筼筜"两句点明春季，写景物有静有动；颈联"未"字双贯"报"与"知"，但求余生不在炎瘴之中消磨泯灭而已，有哀怨，有悲愤，绝望中仍抱持一丝希望；收处借答张署之诗，以形容憔悴之身，于是，明丽风光和贬谪的苦闷形成强烈对比，是写自己，也是告诉对方同病须相怜。全诗表达感情跌宕顿挫，兼具深度与广度，确有杜律风神。

贞女峡

　　江盘峡束春湍豪①，雷风战斗②鱼龙逃。悬流轰轰射水府③，一泻百里翻云涛④。漂船摆石万瓦裂⑤,咫尺性命轻鸿毛⑥。

[题旨]

　　《元和郡县志》卷三十:"[江南道连州桂阳县(连州治所,今广东省连州市)]贞女峡在县东南一十里。"郦道元《水经注·洭水》引《地理志》曰:"洭水出桂阳,南至四会,溪水下流,历峡南出,是峡谓之贞女峡。峡西岸高岩名贞女山。山下际有石如人形,高七尺,状如女子,故名贞女峡。"此诗为德宗贞元二十年(804)春,作者至连州前,路过桂阳所作。

[注解]

　　①江盘峡束:江流曲折,江水为峡所束。盘,盘旋,弯曲。春湍豪:春来峡水高涨,奔流湍急,气势豪壮。　②雷风战斗:形容江水翻腾,声震峡谷,有如风雷相搏击。　③悬流:瀑布。此处形容江流自高处奔涌而下,落差极大。水府:指神话中水神的宫殿,亦即水流之深处。　④翻云涛:形容水流飞溅,浪涛滚滚如云。　⑤"漂船"句:形容水势湍急,船若不慎撞上岩石就会碎裂如一堆碎瓦。漂船:即《水经注》所谓"水流迅急,破害舟船"之意。摆石:拨动巨石。摆,排,拨。　⑥"咫尺"句:由于水势汹涌,舟行水上,极短的距离(兼指很短的时间),就会让人丧命。鸿毛:司马迁《报任少卿书》:"人固有一死,或重于太(泰)山,或轻于鸿毛。"

[赏析]

　　本诗描写阳山附近贞女峡的峡江风光,船行激流,险象环生,带出惊心动魄的壮伟恢奇景色。笔力浑厚,想象奇崛,以六句完篇,收到了斩截雄健的效果。

宿龙宫滩

浩浩复汤汤①,滩声抑更扬。奔流疑激电,惊浪似浮霜。梦觉灯生晕②,宵残雨送凉。如何连晓语③,只是说家乡?

[题旨]

龙宫滩在阳山县(今广东省阳山县)南二十五里。此诗当作于德宗贞元二十年(804)秋,当时韩愈离开阳山,取道水路,先向南行,再越岭奔郴州(今湖南省郴州市)。北归首途,心情激动,彻夜难眠,写下外宿时引发的思乡情愫。

[注解]

①汤汤:大水急流貌。 ②"梦觉"句:谓梦醒所见光影模糊。梦觉:梦醒。晕:灯光照到水气而生的晕圈。 ③连晓语:夜间到天亮的谈话。

[赏析]

这首诗先写龙宫滩的水势涛声,是客里夜卧谛听而来。中间颔联、颈联四句,对仗工妙,合乎五律的规格。"梦觉"一转,点出客宿,始知前幅听水,后幅见孤灯、听雨、送凉,正是听觉、视觉、听觉、触觉意象的递换运用。结以夜语思乡,短篇中一唱三叹,情境浑成。

县斋有怀

少小尚奇伟①,平生足悲吒②。犹嫌子夏儒,肯学樊迟稼③?事业窥皋稷④,文章蔑曹谢⑤。濯缨起江湖⑥,缀佩杂兰麝⑦。悠悠指长道⑧,去去策高驾⑨。谁为倾国媒?自许连城价⑩。初随计吏贡,屡入泽宫射⑪。虽免十上劳,何能一战霸⑫。人情忌殊异⑬,世路多权诈。蹉跎颜遂低⑭,摧折气愈下。冶长信非罪,侯生或遭骂⑮。怀书出皇都,衔泪渡清灞⑯。身将老寂寞,志欲死闲暇。朝食不盈肠,冬衣才掩骼⑰。军书既频召,戎马乃连跨⑱。大梁从相公⑲,彭城赴仆射⑳。弓箭围狐兔,丝竹罗酒炙㉑。两府变荒凉㉒,三年就休假㉓。求官去东洛,犯雪过西华㉔。尘埃紫陌春,风雨灵台夜㉕。名声荷朋友㉖,援引乏姻娅㉗。虽陪彤庭臣㉘,讵纵青冥靶㉙。寒空耸危阙,晓色曜修架㉚。捐躯辰在丁㉛,铩翮时方蜡㉜。投荒诚职分,领邑幸宽赦㉝。湖波翻日车,岭石坼天罅㉞。毒雾恒熏昼㉟,炎风每烧夏㊱。雷威固已加,飓势仍相借㊲。气象杳㊳难测,声音吘可怕。夷言㊴听未惯,越俗循犹乍㊵。指摘两憎嫌,睢盱互猜讶㊷。只缘恩㊸未报,岂谓生足借㊸。嗣皇新继明㊹,率土日流化㊺。惟思涤瑕垢,长去事桑柘㊻。屙嵩开云扃,压颍抗风榭㊼。禾麦种满地,梨枣栽绕舍。儿童稍长成,雀鼠得驱吓。官租日输纳,村酒时邀迓㊽。闲爱老农愚㊾,归弄小女姹㊿。如今便可尔,何用毕婚嫁㊿。

[题旨]

县斋,指阳山县的县衙门,此诗正是在阳山县令任内作。诗中写到"嗣皇新继明",指顺宗李诵即位,在德宗贞元二十一年(805)正月二十六日,诗当作于此日之后不久。

[注解]

①尚奇伟:向往丰功伟业。尚,崇尚,喜好。 ②悲吒:悲愤。吒,

同"吒",愤怒。比喻一生郁郁不得志。 ③"犹嫌"二句:谓不愿做章句之儒,亦不甘心终老于田园。子夏儒:《论语·雍也》:"子谓子夏曰:'女为君子儒,无为小人儒。'"子夏,名卜商,孔子弟子,擅长文学。相传他作《易传》、《诗序》、《礼记·丧服》等。樊迟稼:《论语·子路》:"樊迟请学稼。子曰:'吾不如老农。'请学为圃。曰:'吾不如老圃。'"樊迟,孔子弟子,名须,字子迟。 ④窥皋稷:谓上比皋、稷。窥,羡慕,学习。皋,即皋陶(或作"咎繇"),传为舜臣,掌刑狱之事。稷,传为舜时农官,教人稼穑,为周人祖先。杜甫《自京赴奉先县咏怀五百字》:"许身一何愚,窃比稷与契。" ⑤蔑曹谢:谓轻视曹植、谢灵运。曹植,字子建,沛国谯(今安徽省亳州市)人。曹操第三子。建安诗人。《南史·文学传》:"(吴)迈远好自夸而蚩鄙他人,每作诗得称意语,辄掷地呼曰:'曹子建何足数哉!'"谢灵运,陈郡阳夏(今河南省太康县)人。袭封康乐公,又称谢康乐。南朝宋诗人。 ⑥濯缨:洗涤帽缨。缨用以结冠。语本《孟子·离娄上》"沧浪之水清兮,可以濯我缨"以及屈原《渔父》故事。参见《湘中》注③。濯缨为隐逸之词,诗中用以表志向高洁。江湖:隐居者所居之地,喻出仕前做老百姓。 ⑦缀佩:佩戴饰物。古人衣带上的饰物。兰麝:兰与麝香,皆为香料,一为植物香料,一为动物香料。诗中以佩饰、薰香表品德美好。 ⑧"悠悠"句:形容求进心切,而前途茫茫路迢遥。 ⑨策高驾:本义是驱赶高车大马,这里指为远大目标而努力。 ⑩"谁为"二句:表示自视极高,惜无人推介。"谁为"句以美人自喻,愿得媒人引荐。倾国媒:美女之媒。《汉书·外戚传》:"(李)延年侍上起舞,歌曰:'北方有佳人,绝世而独立。一顾倾人城,再顾倾人国。宁不知倾城与倾国,佳人难再得。'"连城价:谓价值连城。《史记·廉颇蔺相如列传》:"赵惠文王时,得楚和氏璧。秦昭王闻之,使人遗赵王书,愿以十五城请易璧。" ⑪"初随"二句：谓自己曾经列身"乡贡"参与科举考试。计吏贡：贞元二年，韩愈随计吏来京师，参加贡举。古代年终地方官（或遣吏）至京师，向朝廷缴纳贡品，若地方有人才，亦随行至京师参加进士考试。《新唐书·选举志》载：唐乡贡制度，"每岁仲冬，州、县、馆、监举其（生员）成者，送之尚书省"。参见《此日足可惜一首赠张籍》注⑫。泽宫射：《礼记·射义》："天子将祭，必先习于泽。泽者，所以择士也。已射于泽，而后射于射宫，射中者，得与祭，不中者不得与。"注："泽，宫名。" ⑫"虽免"二句：虽说不像苏秦有十次上书之劳，但也不能指望一试即成功。韩愈自贞元四年应礼部试，至八年始及第，十年试博学宏词又不中，故云。十上劳：《战国策·秦策》："（苏秦）说秦王，书十上而说不行。"一战霸：一战而胜。此以战争喻考试。 ⑬忌殊异：忌妒有特出才学的人。 ⑭蹉跎：失足，困顿。颜：颜面。 ⑮"冶长"二句：说自己无故被斥。冶长：公冶长，字子长，孔子弟子。《论语·公冶长》："子谓公冶长，可妻也，虽在缧绁之中，非其罪也。"信：确实。侯生：侯嬴，战国时魏隐士，大梁夷门监者。魏公子信陵君礼重之而为其执辔。《史记·信陵君列传》："公子（为侯生）执辔，从骑皆窃骂侯生。"或：有时候。 ⑯"怀书"二句：叙贞元十一年三度《上宰相书》不报，自长安东归。怀书：带着书信。皇都：指长安。清灞：指灞水，源出陕西省蓝田县，西北流经长安东入渭水，其上有灞桥，为出都送别之所。 ⑰掩髂(qià)：遮住腰。髂，腰骨。 ⑱"军书"二句：韩愈先后在汴州宣武军和徐州武宁军任幕职，故云。军书：军府文书，此指招聘文书。戎马：战马。 ⑲"大梁"句：谓在汴州（古称大梁）从董晋。董晋为使相。参见《此日足可惜一首赠张籍》注③。 ⑳"彭城"句：谓在徐州从张建封。张建封为仆射。参见《此日足可惜一首赠张籍》注㊺。 ㉑"弓箭"二句：描写军府射猎生活。参见《雉带箭》一诗。丝竹：乐器，借指音乐。酒炙：酒肉。炙，烤肉，借指菜肴。 ㉒两府：汴州、徐州两节度使府。贞元十五年二月，董晋薨，汴州宣武军乱；次年五月，张建封薨，徐州武宁军乱。 ㉓"三年"句：贞元十六年韩愈离开徐州，回到洛阳家中，至十八年春任四门博士，休闲三年。休假：休闲。 ㉔"求官"二句：韩愈离徐后居东都洛阳，往来长安求调选。自洛赴京，西过华山下，在十六、十七二年，皆当冬季，故曰"犯雪"。犯雪：冒雪。 ㉕"尘埃"二句：谓任职长安四门博士，奔走于尘埃风雨之中。紫陌：京城的道路。灵台：西周台名，又汉宫名。《汉书·河间献王传》："武帝时，献王来朝，献雅乐，对三雍宫及诏策所问三十余事。"应劭注："辟雍、明堂、灵台也。"此指韩愈任职四门博士。 ㉖荷朋友：依靠朋友。荷，仰荷，感戴。 ㉗乏姻娅：缺少亲旧为奥援。姻娅，婿称岳父为姻，两婿互称为娅，见《尔雅·释亲》，泛指姻亲关系。 ㉘"虽陪"句：指身为监察御史得侧身朝列。陪：同列，参与。彤庭：指殿庭。 ㉙"讵纵"句：谓难以实现驰骋云天的大志。讵：岂，何。纵：高举，驰骋。青冥靶：指飞驰青天的骏马。青冥，青天。靶，缰绳。 ㉚"寒空"二句：渲染贬官那天早晨的宫殿风景，也有踏上征途，不畏前途艰险之意。耸：耸立。危阙：高峻的宫阙。阙，古代宫庙或墓门所立装饰性双柱，后称望楼。曜：同"耀"，照耀。修架：长桥。 ㉛捐躯：谓自己冒死上表。曹植《求自试表》："捐躯济难，忠臣之志也。"辰在丁：指上疏之日。贞元十九年十二月戊申朔，十日为丁巳。 ㉜铩翮（shā hé）：鸟羽毛残落，不能高飞，比喻人遭贬官的失意。铩，伤残。翮，羽根，鸟羽毛中的硬梗。时方蜡：遭贬之时，时方蜡祭。蜡，岁终之祭。 ㉝"投荒"二句：谓被贬荒远之地是分所应当，任职县令是蒙受宽赦。投荒：被贬至荒远之地。领邑：指贬为阳山县令。 ㉞"湖波"二句：描写过洞庭湖有风涛之险，过南岭有绝壁之险。日车：指太阳。圻天罅：谓裂缝露出青天。

圻，裂开。罅，裂缝，这里是形容悬崖壁立的山径。 ㉟“毒雾”句：南方湿热，终日湿气蒸腾如毒雾。毒雾：毒气。相传南方有瘴气，能致人病、死。熏：气味袭人。昼：白日。 ㊱炎风：热风。烧夏：热坏整个夏天。 ㊲“雷威”二句：谓雷霆力量已经够厉害，又加上飓风助长其声势。 ㊳杳：渺茫不可见。 ㊴夷言：当地方言。 ㊵越俗：泛指岭南风俗。古越族居于江浙闽粤之地。循犹乍：虽已熟悉却仍感到诡异。循，遵循。乍，刚开始不太习惯。 ㊶“指摘”二句：言语习俗不同，官府与居民互相指斥，难免生嫌恶；猜疑惊恐，造成当地民情横暴的现象。睢盱(huī xū)：横暴貌。睢，仰目。盱，张目。两字是同义复词。猜讶：惊疑。 ㊷恩：指皇帝的恩惠。 ㊸生足借：一生还有什么指望。借，凭借，依靠。 ㊹嗣皇：新继任的皇帝，指唐顺宗李诵，继德宗即位。继明：指继位。 ㊺率土：境域之内。日流化：教化一天天广被。此句暗指自己希望能得到赦免。 ㊻事桑柘：谓从事耕织。桑、柘树叶都可以喂蚕。 ㊼“斸（zhú）嵩”二句：将在嵩山云深处建筑房舍，在颍水风凉处建造亭榭。斸嵩：谓开垦嵩山。斸，砍树、除草根。嵩，中岳嵩山，在河南省登封市。开云扃：拨开云雾，指住在高山上。扃，门户。压颍：谓在颍水之上。颍，颍水，源自嵩山西南。古人以嵩山、颍水为隐居秀地，参阅《赠侯喜》注⑫。抗风榭：迎风的台榭。抗风，得风之处。榭，建筑在高台上四面无墙的高屋。 ㊽“官租”二句：官租按时缴纳，与村民们饮酒过从。邀迓：邀请。迓，迎接。 ㊾愚：指老农的淳朴。愚是智巧的反衬。 ㊿弄：戏弄。小女姹：小儿女。姹，可爱的少女。 (51)毕婚嫁：办完儿女嫁娶之事。

［赏析］

德宗贞元二十一年，韩愈任连州阳山（今广东省阳山县）令，心情牢落，作此诗以抒发感慨。全诗由“少小尚奇伟”的宏伟抱负，写到退耕田园的心情表白，由实写而虚拟，末尾十四句均为设想之辞，可见已厌倦于官场。这自然与出仕、入幕、居官、被贬的不顺遂有关，反映出一位有理想的文人所遭遇的困顿境遇及人生历程，可谓韩愈半生经历总结，是了解韩愈生平志向的好材料。

这首诗起势即落拓不羁，雄浑洒脱。接叙世道崎岖，饱受摧折，韩愈自比公冶长和侯嬴，犹需人赏识。仕途中念兹在兹者，惟报效国君而已。诗中提及初贬阳山不适应之处，可见唐人的南方经验一般如此。在形式技巧方面，通首采用对偶句的形式，又用赋体铺叙之，既有写实描绘，又有浪漫遐想，引僻典，押仄韵，组织精工，镕裁得致，值得注意。

八月十五夜赠张功曹

纤云四卷天无河①，清风吹空月舒波②。沙平水息声影绝，一杯相属君当歌③。君歌声酸辞且苦，不能听终泪如雨："洞庭连天九疑高④，蛟龙出没猩鼯⑤号。十生九死到官所⑥，幽居⑦默默如藏逃。下床畏蛇食畏药⑧，海气湿蛰熏腥臊⑨。昨者州前捶大鼓，嗣皇继圣登夔皋⑩。赦书一日行万里⑪，罪从大辟皆除死⑫。迁者追回流者还⑬，涤瑕荡垢朝清班⑭。州家申名使家抑⑮，坎轲只得移荆蛮⑯。判司⑰卑官不堪说，未免捶楚尘埃间⑱。同时辈流多上道⑲，天路⑳幽险难追攀。"君歌且休听我歌，我歌今与君殊科㉑："一年明月今宵多㉒，人生由命非由他，有酒不饮奈明何㉓！"

[题旨]

德宗贞元二十一年（805）正月，唐顺宗李诵即位，二月十四日大赦天下。韩愈和张署得赦。夏秋之际，分别从阳山（今广东省阳山县）、临武（今湖南省临武县）到郴州（今属湖南省郴州市）待命，即韩愈《祭郴州李使君文》所谓"俟新命于衡阳，费薪刍于馆候。……辍行谋于俄顷，见秋月之三毂。逮天书之下降，犹低回以宿留"云。"天书下降"，朝廷授张署为江陵（荆州治所，属今湖北省荆州市）功曹参军，韩愈为法曹参军。（唐上州诸曹参军事，从七品下）八月四日，顺宗禅位，下诏大赦，改元永贞；九日，宪宗李纯即位，十四日，赦书传至郴州。韩愈改官江陵府法曹参军，张署改官江陵府功曹参军。这首诗是在郴州得到改官消息后所作，正巧是八月十五中秋夜，韩愈以新官衔张功曹称呼张署。张署，参见《答张十一功曹》题旨。

[注解]

①纤云：微云，薄云。四卷：四散。天无河：谓明月朗照不见银河。　②月舒波：月光如水，光波向四野舒展。　③属：通"嘱"，指劝酒。君当歌：曹操《短歌行》："对酒当歌，人生几何。"　④洞庭：《元和郡县图志》卷二七："洞庭湖在（巴陵）县西南一里五十步，周回二百六十里。"九疑：九嶷山，又名苍梧山。疑，同"嶷"。此山在今湖南省宁远县南。从"洞庭"句起至"天路"句，都是张功曹的话。　⑤猩鼯（wú）：猩猩与飞鼠。　⑥十生九死：犹九死一生。官所：任官之处，指张署贬地郴州临武（今湖南省临武县）。　⑦幽居：深居简出。　⑧畏药：害怕蛊毒。蛊毒，旧说是用毒虫制成的害人的药。鲍照《苦热行》李善注引顾野王《舆地志》："江南数郡有畜蛊者，主人行之以杀人，行食饮中，人不觉也。其家绝灭者，则飞游妄走，中之则毙。"　⑨湿蛰：蛰伏在潮湿地方的蛇虫。《洛阳伽蓝记》卷二："（杨）元慎正色曰：'江左假息，僻居一隅，地多湿蛰，揽育虫蚁……'"熏腥臊：蒸发出腥臊之气。　⑩"嗣皇"句：谓宪宗继位，登用贤臣。登：进用。夔：相传舜

时为乐官。皋：传为舜时掌刑狱之臣。参阅《县斋有怀》注④。　⑪"赦书"句：大赦令于八月四日颁发，十四日即到达郴州。一日行万里，极言递传之快速，这是夸饰语。　⑫大辟（pì）：死刑。《礼记·文王世子》："狱成，有司谳于公，其死罪，则曰某之罪在大辟。"除死：免死。《旧唐书·顺宗纪》载赦文云："自（德宗）贞元二十一年八月五日已前，天下死罪降从流，流以下递减一等。"　⑬迁者：指左迁者，贬官者。流者：被流放者。　⑭涤瑕荡垢：谓让负罪者改过自新。朝清班：晋见于朝臣班列之中。清，清理，整肃。　⑮州家申名：指郴州和连州刺史已申报名字，列入施赦回朝名单中。使家抑：指被湖南观察使杨凭所压制。《旧唐书·德宗纪》："（贞元十八年）九月乙卯朔，以太常少卿杨凭为潭州刺史、湖南观察使。"　⑯坎轲：即"坎坷"，困顿失意。移荆蛮：指调往江陵府（今属湖北省）。移，量移，将被贬官员移至较近处安置。荆蛮，江陵为古荆楚地区。　⑰判司：当时张署调任江陵府功曹参军，韩愈为法曹参军。唐州、府判官分曹判事，称判司，亦泛指僚属。沈钦韩《韩集补正》："唐制在府为曹，在州为司（府曰功曹、仓曹，州曰司功、司仓）。按云判司者，判一司之事，而司禄为之长。"判司实为诸曹参军的统称。　⑱捶楚：用杖或板子打。尘埃间：指伏地受刑。参军受人轻视，有过即受笞杖。杜牧《赠小侄阿宜诗》："参军与簿尉，尘土惊劻勷。一语不中治，鞭笞满身疮。"　⑲同时辈流：指同时迁谪诸人。上道：指往京城长安。　⑳天路：指晋身朝臣之路。　㉑殊科：不一样。　㉒今宵多：今晚最值得赞美。因为是中秋夜。　㉓奈明何：谓怎对得起这月色。明，明月。

[赏析]

作此诗的前两年，韩愈与张署同在长安任监察御史，时天旱人饥，即以言官身份，向德宗进谏宫市之弊，触怒皇帝，二人贬官南迁为阳山令、临武令。待此年顺宗即位，终获诏书待命郴州；却又因湖南观察使杨凭的阻抑，未能调任，即诗中所谓"使家抑"。八月，顺宗再传位宪宗，又颁大赦，始得改官江陵。仕途偃蹇，改官却未能回京，虽未正式到任而职分已定。

韩愈此诗实以张署之言为主体，借他人酒杯浇胸中块垒，文字堪称自然入理。身处客馆，举头望月之余，自叹命运如此，既是强作譬解，也是自我解嘲。全诗倾吐不平之气，末尾翻转出自我宽慰语，别有一番滋味在心头。

湘中酬张十一功曹

休垂绝徼①千行泪，共泛清湘②一叶舟。今日岭猿兼越鸟，可怜同听不知愁③。

[题旨]

湘：水名，东北流经湖南入洞庭湖。湘中：即谓郴州。张十一功曹：张署，参见《答张十一功曹》、《八月十五夜赠张功曹》题旨。韩愈、张署于德宗贞元十九年（803）同为监察御史，同被贬官；德宗贞元二十一年（805）春，遇大赦同到郴州待命。公《祭河南张员外文》云："余出岭中，君俟州下。"即韩愈离开连州，越过南岭，好友张署在郴州等候一同北归。何焯《义门读书记·昌黎集》云："此召还志喜也。"

[注解]

①绝徼：绝塞，偏僻荒远之地，此指广东省和湖南省南部，韩、张二人过去贬官之所。徼，边界。　②共泛清湘：在清澈的湘水上泛舟。韩愈《祭河南张员外文》："郴山奇变，其水清写。泊砂倚石，有逭无

舍。" ③"今日"二句：今天，岭上的猿猴和越地的鸟儿还在啼叫，可喜的是我们同听此声却不生愁绪了。可怜：张相《诗词曲语辞汇释》："犹云'可喜'也。"

[赏析]

　　起句流畅自然，毫不板滞，令人不觉其为对偶句。"垂泪"与"泛舟"，今昔对比，喜悲各异，境遇也大不相同。结句反用猿、鸟意，写出诗人将归时的心情。古人常以猿声哀切，易引游客愁思，衬托人的悲愁，如郦道元《水经注·江水》引古民歌"巴东三峡巫峡长，猿鸣三声泪沾裳"；《古今乐录》引古民歌"巴东三峡猿鸣悲，猿鸣三声泪沾衣"；高适《送李少府贬峡中王少府贬长沙》"巫峡啼猿数行泪，衡阳归雁几封书"；李德裕《谪岭南道中作》"不堪肠断思乡处，红槿花中越鸟啼"。韩愈此时闻其声而不知愁，其欣喜可知。

谒衡岳庙遂宿岳寺题门楼

　　五岳祭秩皆三公①，四方环镇嵩当中②。火维③地荒足妖怪，天假神柄专其雄④。喷云泄雾藏半腹⑤，虽有绝顶⑥谁能穷？我来正逢秋雨节，阴气晦昧⑦无清风。潜心默祷若有应，岂非正直能感通⑧？须臾静扫众峰出，仰见突兀撑青空⑨。紫盖连延接天柱，石廪腾掷堆祝融⑩。森然魄动下马拜⑪，松柏一径趋灵宫⑫。粉墙丹柱动光彩，鬼物图画填青红⑬。升阶伛偻荐脯酒⑭，欲以菲薄明其衷⑮。庙令⑯老人识神意，睢盱侦伺能鞠躬⑰。手持杯珓⑱导我掷，云此最吉⑲余难同。窜逐蛮荒⑳幸不死，衣食才足甘长终㉑。侯王将相望久绝，神纵欲福难为功。夜投佛寺上高阁，星月掩映云瞳胧㉒。猿鸣钟动不知曙㉓，杲杲寒日生于东㉔。

[题旨]

　　此诗为顺宗永贞元年（805）秋，韩愈自郴州前往江陵途中，路经衡州游衡岳庙时所作。谒：拜见。衡岳：南岳衡山，在今湖南省衡山县西。《元和郡县图志》卷二九："衡岳庙在县西三十里。"

[注解]

　　①五岳：指东岳泰山、西岳华山、南岳衡山、北岳恒山、中岳嵩山。祭秩皆三公：祭祀的品级都比照祭三公的礼节致祭。秩，次序。三公，历代官制不同，周以太师、太傅、太保为三公，汉以司马、司徒、司空为三公，后世遂用以称人臣之最高官位。《礼记·王制》："天子祭天下名山大川，五岳视三公。"据《唐会要》卷四七《封诸岳渎》，至天宝年间五岳已封王号，衡岳神封司天王。　②四方环镇：谓东、西、南、北四岳环绕。镇，一方主山。嵩当中：嵩岳居中。　③火维：炎热的边疆，指南方。古以五行分属五方，南方属火。维，边隅。　④"天假"句：谓上天授权给祝融神（衡岳之神），让他雄镇南荒。假：授予。据葛洪《枕中书》："祝融氏为赤帝，治衡、霍山。"　⑤泄雾：出雾。藏半腹：谓掩蔽山腰。　⑥绝顶：最高峰。　⑦晦昧：昏暗不明。　⑧正直：本指岳神，《左传·庄公三十二年》："神，聪明正直而壹者也。"这里也指自己正直，故能感通神明。感通：这里是说神被感通，故而"有应"。　⑨"须臾"二句：是夸饰而又谐谑的说法，后来苏轼《潮州韩文公庙碑》"公之精诚能开衡山之云"本此。静扫众峰出：形容安静地吹开了云雾，山头逐渐明朗。含有对岳神的肃敬意。突兀：高耸突出貌，指众峰。撑青空：谓山峰蠹立在青空中。　⑩"紫盖"二句：形容山峰连绵耸立。《长沙记》：

韩愈诗选 | 63

"衡山七十二峰，最大者五：芙蓉、紫盖、石廪、天柱、祝融。"腾掷：犹言腾踊，山势逶迤上延状。 ⑪森然：肃穆貌。魄动：敬畏意。 ⑫一径：一路。趋：朝向。灵宫：神宫，指衡岳庙。 ⑬"粉墙"二句：谓庙堂的白墙红柱闪耀着光彩，壁上画着青、红颜色的鬼怪图。 ⑭伛偻：曲身弓背。荐：进献。脯酒：干肉和酒，统指祭品。 ⑮菲薄：指祭品。明其衷：表明自己的诚敬。 ⑯庙令：官职名。唐五岳皆设庙令以掌管祭神及祠庙事务。《新唐书·百官志》："五岳四渎令各一人，正九品上，掌祭祀。" ⑰"睢盱"句：形容庙令威严谨敬的姿态。睢盱：此谓威严貌。谓庙令注视时目光炯炯有神。侦伺：仔细察看。 ⑱杯珓（jiào）：亦称"杯珓"、"杯教"、"杯筊"。占卜用具，以两片蚌壳（或竹、木片）掷地，视其俯仰以定吉凶，详见程大昌《演繁露》。 ⑲最吉：谓最灵验。 ⑳窜逐蛮荒：指迁谪阳山事。阳山今属广东省，古以为南蛮荒僻之地。 ㉑甘长终：甘心终老。 ㉒掩映：遮掩映照。朣胧：月初出时不明亮的样子。 ㉓钟动：庙里敲钟。不知曙：不知何时天亮了。此翻用谢灵运《从斤竹涧越岭溪行》："猿鸣诚知曙。" ㉔"杲杲（gǎo gǎo）"句：谓日出东方，一夜过去了。杲杲：太阳初出时明亮的样子。

[赏析]

  此诗作于量移北上途中，借记游来抒写心志。其中写衡岳，写得雄奇壮丽，烟波浩渺；先写平地看山，继写秋雨季节登山，又从多个角度（如地理位置、宗教权威、气候变化、图腾装饰……），边看边想，为山岳绘形传神。妙在借神明以明心志，谓"正直"可以通神；但"神纵欲福难为功"，陡然反跌，感慨颇深。对"侯王将相"早已绝望，"夜投佛寺"也"不知曙"，反映了对现实冷淡的心情。起笔雄健开阔，结笔从月升到日明，应题目"宿"字，又结出余意无穷的感觉，是韩诗常见的雄健高古的风格。

岣嵝山

岣嵝山尖神禹碑①,字青石赤形摹奇②。科斗拳身薤倒披③,鸾飘凤泊拿虎螭④。事严迹秘鬼莫窥⑤,道人独上偶见之⑥,我来咨嗟涕涟洏⑦。千搜万索何处有?森森绿树猿猱⑧悲。

[题旨]

岣嵝(gǒu lǒu)山,在湖南省衡阳县北五十里,为衡山主峰。相传大禹治水至湖南,刻石于此,为石刻之最古者。顺宗永贞元年(805)九月,韩愈北上江陵,途经衡山,探访禹碑古迹而作此诗。

[注解]

①山尖:山峰。神禹碑:通称"禹碑",又名"岣嵝碑"。刘禹锡《送李策秀才还湖南因寄幕中亲故兼简衡州吕八郎中》:"尝闻祝融峰,上有神禹铭。古石琅玕姿,秘文螭虎形。"关于此碑的有无、真假,聚讼纷纭,学界多认定为赝品。 ②形:字形。摹:通"模",模仿。 ③科斗:今作"蝌蚪",上古时一种篆书体。其笔画尾端伏成头形,故云。拳身:指字体笔画弯曲。拳,屈曲不直。薤(xiè)倒披:像薤叶儿倒垂。薤,一种字体——薤叶书。王愔《文字志》:"倒薤,书名,小篆法也,垂枝浓直,若薤叶也。"薤根如小蒜,叶细长如韭,字形似此。倒披,倒挂。 ④鸾飘凤泊:犹言鸾凤漂泊,以形容碑面字体神采飞动。飘,飞。泊,止。言漂泊,喻湮没已久。拿虎螭(chī):龙虎争斗,此处亦形容字体飞动。拿,牵引。螭,古代传说中龙的一种,色黄而无角。 ⑤"事

严"句：大禹衡山刻石事迹渺茫，鬼亦未曾见过。事严迹秘：即事迹严密。 ⑥"道人"句：道士说他独自上山时曾经见过神禹碑。道人：道士。 ⑦涟洏（ér）：形容涕泪交流。洏，流泪的样子。 ⑧猱：猿的一种。

[赏析]

这是一首记游诗，写作者游衡山寻神禹碑不着而生感慨。前四句先点题，次想象禹碑石刻的字体，后五句实述碑不曾见。方东树《昭昧詹言》说："先点次写，似实却虚。'事严'以下入议，似虚却实。"可见作者虚实构思之妙。

赴江陵途中寄赠王二十补阙李十一拾遗李二十六员外翰林三学士

孤臣昔放逐①，血泣追愆尤②，汗漫不省识③，恍如乘桴浮④。或自疑上疏⑤，上疏岂其由？是年京师旱，田亩少所收⑥，上怜民无食，征赋半已休。有司恤经费，未免烦征求⑦。富者既云急⑧，贫者固已流⑨。传闻闾里⑩间，赤子弃渠沟⑪。持男易斗粟，掉臂莫肯酬⑫。我时出衢路⑬，饿者何其稠⑭！亲逢道边死⑮，伫立久咿嚘⑯。归舍不能食，有如鱼中钩。适会除御史⑰，诚当得言秋⑱，拜疏移阁门⑲，为忠宁自谋？上陈人疾苦，无令绝其喉⑳；下言畿甸㉑内，根本理宜优㉒。积雪验丰熟，幸宽待蚕麰㉓。天子恻然感，司空叹绸缪㉔，谓言即施设㉕，乃反迁炎州㉖。同官尽才俊，偏善柳与刘。或虑语言泄，传之落冤仇。二子不宜尔，将疑断还不㉗。中使㉘临门遣，顷刻不得留㉙。病妹卧床褥，分知隔明幽㉚，悲啼乞就别，百请不颔头㉛。弱妻抱稚子，出拜忘惭羞。黾勉㉜不回顾，行行诣连州。朝为青云士㉝，暮作白首囚。商山季冬月㉞，冰冻绝行辀㉟。春风洞庭浪，出没惊孤舟。逾岭到所任㊱，低颜奉君侯㊲。酸寒何足道，随事生疮疣㊳。远地触途异㊴，吏民似猨猴，生狞多忿很㊵，辞舌纷嘲啁㊶。白日屋檐下，双鸣斗鸺鹠㊷。有蛇类两首，有蛊群飞游㊸。穷冬或摇扇，盛夏或重裘。飓起最可畏，訇哮簸陵丘㊹。雷霆助光怪㊺，气象难比侔㊻。疠疫忽潜遘㊼，十家无一瘳㊽。猜嫌动置毒，对案辄怀愁㊾。前日遇恩赦，私心喜还忧㊿。果然又羁縶，不得归锄耰㈤¹。此府㈤²雄且大，腾凌尽戈矛㈤³。栖栖法曹掾㈤⁴，何处事卑陬㈤⁵？生平企㈤⁶仁义，所学皆孔周。早知大理官，不列三后俦㈤⁷，何况亲犴狱，敲搒发奸偷㈤⁸。悬知失事势，恐自罹置罘㈤⁹。湘水清且急，凉风日修修㈥⁰。胡为首归路，旅泊尚夷犹㈥¹？昨者京使至，嗣皇传冕旒㈥²，赫然下明诏，首罪诛共殴㈥³。复闻颠夭辈，峨冠进鸿畴㈥⁴。班行㈥⁵再肃穆，璜佩鸣琅璆㈥⁶。伫继贞观烈㈥⁷，边封脱兜鍪㈥⁸。三贤推侍从㈥⁹，卓荦倾枚邹㈦⁰。高议参造化，清文焕皇猷㈦¹。协心辅齐圣㈦²，致理如毛辀㈦³，小雅咏鸣鹿，食苹贵呦呦㈦⁴。遗风邈不嗣㈦⁵，岂忆尝同裯㈦⁶。失志早衰换，前期拟蜉蝣㈦⁷。自从齿牙缺，始慕舌为柔。因疾鼻又塞，渐能等薰莸㈦⁸。深思罢官去，毕命依松楸㈦⁹。空怀焉能果㈧⁰？但见岁已遒㈧¹。殷汤罔禽兽，解网祝蛛蝥㈧²。雷焕掘宝剑，冤氛销斗牛㈧³。兹道诚可尚㈧⁴，谁能借前筹㈧⁵？殷勤㈧⁶谢吾友，明月㈧⁷非暗投。

[题旨]

此诗为离衡州赴江陵途中所作，时间与前首诗相近，约作于顺宗永贞元年（805）九、十月间。王二十补阙：王涯，字广津，太原（今山西省太原市）人，德宗贞元八年与韩愈同榜进士，登博学宏词，任蓝田尉，贞元二十年召充翰林学士，拜右拾遗、左补阙。李十一拾遗：李建，字杓直，赵郡（今河北省赵县）人，举进士，授秘书省校书郎，擢右拾遗，翰林学士。李二十六员外：李程，字表臣，陇西（今甘肃省陇西县）人，贞元十二年进士，登博学宏词，二十年入为监察御史，充翰林学士，旋罢去，三迁为员外郎。二十、十一、二十六，是各人的排行。翰林学士：唐初置翰林，为内廷供奉之官，玄宗时又置学士院，以翰林学士掌内制。韩愈写此诗时，李建、李程已罢学士。此诗题或无"翰林"二字，或径作《寄三学士》。盖三人皆与王叔文派为敌，韩愈此时自阳山令徙掾江陵，不得北归，心中冤气未消，遂寄诗与昔日之同僚，一抒愤激之情。

[**注解**]

①孤臣：谓失势无援之臣。《孟子·尽心上》："独孤臣孽子，其操心也危，其虑患也深，故达。"这里作者自比孤臣。放逐：指贬阳山事。　②血泣：《礼记·檀弓》："高子皋之执亲之丧也，泣血三年。"后世儒家居丧者都写"泣血稽首"。韩愈遭贬未久，德宗李适（kuò）去世，此时顺宗李诵又去世，故以"孤臣"之身"泣血"，含有服皇帝丧之意。追怨尤：追悔过失。怨，罪过。　③汗漫：不着边际，犹如说渺茫。不省识：不知自己有什么罪过。　④恍：精神恍惚。乘桴浮：乘着木排飘浮。《论语·公冶长》："道不行，乘桴浮于海。"桴，以竹木编成的竹筏。　⑤"或自疑"句：谓疑惑因上疏得罪。上疏：即上《御史台上论天旱人饥状》。　⑥"是年"二句：《旧唐书·德宗纪》："（贞元十九年）自正月至是（六月）未雨，分命祈祷山川。秋七月戊午，以关辅饥，罢吏部选、礼部贡举。……甲戌，始雨。……八月乙未，大雨霖。"　⑦"有司"二句：言官府顾惜支出费用，仍然苛收赋税。有司：指官府。

《资治通鉴》卷二三六："京兆尹嗣道王（实）实务征求以给进奉，言于上曰：'今岁虽旱而禾苗甚美。'由是租税皆不免。人穷至坏屋卖瓦木、麦苗以输官。优人成辅端为谣嘲之；实奏辅端诽谤朝政，杖杀之。监察御史韩愈上疏，以'京畿百姓穷困，应今年税钱及草粟等征未得者，请俟来年蚕麦'。愈坐贬阳山令。" ⑧既云急：已经感到紧张。云，语助词，无实义。 ⑨流：流亡，逃亡。 ⑩闾里：里巷。 ⑪赤子：百姓、人民。渠：灌田的水道。沟：护城河。这里用《孟子》"老弱转乎沟壑"和《荀子》"是其所以不免于冻饿，操瓢囊，为沟壑中瘠者也"。 ⑫"持男"二句：拿男孩来换一斗粮食，人都挥手不顾，没有人肯给。掉臂：摇臂不顾。韩愈《御史台上论天旱人饥状》："今年已来，京畿诸县夏逢亢旱，秋又早霜，田种所收，十不存一。陛下恩逾慈母，仁过春阳，租赋之闲，例皆蠲免。所征至少，所放至多，上恩虽弘，下困犹甚。至闻有弃子逐妻以求口食，坏屋伐树以纳税钱，寒馁道涂，毙踣沟壑。有者皆已输纳，无者徒被追征。臣愚以为此皆群臣之所未言，陛下之所未知者也。" ⑬衢路：大路。《尔雅·释宫》："四达谓之衢。" ⑭稠：多。 ⑮死：通"尸"，尸体。《左传·哀公十六年》："白公奔山而缢，其徒微之，生拘石乞，而问白公之死焉。" ⑯伫立：久立。咿嚘（yī yōu）：悲叹声。 ⑰适会：恰逢。除：拜官。贞元十九年冬，韩愈自四门博士除监察御史。监察御史，正八品上，掌分察百僚，巡按州县，纠视刑狱，肃整朝仪。 ⑱得言秋：谓得以向朝廷进言的时候。秋，时节，时机。 ⑲拜疏：再拜而上疏。移：送至。阁门：殿的旁门。唐制设东上阁门、西上阁门，在宣政殿后，为御史上呈章奏的地方。 ⑳绝其喉：谓断粮。 ㉑畿甸：指京城地区。畿，天子领地。 ㉒理宜优：治理时宜加优待。韩愈曾上疏专论"宫市"之弊，《御史台上论天旱人饥状》："又京师者，四方之腹心，国家之根本，其百姓实宜倍加忧恤。" ㉓"积雪"二句：因冬季多雪可知来年必然丰收,请待丝成麦熟后再征收赋税。䴰:大麦。《御史台上论天旱人饥状》:"今瑞雪频降,来年必丰。急之则得少而人伤,缓之则事存而利远。伏乞特救京兆府:应今年税钱及草粟等在百姓腹内征未得者,并且停征,容至来年蚕麦,庶得少有存立。" ㉔司空:指杜佑。《旧唐书·德宗纪》:"(贞元十九年)三月壬子朔,以杜佑检校司空同中书门下平章事,太清宫使。"绸缪:本义是缠结,这里用《诗·豳风·鸱鸮》"迨天之未阴雨,彻彼桑土,绸缪牖户",作辛苦经营解。 ㉕施设:施行。 ㉖迁炎州:指贬为阳山令。迁,左迁,贬官,降职。炎州,南方酷暑之地。 ㉗"同官"六句:是韩愈对贬官缘由的推测。贞元十九年闰十月,刘禹锡任监察御史,柳宗元为监察御史里行,均与韩愈善,并为"同官",韩疑心或有讥评朝廷权臣(王叔文等)之言被刘、柳泄露,但他又觉得二人品质忠直不致如此。《资治通鉴》卷二三六:"(王)叔文……密结翰林学士韦执谊及当时朝士有名而求速进者陆淳、吕温、李景俭、韩晔、韩泰、陈谏、柳宗元、刘禹锡等,定为死友。而凌准、程异等又因其党以进,日与游处,踪迹诡秘,莫有知其端者。"此处"或虑语言泄",与前面"或自疑上疏"呼应,二者皆可能是韩愈被贬官的原因。尔:如此。将疑断还不:是说不能断定。不,通"否"。 ㉘中使:朝廷使者,唐时多由宦官充任。 ㉙"顷刻"句:唐制,重罪谪谴官员闻诏即行。 ㉚"分知"句:谓料想到这是生离死别。分:料想。明幽:生死。 ㉛颔头:点头允诺。 ㉜黾勉:此谓勉强自己。 ㉝青云士:指地位清要的朝官。《史记·伯夷列传》:"闾巷之人,欲砥行立名者,非附青云之士,恶能施于后世哉!" ㉞商山:在唐商州(今陕西省商洛市商州区)东,亦称商岭、商坡。季冬月:旧历十二月。 ㉟绝行辀:断绝车辆通行。 ㊱"逾岭"句:谓越过南岭到阳山。韩愈自湖南至岭南走郴州、临武、连州一路,须翻越许多高山。 ㊲君侯:指连州刺史。 ㊳生疮疣：喻惹出麻烦。 ㊴触途异：谓所遭逢的一切人事都与中原不同。触途，沿途所经之处。 ㊵生狞：凶恶貌。忿很：暴戾好斗。很，通“狠”。 ㊶辞舌：谓言语。嘲哳：鸟叫声，此喻方言古怪难懂。 ㊷鸺鹠（xiū liú）：一名鸱鸺、鸱鸮，猫头鹰，传说中的不祥之鸟。 ㊸“有蛊”句：参见《八月十五夜赠张功曹》注⑧。 ㊹訇哮：风势猛烈。訇，拟声词。簸陵丘：撼动山岭。 ㊺光怪：谓奇光，闪电。 ㊻比侔：比况，比拟。侔，等同。 ㊼疠疫：传染病。潜遘：谓不知不觉间遇到。遘，遭遇。 ㊽瘳：病愈。 ㊾“猜嫌”二句：谓人们动辄在食物中放毒，因此不敢进食。猜嫌：猜忌。置毒：放毒，即所谓放蛊。案：桌子。 ㊿“前日”二句：据《旧唐书·顺宗纪》：贞元二十一年正月癸巳（二十三日），德宗崩；丙申（二十六日），顺宗即位于太极殿；二月甲子（二十四日），御丹凤楼，大赦天下。由于顺宗即位，王叔文派进一步巩固了地位，因此韩愈遇赦“喜还忧”。 (51)“果然”二句：谓不得遇赦还朝，又不得归田务农。羁絷（zhí）：拘禁，指被羁留在南方。絷，拴缚马匹。耰（yōu）：播种时覆土。 (52)此府：指江陵府，人口十五万，管辖八县。德宗贞元二十一年八月，改元顺宗永贞元年八月，韩愈授职江陵府法曹参军。 (53)腾凌：气势雄大。江陵为荆南节度使府所在地，因而军容盛大。戈矛：军人。 (54)栖栖：慌乱不安貌。法曹掾（yuàn）：指任法曹参军。掾，僚属。 (55)卑陬：地位低下。 (56)企：举足而望之意。 (57)“早知”二句：谓在历史上最高的法官不能和最高的行政官同列。大理官：法官。三后：指禹、稷、伯夷。俦：同列。《史记·五帝本纪》载：皋陶作士，任狱官之长。《后汉书·杨震传》：“赐自以代非法家言，曰：三后成功，惟殷于民，皋陶不与焉，盖吝之也。”李注：“《尚书》曰：‘伯夷降典，折人惟刑，禹平水土，主名山川，稷降播种，农植嘉谷，三后成功，惟殷于人。’言皋陶不预其数者，盖耻之。” (58)“何况”二句：

表明自己不满任法曹刑狱之职。亲犴（àn）狱：接近牢狱。犴，监狱，古代乡亭拘留刑犯之所。敲搒（péng）：击打，对犯人用刑。搒，笞击犯人的竹具。发奸偷：揭露罪行。奸偷，邪恶狡猾之人。 (59)“悬知”二句：谓早已知道处身于不利地位，深恐自身陷入刑狱。悬知：设想，预计。罹：遭遇。罝罘（jū fú）：本义指捕兽的网，罝用来捕兔，罘用来捕鹿，此喻监牢。 (60)修修：“萧萧”的借字，形容风声。 (61)“胡为”二句：夏秋之际自阳山出发，因对王叔文党得势深有戒心，故在途中多有停留。首归路：出发踏上归途，指自郴州走向江陵。首，始。夷犹：同“夷由”，迟疑不进。 (62)“昨者”二句：谓前些天在郴州得宪宗即位的消息。昨者：前些天。嗣皇：即位的新皇帝，指唐宪宗李纯。顺宗永贞元年八月，禅位与宪宗。传冕旒（liú）：谓即帝位。冕旒，古代天子礼冠，冠前檐有组缨垂挂玉珠称旒，天子冕十二旒。 (63)诛共吺（dōu）：处罚共工、驩兜，喻处置王叔文、王伾。《尚书·舜典》：“流共工于幽州，放驩兜于崇山。”吺，“兜”古字。共工、驩兜是对抗舜的部落首领。据《资治通鉴》卷二三六：永贞元年（即贞元二十一年）八月壬寅（十日），诏贬王伾开州（今重庆市开县）司马、王叔文渝州（今重庆市）司户。 (64)“复闻”二句：歌颂新皇帝治国有方，任命宰相杜黄裳、郑余庆等人。颠夭辈：辅佐周文王的太颠、闳夭一类人，指当朝大臣。峨冠：高冠。这是儒臣的象征。鸿畴：此指《尚书》中的《洪范》、《九畴》两篇。《洪范》即大法之意，传为商末箕子向周武王陈述的治国要道。《九畴》即各种政治措施，传为禹的治国良策。鸿，同“洪”。 (65)班行：犹言“朝列”，朝官的位次，朝班的行列。 (66)“璜佩”句：形容朝会雍容，因“班行肃穆”，趋走悄然，但闻玉佩相磨声而已。璜佩：玉佩。二分为半圆形的璧为璜，相撞能发出美音。古代佩玉以节礼，朝臣服饰如此。琅璆（qiú）：玉声。 (67)伫继：继承。贞观烈：“贞观之治”那样的功业。贞观，唐太宗李世民的年号（627—649）。 ⑱边封：边境。封，疆界。脱兜鍪：谓解除武备，没有战争。兜鍪，头盔，又称"胄"。 ⑲"三贤"句：谓王涯、李建、李程等三人被推选为翰林学士，是文学侍从之臣。 ⑳"卓荦（luò）"句：谓三人才能出众高过枚乘和邹阳。卓荦：卓绝特出貌。枚乘与邹阳都是西汉梁孝王宾客，当代文豪。 ㉑焕皇猷：使帝王的谋划发扬光大。 ㉒齐圣：与圣人等齐的帝王，这里指唐宪宗。 ㉓致理：施政。如毛輶：像毛一样轻，谓举重若轻，郅治容易。《诗·大雅·烝民》："德輶如毛。"郑笺："輶，轻也。" ㉔"小雅"二句：《诗·小雅·鹿鸣》："呦呦鹿鸣，食野之苹。我有嘉宾，鼓瑟吹笙。吹笙鼓簧，承筐是将。人之好我，示我周行。"《序》曰："鹿鸣，燕群臣嘉宾也。"野鹿得苹则呼其同伴，韩愈引《诗》表示希望王涯等人援引。苹：艾蒿。呦呦：鹿鸣叫声。 ㉕遗风：指《鹿鸣》诗表现出来的珍重宾友的上古遗风。邈不嗣：早已无人继承。邈，远。 ㉖同裯（chóu）：有深厚的友谊。裯，被子；又同"帱"，床帐。《诗·召南·小星》："抱衾与裯。"曹植《赠白马王彪》："何必同衾帱，然后展殷勤。" ㉗"失志"二句：谓自己志不得施，未老先衰，瞻念前途，不会活很久了。衰换：衰老。前期：前途，未来的日子。蜉蝣：一种朝生而夕死，寿命只有几小时的小虫。 ㉘"自从"四句：均为感慨愤激之语。舌为柔：刘向《说苑·敬慎》："老子曰：夫舌之存也，岂非以其柔邪？齿之亡也，岂非以其刚邪？"等薰莸：谓不辨香臭。薰，香草。莸，臭草。《左传·僖公四年》："一薰一莸，十年尚犹有臭（嗅）。" ㉙"深思"二句：想罢官回乡了此余生。毕命：了结余生。松楸：松树与楸树多植于墓地，此"松楸"指祖茔。 ㉚果：成。 ㉛岁已道：年岁已晚。道，尽。 ㉜"殷汤"二句：《史记·殷本纪》："汤出，见野张网四面，祝曰：'自天下四方皆入吾网。'汤曰：'嘻，尽之矣。'乃去其三面，祝曰：'欲左，左；欲右，

韩愈诗选 | 73

右。不用命,乃入吾网。'诸侯闻之曰:'汤德至矣,及禽兽。'"闵:怜悯。祝蛛蝥:祝愿张网者网开一面。蛛蝥,传为发明网罟的人。这里举殷汤德及禽兽暗示宪宗会让自己解脱羁束。 ⑧"雷焕"二句:据《晋书·张华传》,吴未灭时,斗牛(二十八宿中的北斗星和牵牛星)之间常有紫气,吴灭愈明。张华以豫章人雷焕妙达纬象,共寻之,补焕为丰城令,到县掘狱屋基,入地四丈,得一石函,中有龙泉、太阿二剑,是夕斗、牛间紫气不复见。韩愈将"紫气"说成"冤气",喻自己如宝剑久埋,冤气未消,希望有雷焕之流能起用冤滞。 ⑧兹道:指"殷汤解网"和"雷焕掘剑"中体现的用人之道。可尚:可以推崇。 ⑧借前箸:代为指划献策之意。《史记·留侯世家》:"臣请借前箸为大王筹之。"箸,计算用的数码,引申为谋划。 ⑧殷勤:恳切。 ⑧明月:指夜明珠。《汉书·邹阳传》:"臣闻明月之珠,夜光之璧,以暗投人于道,众莫不按剑相眄者,何则?无因而至前也。"这里表示对王涯等知音有所期待。

[赏析]

　　这首诗依时间次序写来,是记事体。全诗可分四大段,分叙遭贬之由、谪贬之经历、蒙赦调江陵却非所愿,以及宪宗即位后有所期待于新局面,隐示迟赴江陵的想法。首段写出关切民瘼、为民请命之情,似承继杜甫《自京赴奉先县咏怀五百字》的精神。次段交代辞别妻儿的情形,又让人联想起杜甫《北征》描写瘦妻、痴女、娇儿的诗句。而后逐步写到自身岭南生活的艰困,栖栖惶惶的情景,令人动容。末段向三位知己求援,语虽宛转,意则迫切,始终没有卑下乞怜之态,气格高昂倔强。全诗以长篇大幅,写出近三年来两易其主的遭遇,以及自己始终关心民瘼的志向,是一篇优秀的史诗。一韵到底,声韵连贯而流动,这与韩愈自明心迹、高自标置的写作心态有关。

洞庭湖阻风赠张十一署

十月阴气盛,北风无时休。苍茫洞庭岸,与子维双舟①。雾雨晦争泄②,波涛怒相投。犬鸡断四听③,粮绝谁与谋?相去不容步,险如碍山丘。清谈可以饱,梦想接无由④。男女⑤喧左右,饥啼但啾啾⑥。非怀北归兴,何用胜羁愁⑦?云外有白日,寒光自悠悠。能令暂开霁⑧,过是⑨吾无求。

[题旨]

此诗为顺宗永贞元年(805)十月,赴江陵途中过洞庭湖,遇大风,被阻于湘水注入洞庭湖左侧的鹿角山。共七日,遂与张署有唱和之作。张署,即张十一功曹。

[注解]

①维双舟:系船以避风。维,系。 ②晦争泄:在昏天黑地中争相宣泄。 ③断四听:四方声响断绝。 ④"清谈"二句:谓清谈本可使人饱足,但因现在风雨交加,两舱虽近亦无法交谈。清谈:应璩《与侍郎曹长思书》:"幸有袁生,时步玉趾。樵苏不爨,清谈而已。" ⑤男女:指男女孩童。 ⑥啾啾:拟声词,细碎的悲啼声。 ⑦"非怀"二句:谓若不是怀抱北归的兴致,又怎能战胜羁旅中的愁情呢?何用:用何。 ⑧开霁:云开雨止,天气放晴。霁,雨止。 ⑨是:此。

[赏析]

韩愈此诗写给挚友,诗意亲切有味。妙在由景写来,而于末四句别有寄托。盖古人常以浮云蔽日象征奸臣蒙蔽皇帝,韩愈又自认遭贬谪乃受小人拖累,所以希望"暂开霁",并祈愿熬过此关,别无所求。外在景致与内心窘境密切贴合,为此诗最大特点。

岳阳楼别窦司直

洞庭九州间,厥大谁与让①?南汇群崖水②,北注③何奔放。潴为七百里④,吞纳各殊状。自古澄不清⑤,环混⑥无归向,炎风日搜搅⑦,幽怪多冗长⑧。轩然大波起,宇宙隘而妨⑨,巍峨拔嵩华,腾踔较健壮⑩。声音一何宏,轰辂车万两⑪,犹疑帝轩辕⑫,张乐⑬就空旷。蛟螭露笋虡,缟练吹组帐⑭,鬼神非人世,节奏颇跌踼⑮,阳施见夸丽,阴闭咸凄怆⑯。朝过宜春口⑰,极北缺堤障。夜缆巴陵洲⑱,丛芮才可傍⑲。星河尽涵泳,俯仰迷下上⑳。余澜怒不已,喧聒鸣瓮盎㉑。明登岳阳楼,辉焕㉒朝日亮。飞廉戢其威㉓,清晏息纤纩㉔。泓澄湛凝绿㉕,物影巧相况。江豚㉖时出戏,惊波忽荡漾。时当冬之孟,隙窍缩寒涨㉗。前临指近岸,侧坐眇㉘难望。涤濯神魂醒,幽怀舒以畅㉙。主人孩童旧㉚,握手乍忻怅㉛。怜我窜逐归,相见得无恙,开筵交履舄㉜,烂漫倒家酿㉝,杯行㉞无留停,高柱㉟送清唱,中盘进橙栗,投掷倾脯酱㊱。欢穷㊲悲心生,婉娈㊳不能忘。念昔始读书,志欲干霸王㊴,屠龙破千金,为艺亦云亢㊵。爱才不择行,触事㊶得谗谤,前年出官㊷由,此祸最无妄㊸。公卿采虚名㊹,擢拜识天仗㊺,奸猜畏弹射,斥逐恣欺诳㊻。新恩移府庭㊼,逼侧厕诸将㊽,于嗟苦弩缓,但惧失宜当㊾。追思南渡时㊿,鱼腹甘所葬㉛,严程迫风帆,劈箭入高浪㉜,颠沈在须臾,忠鲠谁复谅?生还真可喜,克己自惩创㉝。庶从今日后,粗识得与丧㉞,事多改前好,趣有获新尚㉟。誓耕十亩田,不取万乘相㊱,细君㊲知蚕织,稚子已能饷㊳,行当挂其冠㊴,生死君一访㊵。

[题旨]

　　岳阳楼在岳州(今湖南省岳阳市)城西门上,下瞰洞庭湖,景物宽广,为登临胜地。窦司直名庠,字胄卿,任国子博士,转吏部侍郎,陟大理司直,权知岳州刺史。《旧唐书》、《新唐书》皆附入《窦群传》。此诗为韩愈赴江陵过岳州告别窦庠时所作,在永贞元年(805)冬十月。大理司直,掌承制出使推案,从六品上。这是窦庠的京衔(虚衔)。窦有和答《酬韩愈侍郎登岳阳楼见赠》诗。

[注解]

　　①厥:其。让:相比,匹敌。　②南汇:自南方汇集。群崖水:指源出五岭或黔中地区诸水。流入洞庭湖的有湘、资、沅、澧等支流。　③北注:洞庭湖水又向北注入长江。　④潴(zhū):水停蓄。七百里:《方舆胜览》:"洞庭湖在巴陵县西,西吞赤沙,南连青草,横亘七八百里。"　⑤澄不清:经沉淀也不清澈。　⑥环混:水流盘旋交错。　⑦搜搅:骚扰。　⑧冗长:多而无用。这里有大量滋生的意味。　⑨轩然:高举貌。隘而妨:此谓洪波卷起,宇宙都显得狭窄而似成阻碍。　⑩"巍峨"二句:形容波浪声势,超越嵩山、华山,似在腾跃比高。拔:超过。腾踔:腾跃,跳荡。踔,踢。　⑪轰輵(yà):拟声词,本义形容车轮滚动声,这里喻水声。两:同"辆"。　⑫轩辕:黄帝。　⑬张乐:奏乐。《庄子·天运》:"帝张《咸池》之乐于洞庭之野。"　⑭"蛟螭"二句:《五百家注音辩昌黎先生文集》引孙汝听注:"言轩辕张乐于此,大波之

起,若笋虡(jù)、组帐犹存也。""蛟螭"句:谓波涛形似蛟螭抬出了笋虡。笋虡:同"箕虡"、"拘虡",古代悬钟磬的架,横曰笋,直曰虡。《周礼·考工记·梓人》:"梓人为笋虡。""缟练"句:形容波涛如被劲风吹起的白色营帐。缟练:白色丝绸。生丝曰缟,熟丝曰练。组帐:为出行者饯行所设帐篷。 ⑮跌踢:抑扬顿挫。 ⑯"阳施"二句:以阴阳变化形容湖上气象:一时阳气发舒景物显得艳丽,一时阴气闭塞又让人感到凄凉悲怆。扬雄《甘泉赋》:"帅尔阴闭,霅然阳开。" ⑰宜春口:宜春江入洞庭湖口,在岳阳西南。 ⑱缆:系舟,泊船。巴陵:即岳阳。《元和郡县志》卷二十八:"本巴丘地,古三苗国也。……(三国)吴于此置巴陵县。宋文帝又立为巴陵郡。……(唐高祖)武德六年复为岳州。" ⑲丛芮(ruì):水边杂草丛生之处。芮,通"汭",河流弯曲之处。傍:指停泊船只。 ⑳"星河"二句:谓银河映照在水面上,人们俯仰之间辨不清水天。涵泳:沉浸其中。 ㉑"余澜"二句:谓余波荡漾,好像许多瓮盎撞击发出的声音。喧豗:喧闹刺耳声。瓮盎:大坛子和大腹敛口的盆子。 ㉒辉焕:光辉貌。 ㉓飞廉:传说中的风神。戢:收敛。 ㉔清晏:天清无云。晏,无云貌。息纤纩:犹言纹丝不动。纤,细。纩,棉絮。 ㉕泓澄:水深广澄清。湛凝绿:形成浓重的深绿色。湛,深厚。 ㉖江豚:《玉篇》:"鱀,蜉鱼,一名江豚,欲风则涌。" ㉗"时当"二句:谓时届初冬,湖面上一切缝隙孔穴都收缩了,因而寒流涨起。冬之孟:即孟冬,旧历十月。隙窍:岸边的缝隙洞穴。 ㉘眇:眼不明。 ㉙"涤濯"二句:形容诗人览景有清新的感觉。涤濯:清洗。幽怀:怀抱,心怀。 ㉚主人:指窦庠。孩童旧:少时旧识。韩愈与窦庠兄弟早年定交。据其穆宗长庆二年(822)所作《唐故国子司业窦公(牟、庠二兄)墓志铭》:"愈少公十九岁,以童子得见,于今四十年。始以师事公,而终以兄事焉。"可知其与窦氏兄弟结识在十几岁时。 ㉛乍怃怅:乍忻乍怅，忽喜忽悲。忻，通"欣"。 ㉜交履舄（xì）：履舄交错。古代席地而坐，脱鞋入席。履舄交错形容宾客众多。鞋单底为履，复底而着木者为舄。《史记·滑稽列传》："履舄交错，杯盘狼藉。" ㉝烂漫：此处形容放浪不拘。家酿：家制酒。 ㉞杯行：饮宴中传递酒杯。 ㉟高柱：高扬的琴声。柱谓琴弦柱，柱高则弦急。 ㊱倾脯酱：倾倒肉食。脯，干肉。 ㊲欢穷：欢极。 ㊳婉娈：情意深挚。婉，欢。娈，慕。 ㊴干霸王：干求王霸之业，即求为辅相。霸、王都作动词用。 ㊵"屠龙"二句：费千金之产学屠龙之技，技艺也够高超的了。《庄子·列御寇》："朱泙漫学屠龙于支离益，单（殚）千金之家，三年技成，而无所用其巧。"屠龙有艺高而无用的意思。 ㊶触事：遇事，指因谏议宫市而得罪。 ㊷出官：指阳山之贬，贬出京城外。 ㊸无妄：意外的灾祸。《易·无妄》："六三：无妄之灾。" ㊹采虚名：听闻我的虚名。这是自谦辞。 ㊺擢拜：拔擢而拜官。洪兴祖《韩子年谱》曰："贞元十九年，拜监察御史。"识天仗：谓监察御史为近侍之官。天仗，指朝堂天子的仪仗。 ㊻"奸猜"二句：谓王叔文等人害怕被论谏，用欺骗世人的方法定韩愈的罪。奸猜：奸狡而多疑的小人。弹射：批评指责。斥逐：排斥放逐，指韩愈被贬至阳山。恣欺诳：恣意欺骗造谣。 ㊼"新恩"句：谓顺宗即位施赦，量移韩愈为江陵法曹参军。府庭：指荆南节度使府。 ㊽逼侧厕诸将：谓自己被拘束置身于军府无知武将之中。逼侧：谓相逼迫。厕：侧身，置身。 ㊾"于嗟"二句：慨叹自己才能低下，深恐动不合宜。于嗟：同"吁嗟"，感叹词。驽缓：犹驽钝，如劣马一样迟缓。失宜当：不合宜，失去处事分寸。 ㊿南渡时：指南下阳山贬所过洞庭湖时。 51"鱼腹"句：甘心葬身鱼腹。形容内心哀痛欲绝。屈原《渔父》："宁赴湘流，葬于江鱼之腹中。" 52"严程"二句：谓南行时王命催促，只好加速行舟，冒风浪前进。严程：紧迫的限期。劈箭：如箭射入，比喻舟行之

韩愈诗选 | 79

速。　㊳克己:约束自己。自惩创:惩戒自己。　㊴得与丧:得失。　㊵"事多"二句:谓自己要更改前习,追随时流。此为忧愤语。前好:以前的嗜好。趣:同"趋"。新尚:新的时尚。　㊶万乘相:国君的宰相。古制天子之车万乘,故以万乘代指皇帝。　㊷细君:妻子。《汉书·东方朔传》:"归遗细君。"颜师古注:"细君,朔妻之名。一说:细,小也,朔辄自比于诸侯,谓其妻曰小君。"　㊸饷:送饭。　㊹行当:将要,预拟之词。挂其冠:弃官归隐。　㊺"生死"句:即"君一访生死"。结出窦司直,谓自己归隐后,希望他前来探访。

[赏析]

　　此诗前半铺写洞庭湖景色,描绘风涛激荡与风恬雨霁两幅画面,境界浑阔,语极雄奇警崛;又写夜泊所见,立譬新颖,有开有阖。后半自"主人孩童旧"转入别窦庠,叙述人生坎坷,仕途翻覆,感伤身世,寄情友人。前贤认为此诗写景笔力矫健,写君子忠直见谤,均为范仲淹《岳阳楼记》所本。孙昌武《韩愈选集》更明白指出:"此种磊落长篇,尽力铺排,穷极笔力,用语用韵更逞奇求新,典型地表现出韩诗特色。诗中评说'永贞事变',斥'二王'为'奸猜',则表现出韩愈在政治上的偏向了。"洵为知言。

永贞行

　　君不见太皇谅阴未出令①,小人乘时偷国柄②。北军百万虎与貔③,天子自将非他师④,一朝夺印付私党,懔懔朝士何能为⑤?狐鸣枭噪争署置⑥,睒睗跳踉相妩媚⑦。夜作诏书朝拜官,超资越序曾无难⑧，公然白日受贿赂，火齐磊落堆金盘⑨。元臣故老不敢语⑩，昼卧涕泣何汍澜⑪！董贤三公谁复惜⑫？侯景九锡行可叹⑬。国家功高德且厚，天位未许庸夫干⑭。嗣皇⑮卓荦信英主，文如太宗武高祖⑯。膺图受禅登明堂⑰，共流幽州鲧死羽⑱。四门肃穆贤俊登⑲，数君匪亲岂其朋⑳。郎官清要为世称㉑，荒郡迫野嗟可矜㉒。湖波连天日相腾㉓，蛮俗生梗瘴疠烝㉔，江氛岭祲昏若凝㉕，一蛇两头见未曾？怪鸟鸣唤令人憎，蛊虫㉖群飞夜扑灯，雄虺毒螫堕股肱㉗，食中置药肝心崩㉘，左右使令诈难凭㉙，慎勿浪信常兢兢㉚。吾尝同僚情可胜㉛？具书目见非妄征㉜，嗟尔既往宜为惩㉝。

[题旨]

德宗贞元二十一年（805）八月，顺宗李诵改元永贞，旋即被迫禅位。在顺宗朝执政的王叔文一派官僚先后被贬官，柳宗元初贬邵州（今湖南省邵阳市）刺史，刘禹锡贬连州（今广东省连州市）刺史。刘南行至湖南岳阳，与北上前往湖北江陵的韩愈，有过短暂会面。韩愈示以《岳阳楼别窦司直》诗，刘有和诗为《韩十八侍御见示岳阳楼别窦司直诗因令属和重以自述故足成六十二韵》。此诗即赠刘之作，应作于是年十月初至江陵时。不久，刘、柳等人又加贬为刘朗州（今湖南省常德市）司马、柳永州（今湖南省永州市）司马。当初王伾、王叔文引用刘禹锡、柳宗元等人进行政治革新运动，企图遏止藩镇势力、削弱宦官兵权、废除若干弊政，史称"永贞革新"。韩愈反对永贞革新的领袖人物，但不反对某些施政做法，也对柳宗元和刘禹锡的处境深表同情。这首诗即写出韩愈在公义和私交两方面的立场。

行，诗体的一种，亦称乐府歌行。其音节、押韵较自由，五言、七言、杂言均可。以乐府歌行写时事，并另立符合内容的新题，是唐人的创新。世称新乐府。

[注解]

①"君不见"句：谓唐顺宗李诵即位后中风不语，不能直接发号施令。《旧唐书·顺宗纪》："（贞元二十一年）八月丁酉朔，庚子诏：……宜令皇太子（李纯）即皇帝位，朕称太上皇。"谅阴：同"亮暗"、"梁暗"、"亮阴"、"凉阴"，本为天子居丧之称。《旧唐书·顺宗纪》："贞元二十一年正月癸巳，德宗崩。丙申，（顺宗）即位于太极殿。上自二十年九月风病不能言。暨德宗不豫，诸王亲戚皆侍医药，独上卧病不能侍。" ②"小人"句：谓王伾、王叔文一派人利用时机夺取朝政大权。王伾和王叔文最初以棋艺、书法供奉（陪侍）太子李诵，其取得权柄不合乎正道，故韩愈鄙视他们。《旧唐书·王叔文传》："德宗崩，已宣遗诏，时上寝疾久，不复关庶政，深居施帘帷。阉官李忠言、美人牛昭容侍左右。百官上议，自帷中可其奏。王伾常谕上属意叔文，宫中诸黄门稍稍知之。其日，召自右银台门，居于翰林，为学士。叔文与吏部郎中韦执谊相善，请用为宰相。叔文因王伾，伾因李忠言，忠言因牛昭容，转相结构。事下翰林，叔文定可否，宣于中书，俾执谊承奏于外。" ③北军：唐禁卫军，置于宫城北，称为北衙四军（谓羽林、龙武、神武、神策）。虎与貔（pí）：喻勇如虎豹。貔，猛兽名，豹属。 ④天子自将：这是歪曲的说法，掩饰宦官掌禁军统率权。《旧唐书·德宗纪》："（贞元十二年六月）乙丑，初置左、右护军中尉监，中护军监，以授宦官。"自此禁军兵权即掌握在宦官之手。非他师：不是普通的军队。其实，德宗、顺宗时禁军的战斗力极差。《旧唐书·音乐志》："北衙四军甲士，未明陈仗。" ⑤"一朝"二句：实指王叔文等谋夺宦者兵权，正直官员无能为力，这也是歪曲说法。私党：本派党羽，如范希朝、韩泰。憬憬朝士：指

反对王叔文派的官员。懔懔，严正貌。事实上谋夺兵权并未成功。《旧唐书·王叔文传》载：德宗贞元二十一年五月（此年八月才改元永贞），"（叔文）引其党与窃语，谋夺内官兵柄，乃以故将范希朝统京西北诸镇行营兵马使，韩泰副之。初，中人尚未悟。会边上诸将各以状辞中尉，且言方属希朝，中人始悟兵柄为叔文所夺。中尉乃止诸镇，无以兵马入。"　⑥狐鸣枭噪：喻小人喧嚣如狐狸、鸱鸮鸣叫。争署置：争任官职。《资治通鉴》卷二三六载当时事："荣辱进退，生于造次，惟其所欲，不拘程式。士大夫畏之，道路以目。素与往还者，相次拔擢，至一日除数人。"　⑦"眮睒（shì shǎn）"句：形容互相吹捧时，目光闪动，上蹿下跳，举止十分丑恶。眮睒：目光闪烁。跳踉：跳跃。相妩媚：互相吹捧。　⑧"夜作"二句：形容急速拔擢私党。朝：早晨。超资越序：谓不顾资历与升迁次序，如韦执谊自吏部郎中为相。　⑨火齐：玫瑰珠石，色赤如金，极珍贵。磊落：众多貌。《旧唐书·王伾传》："而伾与叔文及诸朋党之门，车马填凑，而伾门尤盛，珍玩赂遗，岁时不绝。"　⑩"元臣"句：《资治通鉴》卷二三六载："（永贞元年三月）丁酉，诸宰相会食中书。故事，宰相方食，百察无敢谒见者。叔文至中书，欲与执谊计事，令直省通之。直省以旧事告，叔文怒，叱直省。直省惧，入白。执谊逡巡惭赧，竟起迎叔文，就其阁语良久。杜佑、高郢、郑珣瑜皆停箸以待。有报者云：'叔文索饭，韦相公已与之同食阁中矣。'佑、郢心知不可，畏叔文、执谊，莫敢出言。珣瑜独叹曰：'吾岂可复居此位！'顾左右，取马径归，遂不起。"当时杜佑、高郢年过七十，郑珣瑜已六十八岁，三人均德宗朝宰相，故称"元臣故老"。　⑪昼卧：谓失权归卧不再理事。汍澜：流泪貌。参阅《齦齦》注②。《资治通鉴》卷二三六载左仆射贾耽："以王叔文党用事，心恶之，称疾不出，屡乞骸骨。"宰相郑珣瑜等人也"相次归卧"。　⑫"董贤"句：意谓像董贤这样无才无德窃居高位的人，现在还有谁同情他呢？董贤：字圣卿，汉云阳人。据《汉书·董贤传》，哀帝时贤以貌美、便辟得宠幸，元寿元年（前2）封高安侯，欲极其位，遂以贤为大司马卫将军，贤年二十二为三公。哀帝死，董贤为王莽所劾，自杀。此处韩愈因王叔文以棋艺供奉李诵，王伾以书法待诏翰林，类似男优行径，故以董贤影射二王。　⑬"侯景"句：以侯景影射王伾、王叔文二人，他们也自封高官，居心叵测，结局也将如侯景一般，徒令人叹息而已。侯景：字万景，南朝梁怀朔人。据《梁书·侯景传》，景初为北朝尔朱荣将，后归高欢，又附梁，封河南王，矫诏自加锡，冕十有二旒，建天子旌旗，后叛梁，攻陷建康，自立为帝。史称"侯景之乱"。九锡：是古代帝王尊礼大臣的九种器物，加九锡往往是夺取帝位的前奏，九种器物说法、排列不同，一般为一曰车马，二曰衣服，三曰乐则，四曰朱户，五曰纳陛，六曰虎贲，七曰铁钺，八曰弓矢，九曰秬鬯。行：且。　⑭天位：帝位，指皇帝的权力。庸夫：平庸的小人，指王叔文辈。干：干求，有窃取的意图。　⑮嗣皇：指宪宗李纯。　⑯"文如"句：文治如太宗李世民，武功如高祖李渊。　⑰膺图：受瑞应之图。图，图谶，预告吉祥的文书图记。受禅：新皇帝接受旧帝让与的帝位。禅，让位。登明堂：谓登上殿堂。《礼记·明堂位》曰："昔者周公朝诸侯于明堂之位。"明堂为古代帝王宣明政教、接见诸侯和举行祭祀、选士、敬老大典之所。　⑱共流幽州：流放共工于幽州。鲧死羽：殛鲧于羽山。相传共工、鲧、驩兜、三苗为尧臣，并称"四凶"，流共工、殛鲧见《书·舜典》。这里指宪宗即位，流贬王叔文等人。　⑲"四门"句：谓新朝广用四方贤明之士。《书·舜典》："宾于四门，四门穆穆。"孔传："穆穆，美也；四门，四方之门。舜流四凶族，四方诸侯来朝者舜宾迎之，皆有美德，无凶人。"登：进用。　⑳"数君"句：指永贞革新的参与者刘禹锡、柳宗元、吕温、韩泰等人，并非王叔文的亲信，不是他们的朋党。　㉑郎官：刘禹锡在顺宗时任屯田员外郎,柳宗元为礼部员外郎,均为尚书省郎官。清要:清廉谨要。 ㉒荒郡迫野:指刘、柳贬地连州、邵州皆为荒凉迫窄之地。嗟可矜:可悲叹怜悯。 ㉓日相腾:谓洞庭湖水每日波浪腾涌。 ㉔蛮俗生梗:南方少数民族地区风俗野蛮强悍。瘴疠烝:瘴气熏蒸,流行病很多。烝,盛,多。 ㉕江氛:江面上的水气。岭祲(jìn):山间昏暗的雾气。祲,不祥之气。昏若凝:到傍晚仍不消散。 ㉖蛊虫:蚊蝇之属。 ㉗雄虺:毒蛇。毒螫:以毒刺人。堕股肱:毁坏人的四肢。 ㉘食中置药:指饭中下蛊毒事。参见《八月十五夜赠张功曹》注⑧。崩:摧崩,伤心惧怕到极点。 ㉙使令:供使唤的人,婢仆之属。凭:信赖。 ㉚浪信:随意轻信。兢兢:小心戒慎貌。 ㉛吾尝同僚:韩愈贬阳山前任监察御史,刘禹锡亦任监察御史,柳宗元任监察御史里行,故云。情可胜:即情不可胜,指情谊深厚。胜,尽。 ㉜具书目见:当时韩愈已从阳山赦归,所言南方情形皆亲眼所见。非妄征:不是没有根据的瞎说。征,证明。 ㉝宜为惩:应戒鉴。惩,引以为戒,或谓此"惩"为惩前毖后之意。何焯《义门读书记·昌黎集》:"末句言将来朝士咸宜以数子既往之事惩躁进也。"

[赏析]

关于"永贞革新"的性质,自范仲淹《述梦诗序》(《范文正公集》卷六)至王鸣盛《蛾术编》(卷七六)已多有辨正。韩愈可能受当时政治因素和传统知识分子必须持身守正观念的影响,对王叔文一派人痛加挞伐,深恶痛绝。所述史事,多能与《旧唐书》、《新唐书》、《资治通鉴》相印证,大致可信。更值得注意的是,诗开头直接批判王叔文为"小人",诗中又说刘禹锡、柳宗元等人不是他的同党,肯定他们为官的政绩,同情他们被贬官的悲苦,又一一告诫南方生活需注意之事。从此以后,交情笃实,至老而不衰。诗中对政争之事直言不讳,对朋友爱护有加,公私分明的立场,也是了解韩愈思想的重要材料。

杏 花

居邻北郭古寺①空，杏花两株能白红②。曲江满园不可到，看此宁避雨与风③。二年流窜出岭外，所见草木多异同。冬寒不严地恒泄④，阳气发乱无全功⑤。浮花浪蕊镇长有⑥，才开还落瘴雾中。山榴⑦踯躅少意思，照耀黄紫徒为丛。鹧鸪钩辀⑧猿叫歇，杳杳深谷攒青枫⑨。岂如此树一来玩⑩，若在京国⑪情何穷？今旦⑫胡为忽惆怅？万片飘泊随西东。明年更发应更好，道人莫忘邻家翁⑬。

[题旨]

诗中"二年流窜出岭外"，指韩愈在德宗贞元十九年（803）冬被贬阳山，至贞元二十一年秋徙为江陵府法曹参军，前后共历二年。故知此诗于宪宗元和元年（806）二月左右在江陵作。

[注解]

①居邻北郭古寺：王元启《读韩记疑》："江陵有金銮寺，退之题名在焉。居邻古寺，意即此寺。"邻，接近、靠近的意思。 ②能白红：张相《诗词曲语辞汇释》："能，甚辞。凡亦可作'这样'或'如许'解而嫌其不得劲者属此。"能白红，言何其红白相间而热闹也。反衬古寺荒凉之意。 ③"曲江"二句：谓长安的曲江池边，满园花树，而今已不能重游。宁可在此地欣赏杏花，避开风风雨雨的日子。曲江：长安城东南郊的游览胜地，因水流曲折而得名。康骈《剧谈录》："曲江，开元中疏凿为胜境。其南有紫云楼、芙蓉苑，其西有杏园、慈恩寺，花卉环周，烟水明媚。"遗址在今西安市东南郊，久已

涸竭为耕地。雨与风：暗喻政坛的风风雨雨。 ④地恒泄：地气时常泄出。指土地不冻，适合植物生长。《礼记·月令》："孟冬行春令，则冻闭不密，地气上泄。"又："地气沮泄，是谓发天地之房。" ⑤阳气发乱：谓天控制不住，与前句"地恒泄"指地控制不住相对。无全功：谓天地不是万能，阳气乱发也无法控制。《列子·天瑞》："天地无全功。" ⑥镇长有：长年都有。镇，古作"尘"，《尔雅·释诂》："尘，久也。"朱骏声《说文通训定声》："今人谓时之久曰镇、曰镇年。""镇"与"常"、"长"、"尽"同义，与"长"联用则重言"常常"之意。此为唐人口语用法。 ⑦山榴：山石榴，又名山踯躅、映山红。 ⑧钩辀：象声词，即鹧鸪的鸣叫声。《本草》："鹧鸪形似母鸡，鸣云'钩辀格磔'者是。"李群玉《九子坡闻鹧鸪》："正穿诘曲崎岖路，又听钩辀佛磔声。" ⑨杳杳：深暗貌。攒：聚集。 ⑩玩：欣赏。 ⑪京国：京城，指长安。 ⑫今旦：今晨，今朝。 ⑬道人：谓寺僧。邻家翁：韩愈自称。

[赏析]

　　首四句写古寺赏花，其中只有"白红"两字贴到杏花上，其余全是写"哀怨而怜"的看花感受。盖韩愈刚从阳山贬所量移江陵，眷念长安，故借看花以寄慨。"二年流窜出岭外"以下数句，写岭南的花木禽鸟，一片花繁锦簇，却以一笔收束："岂如此树一来玩，若在京国情何穷？"点出诗旨是在写情，不是单纯咏物而已。这两句流露出作者的心思：依旧怀念长安。引发无穷的感慨。结笔四句，由花瓣飘落，想到明年不知仍在江陵否，更不敢冀望能回到长安。故而指望明年花"发应更好"，寄语寺僧通知他来赏花，其实"正见归期之难必"（汪佑南《山径草堂诗话》），"从'飘泊'二字生下凄绝语，出以平淡"（何焯《义门读书记·昌黎集》）。

李花赠张十一署

江陵城西二月尾,花不见桃惟见李①。风揉雨练雪羞比②,波涛翻空杳无涘③。君知此处花何似?白花倒烛天夜明,群鸡惊鸣官吏起④。金乌⑤海底初飞来,朱辉散射青霞开⑥。迷魂乱眼看不得⑦,照耀万树繁如堆⑧。念昔少年著游燕⑨,对花岂省曾辞杯⑩。自从流落忧感集,欲去未到先思回⑪,只今四十⑫已如此,后日更老谁论哉?力携一樽独就醉,不忍虚掷委黄埃⑬。

[题旨]

张署,韩愈的好友。贞元十九年(803)和韩愈同在监察御史任,后同时贬官南方,又同时至江陵任职。参阅《答张十一功曹》题旨。此诗当作于宪宗元和元年(806)二月,韩愈时为江陵法曹参军。

[注解]

①"花不"句:有两解:A. 在黑夜中看花,桃花反光甚微,而李花素白,反光强烈。王安石《寄蔡氏女子二首》之一:"积李兮缟夜,崇桃兮炫昼。"杨万里《江西道院集读退之李花诗序》:"因晚登碧落堂,望隔江桃李,桃皆暗而李独明,乃悟其妙。盖'炫昼缟夜'云。"B. 陈衍《石遗室诗话》卷一七云:"殆以桃花经日经雨,皆色褪不红,一望成林时,不如李花之鲜白夺目。"二说似以前者为胜,因诗中有"白花倒烛天夜明"句。

②"风揉"句:春风搓揉它,春雨洗练它,李花的洁白连雪片儿都比不上。

③"波涛"句:繁密的花树林,像白浪翻动,无涯无际。涘:水边,水

岸。　④"白花"二句：洁白的花朵在黑夜里闪耀，反而把夜空照亮了，群鸡误以为天明，提前报晓，官吏也闻鸡鸣声而起，前往官衙办公。倒烛：倒照。烛字当动词用。日光本从上往下照，今李花的白光从下往上照，故云。　⑤金乌：太阳。古代神话，日中有三足乌。孟康《咏日》："金乌升晓气，玉鉴漾晨曦。"　⑥朱辉：红光。青霞：青天彩云。　⑦迷魂乱眼：形容朝阳初照李花林的情景，光彩动人，使人眼花缭乱，神魂恍惚。看不得：正话反说，原意是看了令人惊叹不止。　⑧繁如堆：李花繁盛如堆絮。　⑨著游燕：爱游赏宴乐。著，着意，贪恋，一味追求。燕，通"宴"，饮宴作乐。　⑩"对花"句：对着美丽的春花，我哪能不好酒贪杯？省：张相《诗词曲语辞汇释》："省，犹'曾'也。省、曾二字联用，重言而同义也。"　⑪"欲去"句：想去看花时，尚未到达，走到半途就想回家了。意谓数年来饱经忧患，再也没有赏花的兴致。　⑫四十：洪兴祖《韩子年谱》："时年三十九。"举其成数而言。　⑬"力携"二句：自己年壮力强而意志衰败如此，未免心有不甘，宁可携酒独饮，也不愿美丽的花零落在黄土里。樽：酒器。虚掷：虚掷光阴。委黄埃：老死于黄土。

[赏析]

　　这首诗先作巧构形似之言，摹写李花的色白和茂盛状，再用夸饰手法写夜中的李花，而后写朝阳初照花林的景致，其体物入微，发前人所未发，是描写客观景物的笔力展现。后段自"念昔少年"以下，忽然感到赏花心情已远不如少年时代，李花盛开，自己却与张署同谪江陵，同悲流落，可知自贬阳山以来，政治上的失意始终笼罩在韩愈心头。然而，眼前"迷魂乱眼看不得"的美景怎能辜负？辜负李花，即辜负了自己。只好"力携一樽独就醉，不忍虚掷委黄埃"了。惜李花，正是爱惜自己呀！末段借花致慨，借年华流逝之感抒发内心的苦闷，又充分显示了韩愈描写主观心绪的才能。

感春四首

我所思兮在何所①?情多地遐兮偏处处②。东西南北皆欲往③,千江隔兮万山阻。春风吹园杂花开,朝日照屋百鸟语。三杯取醉不复论,一生长恨奈何许④!

[题旨]

宪宗元和元年春天,韩愈任职江陵,风景甚美,乃作此组诗。

[注解]

①"我所思"句:此仿效张衡《四愁诗》体。《四愁诗》首句:"我所思兮在太山,欲往从之梁甫艰。"又有"我所思兮在桂林"、"我所思兮在汉阳"、"我所思兮在雁门"等句。想念其朋友或情人,这是自《楚辞》以来诗人常用的题材。 ②"情多"句:是说有个多情人住在遥远的地方,且居所不定,即"我所思"的人。地遐:地远。遍处处:到处居住。 ③"东西"句:化用张衡《四愁诗》而来,《四愁诗》中太山、桂林、汉阳、雁门即代表东、南、西、北之地。往:去,追求。 ④奈何许:怎么办?许,语助词。这首诗以所思的人比喻自己的政治理想,说明由于种种阻挠,频遭挫折,故而诗人在春光明媚中倍增伤感。

皇天平分成四时,春气漫诞最可悲①。杂花妆林②草盖地,白日座上倾天维③。蜂喧鸟咽留不得,红萼万片从风吹。岂如秋霜虽惨冽④,摧落老物谁惜之?为此径须沽酒饮⑤,自外天地弃不疑。

近怜李杜无检束⑥,烂漫长醉⑦多文辞。屈原离骚二十五⑧,不肯铺啜糟与醨⑨。惜哉此子巧言语⑩,不到圣处⑪宁非痴?幸逢尧舜明四目⑫,条理品汇皆得宜⑬。平明出门暮归舍,酩酊马上知为谁⑭?

[注解]

①"皇天"二句:用宋玉典,翻宋玉悲秋意。皇天平分:宋玉《九辩》:"皇天平分四时兮。"韩愈《苦寒》:"四时各平分,一气不可兼。"平分,均分。漫诞:春风飘荡的样子。 ②杂花妆林:谓林树花开。 ③"白日"句:在座位上看着太阳渐渐从天空斜坠下去。倾:倾侧,倾斜。天维:天边。维,系物的大绳。 ④惨洌:凄惨懔洌,阴森寒冷。 ⑤径:直。沽:买酒。 ⑥怜:爱。李杜:李白与杜甫。检束:拘束。 ⑦烂漫长醉:谓长期狂放醉酒。李白《将进酒》:"钟鼓馔玉不足贵,但愿长醉不愿醒。"又《春日醉起言志》:"处世若大梦,胡为劳其生?所以终日醉,颓然卧前楹。"杜甫《杜位宅守岁》:"谁能更拘束,烂醉是生涯。" ⑧"屈原"句:《汉书·艺文志》:"屈原赋二十五篇。"一般以为合《离骚》一,《九歌》十一,《九章》九,《天问》一,《远游》、《卜居》、《渔父》各一,共二十五篇。 ⑨"不肯"句:屈原《渔父》载渔父劝他:"圣人不凝滞于物,而能与世推移。……众人皆醉,何不铺其糟而啜其醨?"屈原不能接受。铺:食。啜:饮。糟:酒滓。醨:薄酒。 ⑩巧言语:谓善辞赋。 ⑪不到圣处:古称喝酒尚能清醒者为圣人,酒醉者为贤人,不到圣处即不能"烂漫长醉"之意。《三国志·魏书·徐邈传》:"魏国初建,为尚书郎。时科禁酒,而邈私饮至于沈醉。校事赵达问以曹事,邈曰:'中圣人。'达白之太祖,太祖甚怒。度辽将军鲜于辅进曰:'平日醉客谓酒清者为圣人,浊者为贤人。'" ⑫尧舜:谓尧舜之君,指宪宗。明四目:《书·舜

典》："明四目,达四聪。"孔传:"广视听于四方,使天下无壅塞。" ⑬"条理"句:谓处理国政条理分明,又有轻重缓急的次序。条理:层次,脉络。品汇:品种类别。 ⑭酩酊:大醉的样子。马上:骑在马背上。

朝骑一马出,暝①就一床卧。诗书渐欲抛,节行久已惰②。冠欹③感发秃,语误悲齿堕④。孤负⑤平生心,已矣知何奈⑥!

[注解]

①暝:夜晚。 ②"节行"句:品德修养早已不讲了。 ③冠欹:歪戴帽儿的时候。欹,歪斜。 ④语误:指说话不清楚。齿堕:牙齿脱落。 ⑤孤负:同"辜负"。 ⑥已矣:完了。伤感之词。何奈:即"奈何",怎么办?

我恨不如江头人,长网横江遮紫鳞①,独宿荒陂②射凫雁。卖纳租赋官不嗔③,归来欢笑对妻子,衣食自给宁羞贫④。今者无端读书史,智慧只足劳精神,画蛇著足⑤无处用,两鬓雪白趋埃尘⑥,干愁漫解坐自累⑦,与众异趣谁相亲?数杯浇肠虽暂醉,皎皎⑧万虑醒还新。百年未满不得死,且可勤买抛青春⑨。

[注解]

①遮紫鳞:拦截江流,撑网捕鱼。紫鳞,鱼。 ②荒陂:荒凉的江岸。 ③官不嗔:官家不登门吵闹。嗔,发怒,闹事。 ④宁羞贫:不以贫穷为耻。宁,岂,哪里会。 ⑤画蛇著足:画蛇添足。典出《战国策·

齐策》)。著，加，添。　⑥趋埃尘：奔走于尘埃之中。意谓侍候长官，劳苦奔走。　⑦干愁：空自愁苦。漫解：随意寻求解脱。漫，胡乱。坐自累：由于自己的过失而受累。　⑧皎皎：清晰貌。　⑨抛青春：苏轼《仇池笔记》引李肇《唐国史补》卷下："酒则有郢州之富水，乌程之若下，荥阳之土窟春，富平之石冻春，剑南之烧春……"乃知唐人多以"春"名酒。

[赏析]

这四首感春诗，作于韩愈任江陵法曹参军时。其官阶正七品下，品第在中县县令和中下县县令之间，地位不高，前途也茫然未知。因此眼前美丽春景，形同虚设，反而引发了作者郁勃愤激的情怀。其第一首"春风吹园杂花开，朝日照屋百鸟语"两句，语工精切，与《牡丹亭》"良辰美景奈何天，赏心乐事谁家院"情味略同；第二首"蜂喧鸟咽留不得，红萼万片从风吹"两句，写景巧丽，与杜甫《曲江二首》（其一）"一片花飞减却春，风飘万点正愁人"情景相似。各首同为感时伤老之作，忧愤郁于胸中，唯有寄情于酒。其声调激楚，感慨万千。前二首皆直用《楚辞》语，第二首赞扬李、杜"无检束"，指陈屈原"不到圣处"，语出惊人。第三首简短而语意明确，即韩愈于前一年（顺宗永贞元年，805）所作《五箴》中的"余生三十有八年，发之短者日益白，齿之摇者日益脱，聪明不及于前时，道德日负于初心"之意。第四首自恨"不如江头人"，也别出心裁，"今者无端读书史，智慧只足劳精神"，则抒发书生无用的想法，暗含对中唐黑暗政治的深痛控诉。这四首诗抒写角度各自不同，后二首几乎与春天无涉，却同时反映了当时韩愈的苦闷心情。

题张十一旅舍三咏

榴 花

五月榴花照眼明，枝间时见子初成。可怜此地无车马，颠倒青苔落绛英①。

[题旨]

张十一：张署，参阅《答张十一功曹》、《八月十五夜赠张功曹》题旨。此诗是作者仍在江陵任职时作，约作于宪宗元和元年（806）五月间。旅舍：意指暂时租赁住宅。此诗第三题咏《蒲萄》，即今人所谓"葡萄"。

[注解]

①"可怜"二句：陈迩冬《韩愈诗选》："韩诗多盘空硬语，有时虽文从字顺，而意却拗。这两首诗（按：指《榴花》、《井》），朱彝尊说是'意调俱新，俱偏锋'，可谓知言。末二句正是爱其无游人来赏，爱其满地'青苔'、'绛英'；倘有人来赏，则车辙马蹄践踏得不堪了。此正是意调新而笔锋偏出处。"可怜：可惜。张相《诗词曲语辞汇释》卷五："可怜，犹云可惜也。"并引此诗释之云："言可惜无游人来赏，任其谢落也。"颠倒：胡乱。绛英：红花，石榴花。

井

贾谊宅①中今始见,葛洪山②下昔曾窥。寒泉百尺空看影,正是行人渴死时③。

[注解]

①贾谊宅:在长沙县(今湖南省长沙市)。《水经注·湘水记》:"长沙县西陶侃庙,传是贾谊宅。地中有一井,是谊所穿凿。杜诗(《清明二首》):'长怀贾谊井依然。'"贾谊(前200—前168),西汉洛阳(今属河南省)人,文学家兼政论家。文帝召为博士,不久超迁太中大夫,因遭忌,出为长沙王太傅,迁为梁怀王太傅卒。 ②葛洪山:指罗浮山(位今广东省中部),为葛洪炼丹之所,有井。葛洪(约281—341),字稚川,东晋丹阳句容(今属江苏省)人。好神仙导养之法,自号抱朴子。著有《抱朴子》、《神仙传》等。"今始见"、"昔曾窥",都是对井而言。 ③"正是"句:言井水深而不能供人饮,没有用处。也是新意偏锋的写法。

蒲 萄

新茎未偏半犹枯,高架支离倒复扶。若欲满盘堆马乳①,莫辞添竹引龙须②。

[注解]

①马乳:葡萄的一个优良品种,状如马乳头,其味香甜。 ②添竹:

添加葡萄枝架。龙须：葡萄茎上长出的须丝。

[赏析]

这三首诗叙写景物，短小清新，自有其笔调锋利处。单就其描摹客观事物言，常是针对一特定题材，用第三、四句转换文意，酿构其巧思。

郑群赠簟

蕲州簟竹天下知①，郑君所宝尤瑰奇。携来当昼不得卧，一府传看黄琉璃②。体坚色净又藏节③，尽眼凝滑无瑕疵。法曹贫贱众所易④，腰腹空大⑤何能为？自从五月困暑湿，如坐深甑遭炁炊⑥。手磨袖拂心语口⑦："慢肤⑧多汗真相宜。"日暮归来独惆怅，有卖直欲倾家资⑨。谁谓故人知我意？卷送八尺含风漪⑩。呼奴扫地铺未了，光彩照耀惊童儿。青蝇侧翅⑪蚤虱避，肃肃疑有清飙吹⑫。倒身甘寝⑬百疾愈，却愿天日恒炎曦⑭。明珠青玉不足报，赠子相好无时衰。

[题旨]

郑群，字弘之，荥阳（今河南省荥阳市）人。进士出身，历任监察御史、虞部员外郎、复州刺史、衢州刺史等职。韩愈《唐故朝散大夫尚书库部郎中郑君墓志铭》说他："天性和乐，居家事人，与待交游，初持一心，未尝变节。……其治官守身，又极谨慎，不挂于过差。去官而人民思之，身死而亲故无所怨议。"当宪宗元和元年（806）五月间，郑群以殿中侍御史佐裴均于江陵，因同僚赠簟，韩愈赠诗答谢。簟：竹席。

[注解]

①蕲（qí）州：今湖北省蕲春县。簟竹：一作"笛竹"，蕲春特产，亦称蕲竹。此竹间节疏长，色泽温润，制成竹席、竹笛、竹杖皆宜。　②黄琉璃：代指簟。琉璃，一种富于光泽的瓷釉制品，亦可作美玉解。此处形容竹席光滑明净，颇为珍贵。　③藏节：言其工艺精巧，不见竹节的痕迹。　④法曹：韩愈自指，时任江陵法曹参军。官正七品下。《新唐书·百官志》："法曹，司法参军，掌鞫狱丽法，督盗贼，知赃贿没入。"易：看轻，轻视。　⑤腰腹空大：韩愈自述身体肥胖。　⑥甑：古代蒸食炊器。烝：蒸。　⑦手磨：以手搓拭。磨，同"摩"。袖拂：以袖扇风。心语口：自言自语。　⑧慢肤：细腻润泽的肌肤。　⑨"有卖"句：谓如果有人卖竹席的话，不惜倾尽家财也要买下来。　⑩"卷送"句：卷起八尺宽的竹席送我，带给我微风吹过水面般的清凉。漪：风吹水上引起的波纹。　⑪侧翅：翅翼鼓向一边，指飞走。　⑫肃肃：阴寒之气。清飙（biāo）：清劲的风。　⑬甘寝：安睡，睡得香甜。　⑭炎曦：阳光炙热。

[赏析]

本诗并无深刻内容，但在叙事中有时咏物，有时抒情，层层转折，自一竹席转出许多意思，夸张亦带有诙谐。其中如"携来当昼不得卧"、"倒身甘寝百疾愈，却愿天日恒炎曦"等句，以反面手法写出美好之意，颇为新奇。全诗写物维妙维肖，自嘲诙谐入妙，艺术手法十分成功。

醉赠张秘书

人皆劝我酒，我若耳不闻。今日到君家，呼酒持劝君。为此座上客，及余各能文。君诗多态度①，蔼蔼春空云②。东野动惊俗，天葩吐奇芬③。张籍学古淡，轩鹤避鸡群④。阿买不识字⑤，颇知书八分⑥，诗成使之写，亦足张吾军⑦。所以欲得酒，为文俟其醺⑧，酒味既泠冽⑨，酒气又氤氲⑩，性情渐浩浩⑪，谐笑方云云⑫，此诚得酒意，余外徒缤纷⑬。长安众富儿，盘馔罗膻荤⑭，不解文字饮，惟能醉红裙。虽得一饷乐⑮，有如聚飞蚊⑯。今我及数子，固无莸与薰⑰。险语⑱破鬼胆，高词媲皇坟⑲。至宝不雕琢，神功谢锄耘⑳。方今向泰平，元凯承华勋㉑。吾徒幸无事，庶以穷朝曛㉒。

[题旨]

张秘书即张署。参阅《答张十一功曹》题旨。署于德宗贞元初曾任秘书省校书郎，这里从俗以旧京衔相称。诗云"方今向泰平"，故知作于宪宗元和初年；又有"长安众富儿"云云，可能作于长安。诗句颇多开朗语，与江陵时期悲愁之情不相类，可能是元和元年（806）六月，韩愈召拜国子博士回京后的第一首诗。此时张署已经回到长安，在家设宴款待韩愈、孟郊、张籍等人，宾主尽欢而有"醉赠"之作。

[注解]

①态度：风姿。　②蔼蔼：茂盛貌，形容其变化多姿。春空云：春天空中的云。　③"东野"二句：形容孟郊诗超凡拔俗，如天花散发异香。东野：即孟郊，中唐著名诗人，参见《孟生诗》。葩：花。芬：香气。　④"张籍"二句：形容张籍诗风古朴淡雅，如鹤立鸡群。张籍：中唐著名诗人，参见《此日足可惜一首赠张籍》。古淡：古朴自然。轩鹤：乘轩之鹤。轩，大夫的车子。　⑤阿买：疑是韩愈子侄辈中某一人的小名。不识字：不是字学的专家，即不喜欢深究字义。　⑥书八分：写八分书。八分书解释各异：或以为二分似隶八分似篆故曰八分；近人以为八分

非定名，小篆为大篆之八分，汉隶为小篆之八分，今隶为汉隶之八分等。

⑦张吾军：谓张大我们一派的声势。 ⑧俟其醺：等待大家喝得醉醺醺。古人多相信醉酒微醺时能作出好诗。 ⑨泠冽：二字从水，谓酒之清凉。双声字，与下句"氤氲"相对。泠，凉。冽，水洁净。 ⑩氤氲：浓盛。 ⑪浩浩：开朗貌。 ⑫谐笑：调笑。云云：亦作"芸芸"，众多貌。 ⑬"此诚"二句：谓我辈高情需借酒，世俗之人不足论。余外：指一般的世俗饮酒之徒。徒缤纷：虚有其表的意思。 ⑭盘馔：盘中饭菜，此指饮食。膻荤：指各种肉食。膻，牛羊腥气。 ⑮一饷：一顿饭的时间，言时间短暂。饷，吃饭。 ⑯聚飞蚊：形容饮酒嗡嗡喧闹。 ⑰"今我"二句：谓自己与孟郊、张籍、张署等才情相近，气味相投。茈与薰，参阅《赴江陵途中寄赠王二十补阙李十一拾遗李二十六员外翰林三学士》诗注⑱。 ⑱险语：奇险的言辞。 ⑲媲皇坟：匹配三皇的《三坟》，意味可与古代的经典相提并论。媲，比配。皇坟，《尚书序》："伏羲、神农、黄帝之书，谓之《三坟》。" ⑳"至宝"二句：谓他们的高词险语，都出于自然的修养，不是矫揉造作而成。神功：指大自然创造万物的机能。谢：推辞，不用。锄耘：锄地耘草，借指人力加工。 ㉑"方今"二句：谓当今天下正走向太平，有贤臣辅佐明君。泰平：即太平。当时政局渐趋改善，号称"元和中兴"。元凯：亦作"兀恺"。《左传·文公十八年》谓高辛氏有才子八人为八元，高阳氏有才子八人为八恺，此指贤臣。华勋：重华和放勋。《书·舜典》："曰若稽古帝舜曰重华。"《书·尧典》："曰若稽古帝尧曰放勋。"华、勋即舜、尧，此指明君。 ㉒"吾徒"二句：我辈优游无事，希望每日诗酒度日，能平安地过日子。穷朝曛：穷尽一整天。朝曛，从早到晚。曛，日入余光，指黄昏。

[赏析]

此诗为酬赠体。诗中叙述文人聚会作诗的雅兴，与长安富儿"惟能醉红裙"的声色之乐对比，显出截然不同的生活追求和精神境界。在诗酒唱和的文人生态中，强调高古雄奇而不雕琢，标扬"险语"、"高词"的写作方式，可视为韩愈诗论的主张。这首诗对于了解韩愈及其同辈诗人孟郊、张籍的诗风颇有助益。

南山诗

吾闻京城南，兹维群山囿①。东西两际海②，巨细难悉究。山经及地志③，茫昧非受授④。团辞试提挈，挂一念万漏⑤。欲休谅不能⑥，粗叙所经觏⑦。

尝升崇丘望，戢戢见相凑⑧。晴明出棱角，缕脉碎分绣⑨。蒸岚相颃洞，表里忽通透⑩。无风自飘簸，融液煦柔茂⑪。横云时平凝⑫，点点露数岫。天空浮修眉⑬，浓绿画新就⑭。孤樽有巉绝，海浴褰鹏嘼⑮。春阳潜沮洳，濯濯吐深秀⑯。岩峦虽崒崪，软弱类含酎⑰。夏炎百木盛，荫郁增埋覆⑱。神灵日歊歔，云气争结构⑲。秋霜喜刻轹，磔卓立癯瘦⑳。参差相叠重，刚耿陵宇宙。冬行虽幽墨，冰雪工琢镂㉑。新曦照危峨，亿丈恒高袤㉒。明昏无停态，顷刻异状候。西南雄太白㉓，突起莫间簉㉔。藩都配德运㉕，分宅占丁戊㉖。逍遥越坤位，诋讦陷乾窦㉗。空虚寒兢兢，风气较搜漱㉘。朱维方烧日，阴霰纵腾糅㉙。昆明大池㉚北，去觑偶睛昼㉛。绵联穷俯视，倒侧困清沤㉜。微澜动水面，踊跃躁猱狖㉝。惊呼惜破碎，仰喜呀不仆㉞。前寻径杜墅㉟，坌蔽毕原陋㊱，崎岖上轩昂㊲，始得观览富。行行将遂穷，岭陆烦互走㊳。勃然思坼裂㊴，拥掩难恕宥㊵。巨灵与夸蛾，远贾期必售㊶。还疑造物意，固护蓄精祐㊷。力虽能排斡，雷电怯呵诟㊸。攀缘脱手足，蹭蹬抵积甃㊹。茫如试矫首㊺，堛塞生怐愗㊻。威容丧萧爽㊼，近新迷远旧㊽。拘官㊾计日月，欲进不可又㊿。因缘窥其湫㉑，凝湛闷阴兽㉒。鱼虾可俯掇，神物安敢寇㉓。林柯㉔有脱叶，欲堕鸟惊救。争衔弯环飞，投弃急哺鷇㉕。旋归道回睨，达枿壮复奏㉖。吁嗟信奇怪，峙质能化贸㉗。

前年遭谴谪㉘，探历得邂逅㉙。初从蓝田㉚入，顾盼劳颈脰㉛。时天晦大雪㉜，泪目苦蒙瞀㉝。峻涂拖长冰，直上若悬溜㉞。褰衣步推马㉟，颠蹶退且复。苍黄忘遐眺，所瞩才左右㊱。杉篁咤蒲苏㊲，呆耀攒介胄㊳。专心忆平道，脱险逾避臭㊴。昨来逢清霁㊵，宿愿忻始副㊻。峥嵘跻冢顶㊼，倏闪杂鼯鼬㊽。前低划开阔㊾，烂漫堆众皱㊿。或连若相从；或蹙㊻若相斗；或妥若弭伏㊼；或竦若惊雊㊽；或散若瓦解；或赴若辐辏⑧⓪；或翩⑧①若船游；或决若马骤⑧②；或背若相恶；或向若相佑；或乱若抽笋；或嵲若炷灸⑧③；或错若绘画；或缭若篆籀⑧④；或罗若星离⑧⑤；或翁若云逗⑧⑥；或浮若波涛；或碎若锄耨⑧⑦；或如贲育伦⑧⑧，赌胜勇前购⑧⑨，先强势已出，后钝嗔逗谬⑨⓪；或如帝王尊，丛集朝贱幼⑨①，虽亲不亵狎，虽远不悖谬；或如临食案，肴核纷饤饾⑨②；又如游九原⑨③，坟墓包椁柩⑨④；或累若盆罌⑨⑤；或揭若登豆⑨⑥；或覆若曝鳖⑨⑦；或颓⑨⑧若寝兽；或蜿若藏龙；或翼若搏鹫⑨⑨；或齐若友朋；或随若先后；或进⑩⓪若流落；或顾若宿留⑩①；或戾若仇雠；或密若婚媾；或俨若峨冠⑩②；或翻若舞袖；或屹若战阵；或围若蒐狩⑩③；或靡然东注⑩④；或偃然北首；或如火熺焰⑩⑤；或若气馈馏⑩⑥；或行而不辍；或遗而不收；或斜而不倚；或弛而不瞉⑩⑦；或赤若秃鬝⑩⑧；或熏若柴槱⑪⓪；或如龟坼兆⑪①；或若卦分繇⑪②；

或前横若剥⑬，或后断若姤⑭；延延离又属⑮，夬夬叛还遘⑯；喁喁鱼闯萍⑰，落落月经宿⑱；闯闯⑲树墙垣，獥獥架库厩⑳；参参㉑削剑戟，焕焕衔莹琇㉒；敷敷花披萼㉓，闟闟屋摧雷㉔；悠悠舒而安，兀兀狂以狃㉕；超超㉖出犹奔，蠢蠢骇不懋㉗。

大哉立天地，经纪肖营腠㉘。厥初孰开张？僶俛谁劝侑㉙？创兹朴而巧，勚力忍劳疚㉚。得非施斧斤？无乃假诅咒㉛？鸿荒竟无传，功大莫酬僦㉜。尝闻于祠官，芬苾降歆齅㉝。斐然㉞作歌诗，惟用赞报酭㉟。

[题旨]

南山，即终南山，古称中南、地肺、太一、周南，指长安城南群山，秦岭山脉之一部。西起秦陇，东至蓝田，相去六百里。诗中说"前年遭谴谪"、"昨来逢清霁"，可知作于宪宗元和元年（806）六月召回长安任国子博士后，或云作于初秋。题目或无"诗"字。

[注解]

①兹：此，指终南山。维：或作"惟"，语词。群山囿：谓群山汇聚之处。囿，园囿，引申为事物萃集之处。　②"东西"句：谓东、西方均连接海洋，此为夸饰语。　③山经：记录山脉的舆地书。地志：舆地图书。指《山海经》、《汉书·地理志》之类的书籍。　④茫昧：不明白、不清楚。非受授：不是亲自得古人传授，无法流传告知后世。　⑤"团辞"二句：谓试把南山扼要地描述一番，恐怕要挂一而漏万。团辞：结撰文辞。提挈：提纲挈领。念：恐。　⑥休：止，指停止写作。谅：信，实在。　⑦经觏：经行亲见。觏，同"遘"、"逅"，遇见。以上为叙写《南山诗》的原委。　⑧戢戢：众峰聚集貌。相凑：相聚。　⑨"晴明"二句：谓晴天可看见山岭的棱角，

一条条山脉细碎若锦绣交错。 ⑩"蒸岚"二句：谓山气蒸腾弥漫，忽然间山内山外都被笼罩。蒸岚：蒸腾的山气。岚，雾气。澒（hòng）洞：弥漫无际貌。通透：显露。 ⑪"无风"二句：山间无风，云在天上飘，阳光下云气轻柔盛大。飘簸：飘荡。簸，播扬。融液：雾气凝成的水。煦：阳光温暖。 ⑫平凝：平展而凝止不动。 ⑬修眉：长眉。《西京杂记》卷二形容卓文君"眉色如望远山"，此"倒喻"为远山如眉。 ⑭浓绿：指山上青绿色的草木。画新就：有如眉黛刚刚画好。 ⑮"孤撑"二句：形容山岩耸立，如在海面上戏水的大鹏的喙。以上总体勾勒南山概貌。孤撑：孤峰独立。撑，同"撑"。巉（chán）绝：巉岩绝壁。巉，峻。海浴褰鹏噣（zhòu）：形容山如大鹏从海中出浴，张开其喙。褰，提起，举头貌。噣，鸟嘴。 ⑯"春阳"二句：谓春日阳气在地下潜发，群山吐出明净的秀色。沮洳：土地低湿处。濯濯：光明貌。 ⑰"岩峦"二句：继续形容春日的山峦，虽然高耸险峻，但神态柔弱如人醉酒一样。崒崒：高峻貌。含酎：酒醉。酎，经过两次以上复酿的醇酒。 ⑱"荫郁"句：谓群山掩埋覆盖在繁茂林木的树荫里。荫郁：草木枝叶茂盛。埋覆：掩藏覆盖。 ⑲"神灵"二句：谓神灵日日鼓动起热气，形成云彩聚结为各种图案形状。歊歔（xiāo xū）：热气上升。结构：联结。 ⑳"秋霜"二句：谓秋霜凌践万物，造成万木肃杀的景象，群山卓立也因山林草木凋零而显得消瘦。刻轹（lì）：刻剥凌践。轹，敲打。磔（zhé）卓：卓然挺立。磔，截裂肢体。癯瘦：形容瘦骨嶙峋的山峰。 ㉑"冰雪"句：谓冰雪把南山雕饰得更加精致。琢镂：雕，刻，修饰。 ㉒高裹：崇高广大。 ㉓雄太白：雄峙着太白山。太白山是终南山峰之一，在陕西省武功县南，西连武功山，冬夏积雪，望之皓然，故称"太白"。 ㉔莫间篰（zào）：没有相匹配的。间，近。篰，副贰。 ㉕藩都：屏卫都城。配德运：唐为土德，故以太白山藩垣帝都为配合德运。德运，秦、汉间方士以金、木、水、火、土五行相生相克来配合王朝存灭，是为德运。 ㉖分宅：分占位置，谓终南山自太白山分出来。占丁戊：以天干配五方，丁为南，戊为中，太白山在帝都之南，居秦岭之中，故为占丁戊。㉗"逍遥"二句：形容太白山从西南逐渐向西北下倾。坤位：指西南方。诋讦：谓凌暴。乾窾：乾位的地穴。乾指西北方，窾谓地穴。㉘"空虚"二句：形容太白山上气候寒冷，疾风劲吹。空虚：天空。兢兢：本义为戒惧战栗，此处形容严寒。风气：指风。较搜漱：谓疾风一阵阵更猛烈。搜漱，犹"飕飕"。㉙"朱维"二句：谓山南朝日正在升起，山北则大雪纷飞。朱维：南方，此指山南。烧日：日光如烧，赤日炎炎。阴霰：山背面的霰雪。阴，山北。霰，雪珠。纵腾糅：恣意腾飞。糅，纷杂。㉚昆明大池：在长安西南，汉武帝时为习水战而凿，周围四十里，唐德宗时又加修浚，引交水、澧水入池。㉛去觌（dí）：前去观看。觌，相见。偶晴昼：正好遇上晴天。㉜"绵联"二句：形容山倒映在池水中，倒影连绵不断，穷尽人的视力。困清沤：谓山影映现池水中，影像被池岸所限，故曰"困"。清沤，干净的池水。沤，水泡。㉝"微澜"二句：谓水波动荡，山影动摇，性情急躁的猿猴不安地跳跃。躁：急。猱狖：猕猴和长尾猿。㉞"惊呼"二句：形容观看水面山影，正惊叫山影破碎，抬起头来惊喜地发现山还矗立在眼前。呀不仆：惊叹不倒下。仆，同"扑"。㉟径杜墅：取路杜墅，欲由此登山。径，通"经"。杜墅即杜陵，在今西安市南，古昆明池东北，本周之杜柏国，汉宣帝陵在此，因号杜陵。㊱坌（bèn）蔽：尘埃遮掩。坌，灰尘。毕原：在今西安市西南，为咸阳附近渭水南的高地，以西周毕公高封于此得名，武王、周公及汉诸陵并在其上。陋：言其卑小不可见。㊲轩昂：高峻貌，此指高山。㊳岭陆：山岭与高地。高平之地曰陆。烦互走：指多有交错。互走，走向交错。㊴勃然：忽然。思圻裂：希望山岭间裂开一条通道。圻裂，裂缝。㊵"拥掩"句：谓群山壅蔽，难以谅解。拥掩：壅蔽，阻塞，指山势阻碍。怒宥：宽恕。㊶"巨灵"二句：说如巨灵和夸娥远来受雇，一定会雇用他们。巨灵：古代神话中擘开华山的河神。《水经注·

河水注》："华、岳本一山，当河，河水过而曲行。河神巨灵手荡脚蹋，开而为两。"夸蛾：传说中的大力神。《列子·汤问》："帝感其（愚公）诚，命夸蛾氏二子负二山（太行和王屋），一厝朔东，一厝雍南。"远贯：远来推销。㊷"还疑"二句：谓又怀疑是造物者有意护卫这些山岭，集中精力照顾它，使它不崩裂。固护：牢固。蓄精祐：蓄积神明福佑。㊸"力虽"二句：谓巨灵、夸蛾虽有力排山，但却惧怕雷电的呵斥。排斡：排除。斡，运转。呵诟：呵斥辱骂。㊹"攀缘"二句：谓向上攀登手足失控，结果落到了如深井的谷底。蹭蹬：困顿失路。抵积甃（zhòu）：掉到如深井的谷底。甃，井壁。㊺茫如：茫然。矫首：抬头。㊻塩（bì）塞：土块堵塞。塩，土块。怐愗（kòu mào）：怨愁的样子。㊼威容：端庄的仪容。萧爽：潇洒。㊽"近新"句：刚刚寻到近处的新路，随即迷失了原来的旧路。㊾拘官：束身于官职本分，不可旷日游山。㊿不可又：不可复，此谓不可深入群山之中。(51)因缘：顺道。湫（qiū）：深潭，此指南山炭谷湫，韩愈有《题炭谷湫祠》诗。(52)凝湛：谓深水如凝。闷阴兽：谓禁闭水中蛟。闷，潜藏，关闭。(53)神物：指鱼虾为神灵养护之物。寇：侵犯，碰取。(54)林柯：树枝。(55)"争衔"二句：谓群鸟衔着落叶盘旋，又抛掉它们去哺喂幼鸟。弯环：犹言回旋，作弧线飞行，此状鸟之盘旋。哺鷇（kòu）：母鸟喂幼鸟。鷇，雏鸟，待母哺食的幼鸟。(56)"旋归"二句：谓回来的路上往后看，山间高高的林木茁壮而又密集。旋归：返回。回睨：回头看。睨，斜视。达枿（niè）：指林木凸出枝丫的样子。枿，同"蘖"，树木重发新生的枝条。壮复奏：茁壮而又繁密。奏，通"凑"，聚集。(57)"峙质"句：谓冈峦永恒不动，却有如此迷人的姿态万千。峙质：不可变的本性，指冈峦。化贸：变化。贸，变易。(58)"前年"句：指贞元十九年（803）冬贬阳山。(59)得邂逅：谓得机会登山。(60)蓝田：蓝田山，在今陕西省蓝田县东，为骊山之南阜，山南有蓝田关，唐时此为自长安南下襄阳的通道。顾祖禹《读史方舆纪要》："蓝田县：秦岭在县东南，即南山别出之岭。凡入商洛、汉中者，必越岭而后达。” (61)“顾眄”句：谓左右回顾使颈项疲劳。顾眄：左顾右盼。还视为顾，邪视为眄。脰(dòu)：颈项。 (62)“时天”句：韩愈谪阳山过蓝田山遇大雪。晦：阴晦。(63)蒙瞀（mào)：眼睛看不清楚的样子。瞀，眼睛昏花。 (64)“峻涂”二句：形容山路险峻，常有“长冰”像悬挂着的冰柱一般湿滑。悬溜：瀑布。 (65)褰衣：拉起衣襟。步：步行。 (66)颠蹶：跌倒。倒仆曰颠，失足曰蹶。 (67)“苍黄”二句：匆忙上路，地冻路滑，顾不得远望南山之景，只好注视着身旁的道路。苍黄：同“仓皇”，急迫匆忙。遐睎（xī)：远望。 (68)杉篁：杉树与篁竹。篁，竹的通称。咤蒲苏：夸耀其生长繁茂。咤，通“诧”，夸耀。蒲苏，犹“扶疏”，繁茂分披貌。 (69)杲耀：辉耀。杲，光明。攒介胄：谓杉竹披上冰雪如攒集的甲胄。介，通“甲”，铠甲。 (70)“脱险”句：谓急于脱险的心情愈于避臭。 (71)清霁：雨过云散的晴朗天气。 (72)忻始副：心喜游山的夙愿方能达成。忻，通“欣”。始副，始实现。 (73)峥嵘：高峻貌。跻冢顶：登上山顶。跻，登上。 (74)倏闪：忽然闪现。杂鼯鼬（wú yòu)：交杂有飞鼠和鼬鼠。鼯，飞鼠。鼬，又名鼪，俗称黄鼠狼。 (75)划开阔：忽开阔。划，忽然，豁然。 (76)烂漫：散乱貌。堆众皱：从高处看群山如皱纹堆聚。(77)蹙：接近。 (78)妥：安稳。弭伏：驯顺地趴下。 (79)竦：通“悚”，惊惧。惊雊：被惊吓到的野鸡。 (80)辐辏：状车轮条辐集中于轴心。辏，车辐集中于轮毂。 (81)翩：犹“翩翩”，轻疾貌。 (82)决：快疾，疾驰。骤：奔驰。 (83)嵲（niè)：突兀特立貌。炷灸：点燃的艾卷，可以治病。炷，点燃。灸，灸艾。 (84)缭：缭绕。篆籀：篆书与籀书，篆指小篆，籀指大篆。 (85)离：众多。 (86)蓊（wěng)：聚集。云逗：云彩停驻凝滞。 (87)锄耨：耕田锄草。(88)贲育伦：古代传说的猛士孟贲、夏育之徒。 (89)赌胜：竞争胜负。勇前购：谓勇往直前以求恩赏。 (90)钝：鲁钝。嗔逗譨（dòu nòu)：谓嗔怒不能言。逗譨，言语迟钝。 (91)“丛集”句：谓群山如臣下丛集向它朝拜。丛集：聚集。

朝：朝拜。贱幼：百官尊卑长幼不等。 ㉒肴核：肴核分指肉、果类食品。纷钉饾（dìng dòu）：谓食品纷杂堆积。钉饾，同"饾钉"，食品堆积。 ㉝九原：墓地。本为地名，在绛州（今山西省新绛县），为春秋晋国卿大夫埋葬处。 ㉞椁（guǒ）柩：棺材。椁谓外棺，柩谓敛尸之棺。 ㉟盆罂（yīng）：盆，古酒器。罂，小口大腹的陶瓶。 ㊱揭：高举。登豆：古代盛食物的器皿，亦用于祭祀。木制的称为豆，瓦制的称为登。 ㊲曝鳖：鱼鳖晒背。 ㊳颒：仰面向上。 ㊴翼：振翼，飞翔。搏鸷：拼搏的鸷鹰。 ㊵迸：迸散。 ㊶顾：顾念留恋。宿留：逗留。 ㊷俨：庄重貌。峨冠：高的礼帽。 ㊸围：包围。蒐狩：打猎。《左传·隐公五年》："故春蒐、夏苗、秋狝、冬狩。" ㊹靡然：倾倒貌。东注：东流，状山势东向。 ㊺偃然：倒卧貌。北首：北向。 ㊻熺焰：熺，同"熹"，火焰光亮。 ㊼馈（fēn）馏：一蒸曰馈，二蒸曰馏。 ㊽弛：射箭。不彀：不拉满弓弩。 ㊾赤：空无。鬝（qiān）：鬓发脱落貌。 ㊿柴槱（yǒu）：积柴烧火。槱，聚集木柴以备燃烧。 ⓈⓁⓘ坼兆：古代灼龟卜筮，烧裂纹理以验吉凶。此句形容山石龟裂。 ⓈⓁⓘⓘ卦分繇：《周易》每卦有卦辞叫作繇，每卦分六爻，故曰"分繇"。 ⓈⓁⓘⓘⓘ前横若剥：形容山形像《易》的剥卦卦象，坤下艮上，上有一阳，作䷖，故曰"前横"。 ⓈⓁⓘⓥ后断若姤：形容山形像《易》的姤卦卦象，巽下乾上，下有一阴，作䷫，故曰"后断"。 Ⓢⓛⓥ延延：绵长貌。离又属：分离又连接。属，接续，连接。 Ⓢⓛⓥⓘ夬夬（guài guài）：刚决貌。叛还遘：离开又遇合。遘，遭遇，相遇。 Ⓢⓛⓥⓘⓘ"喁喁"句：谓众山出头如鱼口戏弄浮萍。喁喁：群鱼张口向上浮出水面貌。 Ⓢⓛⓥⓘⓘⓘ"落落"句：谓一座大山在疏落的小山间，如月亮经过众多的星宿。落落：稀疏貌。 Ⓢⓛⓘⓧ阎阎（yán yán）：同"言言"，高大貌。 ⓢⓚⓧ巘巘（yǎn yǎn）：崇高宽广貌。库厩：仓库和牲口棚。 ⓢⓚⓧⓘ参参：修长貌。 ⓢⓚⓧⓘⓘ焕焕：光彩辉煌貌。衔莹琇：含藏晶莹的美石。琇，石之似玉者。 ⓢⓚⓧⓘⓘⓘ敷敷：花开貌。披萼：挂满枝萼。 ⓢⓚⓧⓘⓥ阑阑：物坠地声。屋摧霤：屋檐水落地。

霤，屋檐上流下来的水。⑫兀兀：不安貌。狂以狙：狂乱而又骄横。狙，兽以足踩地，这里是性骄横的意思。⑫超超：奔跳貌。⑫"蠢蠢"句：谓虽蠢蠢起动，而不能勉力进趋。骇不懋：起动而不勉力。⑫"经纪"句：管理日月山川，理顺其条理，就像人体的营卫腠理一样。经纪：经营料理，使天地事物条理有序。营腠：营卫腠理。营卫，同"荣卫"，中医学上指经络血气。腠理，皮下肌肉组织的空隙、皮肤的纹路。⑫俛俛：努力。劝侑：规劝。⑬勤力：勉力，并力。忍劳疚：忍受辛苦。疚，久病。⑬"得非"二句：谓创造这样的群山，不是用斧斤或借助诅咒造成的。"得非"、"无乃"皆诘问之词，难道不是之意。假：借。⑬"鸿荒"二句：谓山的形成在太古鸿荒之世，详情今已不传，功绩伟大却没有酬报。鸿荒：太古蛮荒之世，混沌初开之时。酬僦：酬其功值。僦，租赁、雇佣之费。⑬"尝闻"二句：谓听祠官说起，山神会降临接受祭祀。祠官：指终南山庙的庙祝。芬苾：形容祭品的芳香。苾，香气。降歆齅（xiù）：谓神灵降临接受祭祀。歆，享，食。齅，用鼻闻味，指祭祀前神先享用祭品的香气。⑬斐然：形容文章有文采。⑬赞报酬：谓赞助报谢神明之功。报酬，报谢。酬，通"侑"，酬答。

[赏析]

　　这是一篇游山诗，重点在体物。全诗以古文章法写成，先写作诗的缘起；既而刻镂山形，包括南山沿革、周遭环境、山水风景等，巨细靡遗，费心雕琢。其铺排山势、描写景物，将南山写得灵异缥缈，光怪陆离，乃绝大特色。韩愈显然有心追求艺术技巧，于是出之以险韵，层叠不穷，令人觉其气力雄厚。中间插叙贞元十九年被贬南方时经过南山的情景：连用五十一个"或"字，形容南山壮丽雄伟；复用十四个叠字，比喻层出不穷，状物甚为铺张富丽，极显退之大才本色。最后总承，以天地为炉，造化为工，又从不同角度，说出南山朴拙而奇特的一面。此篇可说是融合了汉赋铺张雕绘之工，又效法了杜甫五言大篇之体制，炫露文才，尚奇求新,不忌夸饰。这首诗为韩诗代表作之一,具有韩诗风格的典型意义。

短灯檠歌

　　长檠八尺空自长,短檠二尺便且光。黄帘绿幕朱户①闭,风露气入秋堂凉。裁衣寄远泪眼暗,搔头频挑移近床②。太学儒生东鲁客③,二十辞家来射策④。夜书细字缀语言,两目眵昏头雪白⑤。此时提携当案前,看书到晓那能眠⑥。一朝富贵还自恣⑦,长檠高张照珠翠⑧。吁嗟世事无不然,墙角君看短檠弃。

[题旨]

　　古代以油灯照明,上有灯盘,盛油并放置灯芯,下有立柱,叫作灯檠,俗称灯架。灯檠有长短,贫寒人家多用短檠,放在案头,取其实用照明。长檠用来照厅堂,富贵人家用之。这首诗为读书人猎取功名后忘却贫贱而发,当是韩愈于宪宗元和元年(806)任国子博士时作。

[注解]

　　①朱户:红色的大门。古代贵族侯门将大门漆成红色以示尊贵,这里代指贵族宅邸。　②"裁衣"二句:谓思妇裁制寒衣,准备寄给远行的人,泪眼盈盈,觉得灯光也暗淡下来,只好不断地用发簪挑起灯芯,并移动灯架到床头,方便继续做针线活。搔头:簪的别名,即发簪,用来插定发髻的一根长针。挑:挑灯,挑起灯芯,使之更亮。　③太学:唐代中央教育机构之一,亦称国子监、国学。东鲁:今山东省。　④射策:犹如说应试。本是汉代取士之法:主试者提出疑难问题,书之于简策,分为甲、

乙科，应试者任取其中的题目进行解答，按回答结果来判定优劣。见《汉书·萧望之传》颜师古注。　⑤眵（chī）：眼屎。昏：目光昏花。头雪白：形容用功过度而头发已白，所谓皓首穷经之意，不一定是年老。　⑥提携：提着短檠灯。案前：书桌前。"看书到晓那能眠"及以上五句写太学生为猎取功名富贵，在短檠灯下用功读书、作文。　⑦还：立即，马上。自恣：放纵自娱，任情享乐。　⑧珠翠：珠帘翠帐，代指华屋。

[赏析]

　　这首诗如诗题所示，以短檠灯为主。开头数句，表达贫贱夫妻未得功名富贵前的情形，"泪眼暗"与"两目眵昏"、"移近床"与"提携当案前"，两相呼应。后半写长檠高张，满堂辉煌，又与过去短檠难用、勤勉俭啬的生活作强烈对比。之后，诗人发出深沉的慨叹："吁嗟世事无不然，墙角君看短檠弃。"感叹谦谨质朴之士埋没不彰，而侥幸获取功名的人得意忘形。全诗写得明白晓畅，又有深深的感慨。

荐　士

　　周诗三百篇①，雅丽理训诰②。曾经圣人手③，议论安敢到④。五言出汉时，苏李首更号⑤。东都渐弥漫⑥，派别百川导⑦。建安能者七⑧，卓荦变风操⑨。逶迤抵晋宋，气象日凋耗⑩。中间数鲍谢⑪，比近最清奥⑫。齐梁及陈隋，众作等蝉噪⑬，搜春摘花卉，沿袭伤剽盗⑭。国朝⑮盛文章，子昂始高蹈⑯。勃兴得李杜，万类困陵暴⑰。后来相继生，亦各臻阃奥⑱。有穷者⑲孟郊，受材实雄骜⑳。冥观㉑

洞古今，象外逐幽好㉒。横空盘硬语㉓，妥帖力排奡㉔。敷柔肆纡余，奋猛卷海潦㉕。荣华肖天秀，捷疾逾响报㉖。行身践规矩，甘辱耻媚灶㉗。孟轲分邪正，眸子看了眊㉘。杳然粹而精，可以镇浮躁㉙。酸寒溧阳尉㉚，五十几何耄㉛？孜孜营甘旨，辛苦久所冒㉜。俗流知者谁？指注竞嘲傲㉝。圣皇索遗逸㉞，髦士日登造㉟。庙堂有贤相㊱，爱遇均覆焘㊲。况承归与张，二公迭嗟悼㊳。青冥送吹嘘㊴，强箭射鲁缟㊵。胡为久无成？使以归期告。霜风破佳菊，嘉节迫吹帽㊶。念将决焉㊷去，感物增恋嫪㊸。彼微水中荇，尚烦左右芼㊹。鲁侯国至小，庙鼎犹纳郜㊺。幸当择珉玉㊻，宁有弃珪瑁㊼？悠悠我之思，扰扰风中纛㊽。上言愧无路，日夜惟心祷。鹤翎不天生，变化在啄菢㊾。通波非难图，尺地易可漕㊿。善善不汲汲㉛，后时徒悔懊。救死具八珍㉜，不如一箪犒㉝。微诗公勿诮㊋，恺悌神所劳㊌。

[题旨]

此诗为向郑余庆推荐孟郊而作。孟郊，参见《孟生诗》。韩愈于宪宗元和元年（806）六月召授权知国子博士，抵长安后与孟郊、张籍、张彻、侯喜相友。郊于德宗贞元二十年（804）辞溧阳尉，时侨寓长安。郑余庆元和元年九月为国子祭酒，韩为其僚属，向他推荐孟郊。后余庆于十一月为河南尹，又因李翱荐，奏署郊为水陆运从事，韩愈此番举荐应有其效果。

[注解]

①"周诗"句：指《诗经》。全书计三百十一篇，六篇有目无辞，"三百"举其成数。 ②雅丽：辞美义正。理：比。训诰：《尚书》中训令诏诰一类文字，如《伊训》、《汤诰》、《大诰》。 ③"曾经"句：《史

记·孔子世家》："古者诗三千余篇,及至孔子,去其重,取可施于礼义……三百五篇,孔子皆弦歌之,以求合《韶》、《武》、《雅》、《颂》之音。" ④议论安敢到:即不敢妄加议论。以上赞美周诗,以下评论汉代五言诗。 ⑤苏李:苏武、李陵。苏武,字子卿,西汉杜陵(今陕西省西安市南郊)人。武帝天汉元年(前100)出使匈奴,被扣十九年始归。李陵,字少卿,西汉陇西成纪(今甘肃省静宁县西南)人。武帝天汉元年出征匈奴,次年兵败被俘,任匈奴右校王。《文选》收署名苏武的五言诗三首、李陵的五言诗四首,后《古文苑》等续有所录,计得李诗十三、苏诗六,一般论定为伪托。首更号:首先倡导变革,谓更改《诗经》四言体而创作五言诗。 ⑥东都:谓东汉,建都于洛阳(今河南省洛阳市)。弥漫:水势浩大,引申为五言诗繁盛发展。 ⑦"派别"句:谓诗派甚多,有如百川竞流。 ⑧建安:汉献帝刘协年号,计二十四年(196—219)。能者七:指"建安七子"。曹丕《典论·论文》:"今之文人,鲁国孔融文举、广陵陈琳孔璋、山阳王粲仲宣、北海徐干伟长、陈留阮瑀元瑜、汝南应玚德琏、东平刘桢公干,斯七子者,于学无所遗,于辞无所假,咸以自骋骥騄于千里,仰齐足而并驰。" ⑨变风操:改变了诗文的风习、格调。 ⑩"逶迤"二句:说继续发展到晋、宋时期,就多有衰败气象出现了。逶迤:此处形容衰微不振。凋耗:凋零衰败。 ⑪鲍谢:鲍照、谢灵运。鲍照,字明远,南朝宋东海(今山东省郯城县北)人。长于乐府歌行,诗风清俊飘逸。谢灵运,南朝宋陈郡阳夏(今河南省太康县)人。袭封康乐公,世称谢康乐。为人恃才傲物,挥霍钱财,喜游山水。诗作常刻画山水景物,颇多名句。 ⑫比近:比、近义同,此谓接近古之作者。清奥:即清深,语言清新而意境幽深。 ⑬蝉噪:喻声音杂乱低俗。蝉,俗谓知了。 ⑭"搜春"二句:谓齐、梁以下诗追求华艳,沿袭剽窃。 ⑮国朝:指唐朝。 ⑯子昂:陈子昂,字伯玉,梓州射洪（今四川省射洪县）人。初唐著名文学家，提倡汉魏风骨，反对六朝华靡文风，作品常能反映现实生活。高蹈：高视阔步，开创高远境界。　⑰"勃兴"二句：诗歌大盛，谓李白、杜甫之流人才辈出，他们描摹万物使之全都在自己牢笼之中。李杜：李白和杜甫，唐代著名诗人。万类：万物。　⑱臻：到达。阃（kǔn）奥：内室深隐之处，喻深微的境界。　⑲穷者：困顿之人。　⑳受材：谓天受之材，即天赋。雄鸷：这里指雄健。鸷，本义是马行奔放，不可羁勒。　㉑冥观：深刻地观察。　㉒象外：物象之外。逐幽好：追求幽深美好的境界。　㉓横空：横出高空。盘硬语：结撰苍劲有力的言词。　㉔妥帖：稳妥合宜。力排奡（ào）：谓有力量推开奡那样的壮士。奡，传说为夏朝寒浞子，力大，能陆地行舟。《论语·宪问》："羿善射，奡荡舟。"　㉕"敷柔"二句：谓孟诗表现多变：有的柔美委曲，有的奋厉雄肆。敷柔：施展柔美。肆纡余：充分表现委婉含蓄之态。海漆：海水。　㉖"荣华"二句：形容孟郊富于辞藻，文思又敏捷。荣华：绚丽的言辞。肖天秀：能与大自然美秀相比拟。捷疾：敏捷的言辞。逾响报：能比回声还快。响，回声。　㉗"行身"二句：谓郊立身行事有原则，甘受穷贱之辱也不阿附权贵。媚灶：喻阿附权贵。《论语·八佾》："与其媚于奥，宁媚于灶。"朱注："媚，亲顺也。室西南隅为奥，灶者，五祀之一，夏所祭也。……喻自结于君，不如阿附权臣也。"崔寔《政论》："长吏或实清廉，心平行洁，内省不疚，不肯媚灶。"　㉘"孟轲"二句：义取《孟子·离娄上》："胸中正，则眸子了焉；胸中不正，则眸子眊焉。"孟轲：即孟子，战国时代儒家思想家，主性善，行仁政，一生志学孔子。世称亚圣。眸子：眼珠。了眊（mào）：目明曰了，目不明曰眊。　㉙"杳然"二句：谓孟郊眼神深幽而澄明，可以镇压浮躁之气。杳然：深远貌。粹而精：朴质而精深。　㉚酸寒：即"寒酸"，指社会地位低下。溧阳尉：孟郊于贞元十六年至洛阳应铨选，选为溧阳尉，至贞元二十年（五十四岁）辞官。溧阳，唐属江南道，位今江苏省溧阳市。尉，县尉，县令以下的佐治小官，从九品下。 ㉛几何耄：谓去耄几何。耄，年老。《礼·曲礼上》："八十九十曰耄。" ㉜"孜孜"二句：韩愈《贞曜先生墓志铭》说孟郊任溧阳尉时曾迎母奉养。孜孜：勤勉不倦怠。营甘旨：谋求美味饮食，此指奉养老母。甘旨，参阅《嗟哉董生行》注⑥。冒：承受。 ㉝指注：手指目视。竞嘲慠：竞加嘲弄轻侮。慠，同"傲"。 ㉞圣皇：指唐宪宗李纯。索遗逸：索求遗留草野的隐逸之士。 ㉟髦士：俊秀之士。登造：进升，录用。 ㊱贤相：时宰相为杜黄裳、郑絪。 ㊲爱遇：善待于人，指能关照贤才，拔擢后进。均覆焘：谓遍及众类。覆，盖。焘，通"帱"，亦为覆盖。《礼记·中庸》："辟如天地之无不持载，无不覆帱。" ㊳"况承"二句：孟郊于贞元八年落第东归时曾访张建封于徐州，但其与归崇敬交谊不可考。归与张：旧注以为归指归崇敬（720—799），其字正礼，吴郡（今江苏省苏州市）人，历任左散骑常侍、工部尚书、翰林学士等职，死后赠左仆射。张指张建封，参阅《孟生诗》注㉔、《此日足可惜一首赠张籍》注㊺。迭嗟悼：屡屡对之表示同情惋惜。 ㊴青冥：青天，高天。此处借指朝廷大臣。吹嘘：吹捧、夸赞。 ㊵强箭射鲁缟：《史记·韩长孺列传》："强弩之极，矢不能穿鲁缟。"此处反用其意，谓轻而易举。 ㊶"霜风"二句：指九月九日重阳节曾有赏菊之会。《晋书·孟嘉传》："后为征西桓温参军，温甚重之。九月九日，温燕龙山，僚佐毕集，时佐吏并著戎服，有风至，吹嘉帽坠落，嘉不之觉。温使左右勿言，欲观其举止。嘉良久如厕，温令取还之，命孙盛作文嘲嘉，著嘉坐处，嘉还见，即答之，其文甚美，四坐嗟叹。"以孟郊比孟嘉，用"吹帽"典，有美其风度、佳其文才，而伤其落魄不遇之意。 ㊷决焉：决绝，很快地离开。 ㊸感物：有感于时令风物变迁。增恋嫪：频添恋恋不舍之情。嫪，爱惜、眷恋。 ㊹"彼微"二句：此用《诗经·周南·关雎》："参差荇菜，左右芼之。"荇：水葵。芼：挑选，择取。比喻荇菜虽小，尚须诗人拣择，而贤才更须有人拔擢任用。㊺"鲁侯"二句：此用《春秋》鲁桓公献郜鼎于周王室典，以说明应为朝廷网罗人才。《春秋》桓公二年："三月，公（鲁桓公）会齐侯、陈侯、郑伯于稷，以成宋乱。夏四月，取郜大鼎于宋。戊申，纳于大庙。"郜：古国名，在今山东省成武县东南。㊻幸当：张相《诗词曲语辞汇释》卷二："幸，犹本也，正也……韩愈《荐士》诗云云，幸当，正当也，意言正当分玉石也。"珉（mín）：同"瑉"，似玉的美石。㊼珪瑁：玉器，上或圆或尖，下方。天子所执为瑁，诸侯所执为珪，朝会时贵族执在手上相见敬礼用。㊽扰扰：纷乱不宁貌。风中纛（dào）：风中的大旗，比喻内心思绪动荡不宁。纛，本为帝王乘舆上用牦牛尾或雉尾制的饰物，泛指仪仗中的旗帜。㊾"鹤翎"二句：以鹤生依靠孵化，喻人才成长靠外力扶持。啄菢：孵化。啄，卵生孵化时啄破外壳。菢，孵卵成禽雏。㊿"通波"二句：谓拔擢孟东野并不困难，有如尺地容易挖出水道。通波：与海沟通。比喻孟郊为巨鱼，将致之通波。漕：水运谷粮，引申为水路。㉛善善：爱惜良才。前一个"善"字用作动词。汲汲：急切貌。㉜八珍：八种珍贵食品，合制以为药用者。文献记载不一，《周礼·天官·膳夫》："珍用八物。"郑玄注："珍谓淳熬、淳母、炮豚、炮牂、捣珍、渍、熬、肝膋也。"陶宗仪《南村辍耕录》另有"醍醐、野驼蹄……"的说法。㉝一箪犒：一竹盒普通饭食。箪，盛饭用圆形竹器。犒，用以慰劳的酒菜食物。㉞微诗：指这首《荐士》诗，加"微"字表示谦虚。诮：讥笑，斥责。㉟恺悌：和乐宽简，此谓待人宽厚亲切。《诗经·大雅·旱麓》："岂弟君子，神所劳矣。"神所劳：谓神明所嘉勉。劳，劝勉，费心神。

[赏析]

　　这首诗先谈诗歌发展史，自先秦论至盛唐，盛赞陈子昂变革之功及李白、杜甫诗登峰造极，评述观点颇为平实。而后从诗才、为人、际遇等角度，描述孟郊实为不可多得的人才，充分肯定其诗歌成就。观韩愈《赠东野诗》自言"我愿化为云，东野化为龙"，并愿能追蹑李白、杜甫的脚步，可知韩愈对自己的期许以及对前贤诗人的肯定。这首荐孟郊诗，实可视为一篇诗论。

　　在论及孟郊诗风时，赞美他"横空盘硬语，妥帖力排奡"的特色。这正说明了孟郊力求"奇古"、"雄健"的作法，深受韩愈认同。欧阳修在《读蟠桃诗寄子美》中说："韩孟于文词，两雄力相当。偶以怪自戏，作诗惊有唐。篇章缀谈笑，雷电击幽荒。众鸟谁敢和？鸣凤呼其凰。孟穷苦累累，韩富浩穰穰。穷者啄其精，富者烂文章。发生一为宫，挚敛一为商。二律虽不同，合奏乃锵锵。"（《欧阳文忠公文集》卷二）韩、孟二人各有特点，而又能相得益彰，终于发展出后世所谓的"韩孟诗派"，影响十分深远。

秋怀诗十一首（选五）

　　窗前两好树，众叶光薿薿①，秋风一拂披，策策鸣不已②。微灯照空床，夜半偏入耳③。愁忧无端来，感叹成坐起④。天明视颜色⑤，与故不相似⑥。羲和驱日月，疾急不可恃⑦。浮生虽多涂，趋死惟一轨。胡为浪自苦？得酒且欢喜⑧。

[题旨]

秋怀：秋日感怀。这是一组五古短章，大约作于宪宗元和元年（806）秋。此时退之任国子博士，教职生活清闲，却未能施展政治抱负，内心积藏不少愤懑。《进学解》和《秋怀诗》是这时期的重要作品。兹选第一、二、四、五、八首。

[注解]

①薿薿（nǐ nǐ）：草木枝叶茂盛的样子。《诗·小雅·甫田》："黍稷薿薿。" ②策策：状声词，落叶的声音，犹云"沙沙"、"瑟瑟"。朱彝尊《批韩诗》："起四句常意，却写得流快。" ③夜半偏入耳：谓落叶之声入耳。与前言"策策"相接。 ④"愁忧"二句：语出《古诗十九首》："忧愁不能寐，揽衣起徘徊。" ⑤颜色：指树叶的容貌。 ⑥"与故"句：和过去大不相同。 ⑦"羲和"二句：写时光飞逝。羲和：神话中驾日月车的神。 ⑧"胡为"二句：感叹生命短暂，从而得出应及时行乐，不值得争名逐利的结论。这是反语、愤激语。浪：随便，轻易。

白露下百草，萧兰共雕悴①。青青四墙下，已复生满地②。寒蝉暂寂寞，蟋蟀鸣自恣。运行③无穷期，禀受气苦异④。适时各得所，松柏不必贵。

[注解]

①"白露"二句：语出宋玉《九辩》："皇天平分四时兮，窃独悲此凛秋。白露既下百草兮，奄离披此梧楸。"萧兰：萧艾和芝兰，即恶草和香草。雕悴：凋零憔悴。雕，同"凋"。 ②"青青"二句：指野草得地

势之利，少受风霜侵袭，得以滋生满地。　③运行：日月运行。　④禀受：禀性（内在本质的）和感受（外加的）。气苦异：得自大自然之气大不相同。指萧兰和野草、寒蝉和蟋蟀，境遇表现不同。

秋气日恻恻①，秋空日凌凌②。上无枝上蜩③，下无盘中蝇。岂不感时节，耳目去所憎④。清晓卷书⑤坐，南山见高棱⑥。其下澄湫⑦水，有蛟寒可罾⑧。惜哉不得往，岂谓吾无能。

[注解]

①恻恻：悲凄貌，凄凉的样子。　②凌凌：战栗貌，寒冷的样子。　③蜩：大蝉。《诗·豳风·七月》："五月鸣蜩。"　④"岂不"二句：赞美肃杀寒凉的秋天，把所憎恶的蜩、蝇驱赶净尽。　⑤卷书：把书册卷起来。　⑥南山：终南山，在今西安市南。参阅《南山诗》。棱：物体的棱角。　⑦湫：深潭。这里指终南山的炭谷湫，相传其中有蛟龙。　⑧"有蛟"句：不说网鱼，而说网蛟，犹如说"屠龙"之类，一则可能以蛟喻横行的宦官和藩镇，一则托意颇壮，非平凡捕鱼之事。合下联观之，更明白昌黎心中实有远大抱负。罾（zēng）：用竹竿架起的渔网，这里用作动词，网起。

离离①挂空悲，戚戚抱虚警②。露泫秋树高，虫吊寒夜永③。敛退就新懦，趋营悼前猛④。归愚识夷涂⑤，汲古得修绠⑥。名浮犹有耻，味薄真自幸⑦。庶几遗悔尤，即此是幽屏⑧。

[注解]

①离离：忧伤心碎貌。《楚辞·九叹·思古》："曾哀凄欷，心离离

兮。"王逸注："离离，剥裂貌。"　②戚戚：忧伤貌。虚警：与上句"空悲"对文，皆指莫名的悲愁，无来由的惊惧惶恐。程学恂《韩诗臆说》："悲无所寄，故谓之空悲。警无所著，故谓之虚警。然实有所悲，实有所警也。"　③"露泫"二句：谓露水滴垂在高高的秋树上，寒虫哀吟像在伤痛秋夜的漫长。露泫：露水滴垂。泫，流泪的样子。虫吊：寒虫哀吟。吊，痛惜，哀伤。　④"敛退"二句：谓自己暂且收敛退让，趋归于近日的平淡，痛悔过去奔走营求的刚猛。就：趋，从。懦：本义为软弱，诗中含有恬退意。趋营：奔走谋求。悼：痛惜。　⑤归愚：抱朴守拙，达到质朴浑厚的思想境界。夷涂：平坦的大道。　⑥汲古：研习古代的经典文章。修绠：长长的汲水绳索。《庄子·至乐》："绠短者不可以汲深。"此以绳汲水喻获得知识的手段。　⑦"名浮"二句：浪得虚名，至今深感有愧；做官滋味淡薄，真值得自我庆幸。名浮：名过于行，名不副实。　⑧"庶几"二句：或许能免于过失，免于谤讟，这样便可以幽居独处了。悔尤：过失错误。幽屏：隐居。

卷卷①落地叶，随风走前轩②。鸣声若有意，颠倒相追奔。空堂黄昏暮③，我坐默不言。童子自外至，吹灯④当我前。问我我不应，馈我我不餐⑤。退坐西壁下，读诗尽数编⑥。作者非今士，相去时已千⑦。其言有感触，使我复凄酸。顾谓汝童子，置书且安眠。丈人属有念⑧，事业无穷年⑨。

[注解]
①卷卷：落叶干缩弯曲之状。　②轩：殿堂前檐下的平台。　③黄昏暮：从黄昏到夜晚。　④吹灯：吹起杖端火苗（或纸媒）点灯。　⑤馈我：送食物给我吃。不餐：不吃。　⑥编：卷。　⑦"相去"句：谓距

离作者的时代已有千年。　⑧丈人：长者，韩愈自称。属：正巧，适逢。念：念头，思虑。　⑨"事业"句：我一生的事业没有做完的时候。即人生不当像落叶随风而逝，应当留下永恒不灭的功业。

[赏析]

　　方世举《昌黎诗集编年笺注》："昌黎短篇，以此十一首为最。"方东树《昭昧詹言》也说："韩公亦是长篇易知，短篇用意深微，文法奇变，隐藏难识，尤莫如《秋怀》十一首矣。"后世看重者，在于《秋怀诗十一首》多婉转豪宕，语精思深，寄兴悠远，令人百读不厌。

　　例如，其一，借悲秋气氛写其怀抱，既有怀才不遇的激愤，也有伤时忧世的感慨，写秋声，转抒人生短暂，文意上下流转自然，兴讽含蓄深沉。其二，与寻常悲秋格调相异，愤怨不平，却又说得十分平和；末联"不贵松柏"的翻案之笔，前无古人，警人视听。其四，从悲秋翻出许多层次，蝉尽蝇灭，引出一派清秋可喜境界；又以湫蛟可詟，逗起无奈的感叹。虽是短篇，亦睹昌黎才力。其八，从秋风萧瑟写到读书生感，表现出诗人缭乱的思绪，最后点出"事业无穷年"，暗指自己尚无成就的讯息。组诗用语极平浅，而又能表露内心怨悱而不怒之心情，写得温婉有致。

陆浑山火一首和皇甫湜用其韵

　　皇甫补官古贲浑①，时当玄冬泽干源②。山狂谷很相吐吞，风怒不休何轩轩③，摆磨出火以自燔，有声夜中惊莫原④。天跳地踔颠乾坤，赫赫上照穷崖垠⑤，截然高周烧四垣，神焦鬼烂无逃门，三光弛隳不复暾⑥。虎熊麋猪逮猴猿，水龙鼍龟鱼与鼋，鸦鸱雕鹰雉鹄鸲，㷇枭煨爔孰飞奔⑦。祝融告休酌卑尊，错陈齐玫辟华园，芙蓉披猖塞鲜繁⑧。千钟万鼓咽耳喧，攒杂啾嚄沸篪壎，彤幢绛㫋紫纛幡⑨。炎官热属朱冠裈，髹其肉皮通髀臀⑩，颓胸垤腹车掀辕，缇颜䩦股豹两鞬⑪，霞车虹靷日毂辐，丹蕤缘盖绯繙帤⑫。红帷赤幕罗脤膰，䀇池波风肉陵屯⑬，谽呀巨壑颇黎盆，豆登五山瀛四樽⑭。熙熙酾酬笑语言，雷公擘山海水翻⑮，齿牙嚼啮舌腭反，电光磹磻赪目瞋⑯。项冥收威避玄根，斥弃舆马背厩孙⑰，缩身潜喘拳肩跟⑱，君臣相怜⑲加爱恩。命黑螭侦焚其元⑳，天关悠悠不可援㉑，梦通上帝血面论㉒，侧身欲进叱于阍㉓。帝赐九河湔涕痕㉔，又诏巫阳㉕反其魂，徐命之前问何冤？"火行于冬古所存，我如禁之绝其飧㉖，女丁妇壬传世婚㉗，一朝结仇奈后昆㉘？时行当反慎藏蹲，视桃著花可小骞㉙，月及申酉利复怨㉚，助汝五龙从九鲲㉛，溺厥邑囚之昆仑㉜。"皇甫作诗止睡昏，辞夸出真遂上焚㉝。要余和增怪又烦，维欲悔舌不可扪㉞。

[题旨]

　　本诗是为和皇甫湜《陆浑山火》一诗而作。皇甫湜：字持正，睦州新安（今浙江省杭州市淳安县）人。唐代著名古文家，韩门弟子。宪宗元和元年（806）登进士第；三年春，诏举贤良方正直言极谏科，以对策言辞激切，得罪权幸宦官，出为陆浑（属河南道河南府，故治在今河南省洛阳市嵩县东北）尉。县东有陆浑山。是年冬，作《陆浑山火》（已佚）。韩愈自元和二年夏末权知国子博士分司东都，其时在洛阳。用其韵：指和诗用原作的韵，但与"次韵"不同，即不须逐句用同一韵字。诗题或作《次韵和皇甫湜陆浑山火》。

[注解]

①补官：即补缺授官的意思。贲浑：即陆浑。古地名。《春秋》宣公三年："楚子伐贲浑戎。"《公羊传》注："贲浑，旧音六，或音奔，下户门反；二传作陆浑。"　②玄冬：冬季。扬雄《羽猎赋》："于是玄冬季月。"李善注："北方水色黑，故曰玄冬。"泽干源：指水源干枯。　③"山狂"二句：谓山势险峻，峡谷迂回曲折，狂风劲吹不休，在山谷间猖狂施虐。很：通"狠"，凶暴。相吐吞：间杂交错。轩轩：状狂风劲吹。《淮南子·道应训》："轩轩然方迎风而舞。"　④"摆磨"二句：谓风力扇动摩擦自然引起大火，烈火燃烧声震惊了日暮原野。摆磨：煽动摩擦。自燔：自然燃烧。燔，烧。莫原：谓黄昏的原野。莫，同"暮"。原，高平之地。　⑤"天跳"二句：谓大火烧得天翻地覆，熊熊火光照彻天际。踔：腾跃。赫赫：干旱炎热貌，借喻火光明亮。穷崖垠：穷尽大地边际，"崖"与"垠"均为边际之义。　⑥"截然"三句：谓大火烧到四方群山，烧得鬼神焦头烂额无处藏逃，天上的日、月、星辰也失去了光明。截然：断阻貌。高周：火头高而且四周俱燃。四垣：四周围墙，此指四面群山。垣，短墙。三光：谓日、月、星。弛隳：废毁。不复曈：不再有光亮。曈，初升的太阳，此指放光明。　⑦"虎熊"四句：谓山中走兽、水中鱼鳖、空中飞禽都被大火焚烧。麋：麋鹿。逮：及。鼍（tuó）：鼍龙，即扬子鳄。鼋（yuán）：大鳖。鹗：鹗鹰。雕：鹰类猛禽。鹄：天鹅。鹍（kūn）：鹍鸡，形状似鹤。燂（xún）：以热水烫去禽类的毛。炰（páo）：烧炙，烧烤。《广韵》："炰，含毛炙物也。"煨：以文火炖熟。《说文》："煨，盆中火。"爊（āo）：煨烤。《广韵》："爊，埋物灰中令熟也。"　⑧"祝融"三句：幻想火神肆虐情形。祝融告休时大宴宾客，火光闪闪有如珍珠宝石，像鲜美的芙蓉在花丛中怒放。祝融：相传为高辛氏火正，死后为火神。告休：同义复词，请假休息，此谓冬令为孟夏之神祝

融告休之时。酌卑尊：按尊卑次序安排宴饮。错陈：杂置，交错陈列。齐玫：火齐珠与玫瑰，二者是赤红色的宝珠和玉名。芙蓉：红莲。披猖：纷乱貌，形容火花缤纷耀眼。 ⑨"千钟"三句：描写风火之声如众乐齐鸣，红紫色旗海飘扬。咽耳喧：谓响声震耳。咽，充塞。攒杂：杂集，混杂。啾：小声。嘎：大声。沸箎（hǔ）埙：箎、埙之声沸腾。箎，箎竹，古代管乐器，单管横吹。埙，古代陶制乐器，球状或椭圆状，吹奏用。形幢：大红色的旗。幢是以羽毛为饰的旗。绛旟：紫红色的旗子。旟是赤色曲柄旗。幡（fān）：长条下垂的旗。 ⑩"炎官"二句：形容炎官外貌。炎官：火官，指祝融。热属：谓火官的部下。朱冠裈（kūn）：红帽红裤。裈，裤子。髹（xiū）其肉皮：状肤色红赤。髹，以赤黑色漆涂物。通髀臀：遍及大腿与臀部。通，直到。髀，大腿。 ⑪"颓胸"二句：形容炎官姿态的勇武。颓胸：袒着胸。垤（dié）腹：隆起肚。垤，小丘，小土堆。据《易·说卦》，"离"为火，其于人为大腹，故对炎官有此形容。车掀辕：掀起车辕，驾着车子。缇颜：红中透黄的容颜。缇，橘红色。赫股：腿上戴赤黄色蔽膝。赫，赫鞈，赤黄蔽膝。豹两鞬（jiān）：以豹皮制成的两个袋子。鞬，盛弓的皮囊。 ⑫"霞车"二句：形容火神所乘的车子，车上的饰带、车盖和随风飘动的旗帜都是红色系的。虹鞘：如彩虹的车套。鞘，套马拉车的带子。日毂轓（gǔ fān）：车辆两旁的蔽障画着太阳。毂，车轮中间贯入车轴的圆木。轓，小车遮挡尘泥用的弧形板，喻车的蔽障。丹蘤：指车盖上垂下的红色饰物。蘤，草木花叶下垂貌，此处指车上缨络、流苏一类的装饰品。縓盖：赤黄色帛制的车盖。緋繙帵（fán yuān）：緋红色的旗帜。繙帵，风吹摆动的样子。 ⑬"红帷"二句：形容宴席上的酒池大到有风可以掀浪，肉多得堆积如山。红帷赤幕：指宴客的红色帐幕。罗脤膰（shèn fán）：罗列肉食。祭肉生曰脤，熟曰膰。衁（huāng）池：血聚成池。屯：积聚。 ⑭"谽（hān）呀"二句：描写饮宴:把深山巨谷当作盛装菜肴的玻璃盆,火神的宴会以五岳为食器,以四海为酒杯。谽呀:山谷空阔貌。壑:山谷。颇黎:同"玻璃",古代玻璃实为天然水晶之类。豆登:亦作"登豆",参阅《南山诗》注⑯。五山:指五岳。瀛四樽:以四海为酒樽。瀛,大海。樽,酒杯。 ⑮"熙熙"二句:形容宾主酬酢,笑语喧哗,酒席上劝酒欢腾之声,仿佛雷公劈开大山、掀翻大海一样。熙熙:欢乐貌。醮(jiào)酬:自己饮毕而劝宾客喝酒。醮,饮尽,干杯。酬,劝饮。擘:分开。 ⑯"齿牙"二句:描绘参与宴会的客人,口腔内舌腭翻动不停,红色大眼闪烁着电光。嚼啮(niè):咬嚼。啮,咬。舌腭反:舌腭外翻。腭,口腔上腔。礥䃥(xiàn diàn):电光闪亮的样子。赪(chēng)目暖(xuān):红色大眼睛。赪,红色。暖,瞪大眼睛,此处用作动词。 ⑰"项冥"二句:写冬季主神水神遇到火神的狼狈情形。项冥收威:谓冬季主神水神颛顼与玄冥收起了威风。《礼记·月令》:"季冬之月……其帝颛顼,其神玄冥。"避玄根:谓水神胆怯走避,失其所守。古人以为水色黑,属玄,故以玄根为水的根本。舆马:车马。背厥孙:背向其孙而逃。根据五行相生法则,火为水之孙(水生木,木生火),水之视火,犹祖视其孙;水逃避火,故谓背其孙。 ⑱拳肩跟:肩与足跟拳曲在一起。 ⑲君臣相怜:谓水神君臣(颛顼、玄冥)相互悲怜。 ⑳命黑螭侦:即颛顼命黑螭去侦察情况。焚其元:被祝融烧掉他的头。元,头颅。 ㉑天关:天门,指天帝所住的地方。悠悠:高远貌。援:攀登。 ㉒梦通:托梦,通过梦魂。血面讼:黑螭被焚首,鲜血淋漓,欲申诉于天帝之前。 ㉓侧身:侧着身体,表示恭敬。叱于阍:被守门人斥骂。阍,守门人。 ㉔九河:天河。湔(jiān)涕痕:洗除泪痕。 ㉕巫阳:神巫之名。《楚辞·招魂》:"帝告巫阳曰:有人在下,我欲辅之。魂魄离散,汝筮予之。" ㉖"火行"二句:此二句及以下七句为天帝劝慰水神的话。古所存:自古以来如此。

飧（sūn）：晚餐，代指宴饮。㉗"女丁"句：意谓火与水本来世世为婚，结为亲家。阴阳家以丁为火，壬为水，丁为阳中之阴，壬为阴中之阳，女丁即火的女儿，为妇于壬（嫁给水神的儿子），则水火相合。相传玄冥之子曰壬夫，娶祝融之女曰丁芊，俱学水仙，为温泉之神。㉘"一朝"句：谓一次结下冤仇，后代子孙怎么办？后昆：后世子孙。㉙"时行"二句：谓随着时间推移形势会反转，现在你要谨慎躲藏，到桃花开的时候就会稍稍得势。骞：腾举，谓得势。㉚申酉：七月和八月。水生于申，火死于酉，故七月和八月为雨多水大的季节。利复怨：利于报仇。㉛九鲲：据《列子·汤问》，东海归墟有巨鳌十五，其六已为龙伯国人所钓，故余为九。鲲，巨鱼。㉜溺厥邑：淹溺火神的领地，指陆浑。昆仑：西方的仙山。㉝"皇甫"二句：谓皇甫湜所作《陆浑山火》诗本是"止睡昏"的游戏文章，言辞夸饰，超出真实，烧掉它以告上天。

㉞"要余"二句：谓邀约我作和诗只能增加怪异和繁冗，虽想罢手却又不能自制。要：通"邀"。和：唱和。舌不可扪：不能控制口舌。扪，按住，制止。

[赏析]

皇甫湜先有《陆浑山火》之作，盖以火喻权幸势力薰灼，"炎官热属"指附和谄媚之徒。韩愈用其韵，转而描绘山火爆发情况及动植物被烧后惨状，疑喻当时政治环境。全诗分三部分，先写陆浑山冬季火神肆虐的情形，烧得空中、地上、水府、阴司禽兽奔逃，鬼神潜避；再写火神得意扬扬，大宴宾客的景象，以喻权臣气焰之盛；最后写水神上诉天帝，天帝劝其顺时应变。全诗想象丰富，用词奇崛，是诗人"以文为戏"之作，也是刻意求怪的篇章。孙昌武《韩愈选集》说："诗中摹写烈火燎原的壮观，使用奇辞僻典，辅以想象夸张，使人惊心动魄。特别是刻画火神饮宴场面,以拟人手法写炎官、水神,涉想离奇,表现谲怪,创造出一个奇幻莫测的超现实境界。诗中'山狂谷很'、'天跳地踔'、'神焦鬼烂'、'颓胸垤腹'等词语,都戛戛独造,富于表现力。句法上则诸种句式皆备:律句、散句、柏梁体交错使用;句中节奏又有意打破七言上四下三的一般形式;韵律上多用险韵,多用连三平以至一句后四字、后五字皆平的办法。这些都有助于造成奇拔恢诡的艺术印象。全诗又流露出嘲戏夸诞的特有格调。但诗中'生割'之处过多,奇词僻典连篇,求奇过度,多使人难以索解。这也正代表了韩愈'尚奇'有时失之险怪、艰晦的方面。"上述评论颇为中肯,不过,皇甫湜与李翱皆出自韩愈门下,翱得其正,湜得其奇。此篇盖皇甫湜奇诡险僻在先,韩愈戏效其体,而又过之远甚,遂成后人瞠目咋舌的韩公代表文字。

送石处士赴河阳幕

长把种树书①,人云避世士。忽骑将军马②,自号报恩子。风云③入壮怀,泉石别幽耳。钜鹿师欲老,常山险犹恃④。岂惟彼相⑤忧,固是吾徒耻。去去事方急⑥,酒行可以起。

[题旨]

石处士:石洪,字浚川。先人姓乌石兰,从拓跋氏入中原,居河南。力学好修,初不仕,退处东都洛上十余年。后为河阳节度使乌重胤招入幕中,为佐河阳(今河南省孟州市西)军事。官至集贤院校理,元和七年(812)卒。韩愈有《送石处士序》详述其人其事。本诗作于宪宗元和五年（810）六月间，诗意既有勉励，亦有微讽。《寄卢仝》语气更为峻刻："水北山人（指石洪）得名声，去年去作幕下士。水南山人（指温造）又继往，鞍马仆从塞闾里。少室山人（指李渤）索价高，两以谏官征不起。彼皆刺口论世事，有力未免遭驱使。"唐朝多处士（不做官的士人），以隐居为做官进阶的踏脚石，所谓"终南捷径"之讥，亦时势使然。此诗为送行诗，有感于处士入河阳节度使幕府而发。

[注解]

①把：拿。种树书：《史记·秦始皇本纪》："所不去者，医药、卜筮、种树之书。"此以种树书喻石洪不参与政治活动。 ②骑将军马：谓石洪应聘出仕。将军，指河阳节度使乌重胤。唐节度使统御军队，故称将军。乌重胤聘石洪时，曾"馔书词，具马、币，卜日以授使者，求先生之庐而请焉"（韩愈《送石处士序》）。 ③风云：指军国大事。 ④"钜鹿"二句：谓驻防钜鹿的军队旷日持久而无功，常山的贼兵还凭借险要之地死守。元和四年，宪宗派左神策军中尉吐突承璀率军讨伐叛贼成德军节度使王承宗，进驻邢州（唐属钜鹿郡，今河北省邢台市），进兵不利，年余无功。师欲老：军队久驻不捷为老。常山：叛贼王承宗的驻地，唐属镇州常山郡，今河北石家庄一带。 ⑤彼相：那位当宰相的人。 ⑥去去：催促行走之词。事：指讨伐王承宗。

[赏析]

此诗写来似口头语，于《韩集》并不多见。前六句褒扬中不无嘲讽意，前人据此对石洪提出讥评。后六句写当时情势，鼓励石洪为国立功，语气慷慨激昂，主旨在"岂惟彼相忧，固是吾徒耻"一联，由此说来，亟推石处士之贤，寄以讨贼厚望，非有讥讽意。全诗以对比手法写石洪的前后变化，凸显石洪急国家之急、忧国家之忧的良好品格。

送湖南李正字归

　　长沙入楚深，洞庭值秋晚。人随鸿雁少，江共蒹葭远①。历历余所经②，悠悠子当返。孤游怀耿介③，旅宿梦婉娩④。风土稍殊昔，鱼虾日异饭。亲交俱在此，谁与同息偃⑤？

[题旨]

　　李正字：李础，德宗贞元十九年（803）登进士第，宪宗元和初为秘书省正字，与秘书郎同掌校正典籍文字。其父李仁钧，时在洛阳为亲王长吏。李础前来省父，不久离去，据韩愈《送湖南李正字序》云："禄不足以养，李生虽欲不从事于外，其势不可得已也。"于是出任湖南观察推官，韩愈为他作序、赠诗，约在元和五年（810）秋，作于东都洛阳。

[注解]

　　①"长沙"四句：写李础南归的情形。洞庭：参阅《八月十五夜赠张功曹》注④。蒹葭：芦荻。第四句用《诗·秦风·蒹葭》"蒹葭苍苍，白露为霜，所谓伊人，在水一方"句意。　②"历历"句：谓贞元十九年韩愈被贬连州阳山令，永贞元年（805）授江陵府法曹参军，往返都经过湖南。历历：清楚分明貌。　③"孤游"句：赞美李础孤高正直的气概。耿介：光明正大。　④婉娩：婉谓言语，娩谓容貌，指亲友的音容笑貌。喻其有依恋之情。　⑤息偃：坐卧、休息，指一同作息，甚至嘘寒问暖之意。

[赏析]

　　韩愈与李家父子交情匪浅。李础此时返回湖南，韩愈作此诗送别，写来文字清新，别具深情。首句点目的地，次句点时间。末联"亲交俱在此，谁与同息偃"，透露父子分离的苦楚，也深含李础之行是不得已而去，有去而不得休闲之意。既是送别，也带有慰勉之情。沈德潜《唐诗别裁集》曰："昌黎五言，难得此清远之格。"清高宗《唐宋诗醇》曰："风神绵邈，绝似韦、柳，是《昌黎集》中变调，唯《南溪》三首近之。"程学恂《韩诗臆说》亦曰："《韩集》中如此等小诗，都有深味，不可忽。"各家皆注意到韩诗也有清新小品之作，却不知自元和四年（809）六月十日韩愈由国子博士改为尚书都官员外郎之后，诗歌富情味，平易婉转，多短章，五言、七言皆有之，实为其诗风一大转变的时期。

李花二首

平旦入西园①，梨花数株若矜夸。旁有一株李，颜色惨惨似含嗟。问之不肯道所以②，独绕百匝③至日斜。忽忆前时经此树，正见芳意初萌牙④。奈何趁酒不省录，不见玉枝攒霜葩⑤。泫然为汝下雨泪，无由反箙羲和车⑥。东风来吹不解颜⑦，苍茫夜气生相遮⑧。冰盘夏荐碧实脆，斥去不御惭其花⑨。

[题旨]

宪宗元和五年（810）冬，韩愈任河南县（河南府首县，治今河南省洛阳市）令，此二诗为次年春季花盛开时作。前一首是韩愈独赏，后一首是韩愈与张彻至卢仝家共赏。李黼平《读杜韩笔记》曰："前首河南县官园花，后首玉川（卢仝）家花也。"二首或联而为《李花》一首，或题下无"二首"字样,又或以为二首非一时所作。

[注解]

①平旦:平明,清晨。西园:河南县官营的花园。 ②不肯道所以:状李花"似含嗟"而又不说话,暗用《汉书·李广传》"桃李不言,下自成蹊"之喻。 ③百匝:百圈。匝,周遍,环绕一圈。 ④牙:"芽"本字。 ⑤"奈何"二句:为什么当初"芳意初萌牙"时未来观赏开满枝头的洁白李花呢?不省录:即疏忽之意。省录,检点收拾。攒霜葩:开满白花。攒,聚集,集中。霜葩,形容花白如霜。葩,花朵。 ⑥"泫然"二句:悲伤时光不可倒流。反旆:谓回车,此谓让时间倒转回来。羲和车:指太阳。羲和,神话中太阳的御者。屈原《离骚》:"吾令羲和弭节兮,望崦嵫而勿迫。"王逸注:"羲和,日御也。" ⑦解颜:展容,开颜欢笑。 ⑧生相遮:硬是遮盖一切。生,张相《诗词曲语辞汇释》卷二:"生,甚辞,犹偏也;最也;只也;硬也。" ⑨"冰盘"二句:谓到夏天用洁白的玉盘献上碧绿清脆的果实(李子),只因为愧对李花而斥去不食。御:进用,服食。

当春天地争奢华,洛阳园苑尤纷拏①。谁将平地万堆雪,剪刻作此连天花?日光赤色照未好,明月暂入都交加②。夜领张彻投卢仝③,乘云共至玉皇家④。长姬香御四罗列,缟裙练帨无等差⑤。静濯明妆有所奉,顾我未肯置齿牙⑥。清寒莹骨肝胆醒,一生思虑无由邪⑦。

[注解]

①纷拏:纷纭错杂的样子。 ②"日光"二句:谓白天太阳红光映

照还不够美，明月初照进来时，花月交辉，更加清丽。暂：初，始。 ③张彻：韩愈友人，元和四年进士，后任御史中丞、殿中侍御史、幽州节度判官，军乱骂贼而死，参见韩愈《故幽州节度判官赠给事中清河张君墓志铭》。卢仝：自号玉川子，范阳（今河北省涿州市）人，一说济源（今河南省济源市）人。少隐居少室山，刻苦读书，不愿仕进。韩愈为河南令时与他往来甚密，时有唱酬，卢仝曾作《月蚀诗》讥刺宦官专权，韩愈亦有《月蚀诗效玉川子作》。甘露之变时卢仝遇害。其诗能反映民生疾苦，以险峻胜，成为一时"韩门"风尚。《新唐书》有传附于《韩愈传》后。 ④玉皇家：形容月下李花园一片圣洁寒白。 ⑤"长姬"二句：以美女形容李花，谓修长芬芳的美女四周罗列，都穿白绢裙、系白绢巾，没有差别。姬、御本是女官名，此谓玉皇女官。缟裙：未经染色的白绢裙。练帨：已煮过的洁白柔软的布帛。帨，佩巾。 ⑥"静濯"二句：承上，谓美女们净洗梳妆有所奉献，但是我却不肯进食。顾：然而，可是。未肯置齿牙：即前首诗"不御"之意。 ⑦"清寒"二句：谓花的品格清净高寒透人骨髓，使得肝胆苏醒，一生思虑不再有邪想。莹骨：晶莹彻骨。"无由邪"语本《论语·为政》载孔子论《诗》三百首，一言以蔽之，曰："思无邪。"

【赏析】

　　韩愈对素白的李花颇为欣赏，或许想借以表述自己高洁的情怀。诗的写法曲折婉妙，其一把时光倒回去写，其二从仙女衣着写，描摹出一片鲜明情境。"霜葩"与"玉枝"对文，形容花白如霜，缀在枝头如玉。末尾"一生思虑无由邪"，已非骚人玩好草木而已。诗中多有奇逸高远的意想，把情志表达得深沉委婉，因而很有艺术特色。

寄卢仝

　　玉川先生洛城里，破屋数间而已矣。一奴长须不裹头，一婢赤脚老无齿。辛勤奉养十余人，上有慈亲下妻子。先生结发憎俗徒①，闭门不出动一纪②。至今邻僧乞米送，仆忝县尹能不耻③？俸钱供给公私余，时致薄少助祭祀④。劝参留守谒大尹，言语才及辄掩耳⑤。水北山人⑥得名声，去年去作幕下士⑦。水南山人又继往，鞍马仆从寒闾里⑧。少室山人索价高⑨，两以谏官征不起⑩。彼皆刺口论世事，有力未免遭驱使。先生事业不可量，惟用法律自绳己⑪。春秋三传束高阁，独抱遗经究终始⑫。往年弄笔嘲同异⑬，怪辞惊众谤不已。近来自说寻坦涂，犹上虚空跨绿駬⑭。去岁生儿名添丁⑮，要今与国充耘耔⑯。国家丁口连四海，岂无农夫亲未耜？先生抱才终大用，宰相未许终不仕。假如不在陈力列⑰，立言垂范亦足恃。苗裔当蒙十世宥，岂谓贻厥无基址⑱？故知忠孝本天性，洁身乱伦⑲安足拟？昨晚长须来下状⑳：隔墙恶少恶难似㉑，每骑屋山下窥阚㉒，浑舍㉓惊怕走折趾。凭依婚媾㉔欺官吏，不信令行能禁止？先生受屈未曾语，忽来此告良有以。嗟我身为赤县㉕令，操权不用欲何俟㉖？立召贼曹呼五百㉗，尽取鼠辈尸诸市。先生又遣长须来，如此处置非所喜，况又时当长养节㉘，都邑未可猛政理。先生固是余所畏，度量不敢窥涯涘㉙。放纵是谁之过欤？效尤戮仆愧前史㉚。买羊沽酒谢不敏㉛，偶逢明月曜㉜桃李。先生有意许降临，更遣长须致双鲤㉝。

[题旨]

卢仝(约795—835),中唐诗人。仝,"同"古字。参见《李花二首》之二注③。此诗与前篇作于同一时期,即宪宗元和六年(811)仲春之月,作者在河南令任上。

[注解]

①"先生"句:谓从少年时就憎恶庸俗之徒。结发:即束发。古代礼俗,男子二十岁束发,表示成年。这里指刚成年。《大戴礼记·保傅》:"束发而就大学,学大艺焉,履大节焉。" ②动一纪:动辄一纪,十二年。岁星运转一周为十二年。 ③忝:谦辞,辱、不配的意思。这里作忝官、忝为解。时韩愈为河南令,谦称愧居官位。县尹:古代县的长官,此指县令。 ④"俸钱"二句:谓自己的俸钱用于公私供给的剩余,时时拿出少许资助卢仝。助祭祀:资助祭祀香火,此是给以资助的委婉说法。 ⑤"劝参"二句:谓曾劝说卢仝参见东都留守与河南尹求助,但遭拒绝。参、谒:都是参见、拜谒之意。留守:官名,指东都留守。古代帝王巡幸、出征时派重臣留守京城。唐贞观十九年太宗亲征辽东,任萧瑀为东都留守,此为唐于洛阳(东都)设留守之始。此时东都留守为郑余庆。《旧唐书·宪宗纪》:"(元和三年六月)甲戌,以河南尹郑余庆为东都留守……(六年四月)癸酉……东都留守郑余庆为兵部尚书,依前留守。"大尹:官名,指河南府尹。时李素以河南少尹行大尹事。(据韩愈《河南少尹李公墓志铭》) ⑥水北山人:指家居洛水北的石洪。山人,隐居不仕者之称。 ⑦幕下士:幕僚。此指石洪于元和五年受河阳军节度使乌重胤征辟为僚属,详见韩愈《送石处士序》。 ⑧"水南"二句:谓温造继受乌胤重之辟署。韩愈《送温处士赴河阳军序》云:"洛之北涯曰石生,其南涯曰温生。大夫乌公以铁钺镇河阳之三月,以石生为才,以礼为

韩愈诗选 | 133

罗，罗而致之幕下。未数月也，以温生为才，于是以石生为媒，以礼为罗，又罗而致之幕下。"水南山人：指家居洛水南的温造。间里：乡里。古代以京城近郊二十五家为间，远郊二十五家为里。 ⑨少室山人：指李渤，字浚之，时居东都，曾隐居于庐山，后搬至少室山（今河南省登封市北，嵩山西），至元和九年始以右补阙召，后官至御史中丞、桂管经略使。索价高：谓待价而沽。意本《论语·子罕》"沽之哉，沽之哉，我待贾者也"。 ⑩"两以"句：《旧唐书·宪宗纪》："（元和元年九月）癸丑，以山人李渤为左拾遗，征不至。"又《旧唐书·李渤传》："元和初，户部侍郎、盐铁转运使李巽，谏议大夫韦况更荐之，以山人征，为左拾遗，渤托疾不赴。"谏官：负责向皇帝进言劝谏的官，左、右拾遗是唐代的谏官。不起：指不出仕。 ⑪法律：指礼法纲常等。绳己：约束自己。

⑫"春秋"二句：谓卢仝精《春秋》，但弃左氏（丘明）、公羊（高）、穀梁（赤）三传不用，专从经文求取大义。究终始：谓探究根本。许颛《彦周诗话》："玉川子《春秋传》，仆家旧有之，今亡矣。词简而远，得圣人之意为多。后世有深于经而见卢《传》者，当知退之之不妄许人也。"晁公武《郡斋读书志》卷一下著录"唐卢仝《春秋摘微》四卷"，谓"祖无择得之于金陵"。 ⑬弄笔嘲同异：卢仝有《与马异结交诗》，中有"昨日全不仝，异自异，是谓大全而小异；今日全自全，异不异，是谓全不往分异不至"等语，见《玉川子诗集》卷二。此诗利用二人名字，以游戏之笔叙写交谊，故云。马异，河南人，与卢仝友善，为诗尚险怪。

⑭虚空：天空。绿骈：亦作"绿耳"、"騄耳"，良马名，相传为周穆王"八骏"之一，见《穆天子传》。又《淮南子·主术训》："夫华骝、绿耳，一日而至千里。"参阅《鸳鸯赠欧阳詹》注⑬。 ⑮添丁：卢仝有《示添丁》诗。 ⑯充耘耔：谓做农夫。耘，除草。耔，以土培根。《诗·小雅·甫田》："今适南亩，或耘或耔。" ⑰陈力列：语出《论语

·季氏》:"陈力就列,不能者止。"陈力,是说贡献才能,为国尽力(指做官立功);就列,是说各就其岗位。 ⑱"苗裔"二句:谓后世将得到福祐,为子孙后代打下良好基业。苗裔:后代子孙。宥:庇佑、幸福。贻厥:《书·五子之歌》:"有典有则,贻厥子孙。"这里是歇后语,用"贻厥"隐代"子孙"。基址:根基,建筑物的最下层。 ⑲洁身乱伦:古人以不仕为洁身乱伦。《论语·微子》:"子路曰:'不仕无义。长幼之节,不可废也;君臣之义,如之何其废之?欲洁其身而乱大伦……'"韩愈认为隐居不仕、洁身自好是紊乱君臣大义,不能拿这种人和心怀忠孝的卢仝相比拟。 ⑳下状:送来文书。下,自谦故称"下"。状,诉文。 ㉑难似:难以比拟,犹言再没有像这样的。 ㉒屋山:屋脊。窥阚:偷看。阚,张望。 ㉓浑舍:全家。 ㉔凭依婚媾:谓依靠豪门亲属关系。 ㉕赤县:唐制,县分赤、畿、望、紧、上、中、下七等,县治设在京师地区者为赤县,河南县在东都,亦为赤县。《新唐书·地理志》:"河南府河南县,赤,属河南道。" ㉖欲何俟:更待何日。 ㉗贼曹:本为汉朝官名,为州县属吏,司捕盗贼者。五百:古代官员出行作前道的吏卒,司鞭杖职者。诗中皆指主刑狱吏。 ㉘长养节:指春季万物生长繁殖的季节。《礼记·月令》:"仲春之月,桃始华,命有司省囹圄,去桎梏,毋肆虐,止狱讼。" ㉙"先生"二句:卢仝器量的博大开阔,我都不能窥见边际。涯涘:水的边际,引申为界限。 ㉚"放纵"二句:谓平日放纵恶少是自己的过错,学习坏榜样杀掉仆从,更是愧对前史的做法。效尤:明知错误而仿效之。 ㉛沽酒:买酒。谢:谢罪。不敏:不才,自谦之词,谓不聪明。 ㉜曜:照耀。 ㉝"先生"二句:谓卢仝派长须仆人下书来访。降临:谓来访。双鲤:指书信。乐府《饮马长城窟行》:"客从远方来,遗我双鲤鱼。呼儿烹鲤鱼,中有尺素书。"

[赏析]

此诗叙事纪实，对落拓士人深表同情。诗分两大部分，从开头到"洁身乱伦安足拟"，写出卢仝的思想品德。他生活困顿，衣食不给，韩愈身为县令，略有接济；劝其谒见大吏，却遭到拒绝，与待价而沽的凡人不同；又赞扬他"独抱遗经"，好古敏求，突出他是有道之士。从"昨晚长须来下状"到结尾，描述卢仝受恶少欺侮，反而代恶少请求宽恕，写出卢仝的性情敦厚。最后写韩愈煮酒邀卢仝，卢仝回赠书信，二人情意融洽！卢仝于上一年作《月蚀诗》，韩愈有《月蚀诗效玉川子作》的酬和之作。这首诗也是欣赏卢仝瑰怪诗风的后续作品。全诗质而不俚，晓畅如话，流露幽默与谐谑。欧阳修《六一诗话》称赞韩愈诗："其资谈笑，助谐谑，叙人情，状物态，一寓于诗，而曲尽其妙。"这首诗印证了这个说法。

石鼓歌

张生①手持石鼓文，劝我试作石鼓歌。少陵无人谪仙死②，才薄将奈石鼓何！周纲陵迟③四海沸，宣王④愤起挥天戈。大开明堂⑤受朝贺，诸侯剑佩鸣相磨。蒐于岐阳⑥骋雄俊，万里禽兽皆遮罗⑦。镌功勒成告万世，凿石作鼓隳嵯峨⑧。从臣才艺咸第一，拣选撰刻留山阿⑨。雨淋日炙野火燎，鬼物守护烦㧑呵⑩。公从何处得纸本？毫发尽备无差讹。辞严义密读难晓，字体不类隶与科⑪。年深岂免有缺画，快剑斫断生蛟鼍⑫。鸾翔凤翥众仙下⑬，珊瑚碧树交枝柯⑭。金绳铁索锁纽壮，古鼎跃水龙腾梭⑮。陋儒编诗不收入，二雅褊迫无委蛇⑯。孔子西行不到秦，掎摭星宿遗羲娥⑰。嗟余好古生苦晚，对此涕泪双滂沱。忆昔初蒙博士征，其年始改称元和⑱。故人从军在右辅⑲，为我量度掘臼科⑳。濯冠沐浴告祭酒㉑，如此至宝存岂多？毡苞席裹可立致㉒，十鼓只载数骆驼。荐诸太庙比郜鼎㉓，光价㉔岂止百倍过？圣恩若许留太学㉕，诸生讲解得切磋。观经鸿都尚填咽㉖，坐见㉗举国来奔波。剜苔剔藓露节角㉘，安置妥帖平不颇㉙。大厦深檐与盖覆，经历久远期无佗㉚。中朝大官老于事，讵肯感激徒婳婀㉛。牧童敲火牛砺角㉜，谁复著手为摩挲㉝？日销月铄就埋没㉞，六年西顾空吟哦㉟。羲之俗书趁姿媚㊱，数纸尚可博白鹅㊲。继周八代㊳争战罢，无人收拾理则那㊴？方今太平日无事，柄任儒术崇丘轲㊵。安能以此上论列㊶？愿借辩口如悬河㊷。石鼓之歌止于此，呜呼吾意其蹉跎㊸！

[题旨]

此诗作于宪宗元和六年（811）夏，韩愈入朝为职方员外郎之前。石鼓是一组鼓形刻石，共十枚，上各刻四言诗一首，成为组诗。内容记述周、秦贵族田猎事迹，学者也称它为"猎碣"。唐初发现于岐州雍县（即凤翔府，今陕西省凤翔县），长期散弃于野，韩愈见到张彻手持《石鼓文》的拓本，相信这是周宣王时代刻制的，为之作歌。其后，郑余庆帅凤翔时始移置凤翔府孔庙。唐人如韦应物、张怀瓘、李吉甫均以为是周宣王鼓，史籍所书写。（也有人认为是成王之物）韩愈此诗也主张这一当时流行说法。[参阅朱彝尊《石鼓文跋》（《曝书亭集》卷四七）] 近人或据刻法，或据字体，或据地理，断以为秦时物。（参阅高步瀛《唐宋诗举要》卷二）今存北京市故宫博物院。

[注解]

①张生：旧注多以为是张籍。钱仲联《韩昌黎诗系年集释》云："按张籍时不在东都，此张生当是张彻。本年《李花》诗有'夜领张彻投卢仝'句可证。"　②少陵：杜甫。少陵为汉宣帝许后之陵，在长安南，其地因称少陵原，杜甫曾居于此，自称"少陵野老"。谪仙：李白。李白《对酒忆贺监二首》序云："太子宾客贺公（知章）于长安紫极宫一见余，呼余为'谪仙人'，因解金龟换酒为乐。"　③陵迟：由盛而衰，次第的衰败，没落。　④宣王：周宣王姬静，厉王子。厉王死于彘，周、召共立之，北伐猃狁，南征荆蛮、淮夷、徐戎，史称"中兴"。《史记·周本纪》云："宣王即位，二相（召公、周公）辅之，修政，法文、武、成、康之遗风，诸侯复宗周。"　⑤明堂：谓殿堂。参阅《永贞行》注⑰。　⑥蒐于岐阳：《左传·昭公四年》："成（王）有岐阳之蒐。"蒐，春猎，引申为陈兵以示威。岐阳，岐山（今陕西省岐山县北）之南一带地方。周宣王"蒐于岐阳"史无明文，但《诗经·小雅·吉日》写他田猎于西都，《车攻》写他在东都与诸侯会猎。　⑦遮罗：拦阻网罗。　⑧隳：毁坏。嵯峨：山势高峻，此指开山取石。　⑨山阿：山丘、山陵。　⑩拚（huī）呵：挥斥，引申为卫护。　⑪隶与科：隶书和科斗文。科斗文是上古字体，以头粗尾细形似蝌蚪得名。　⑫"快剑"句：写石鼓文的剥蚀残缺，如利剑斩断蛟龙的形貌。斫：砍。蛟鼍：犹蛟龙，因押韵故用"鼍"字。　⑬"鸾翔"句：形容字体的活泼，犹龙飞凤舞。著（zhù）：高飞，飞举。　⑭柯：树枝。　⑮"金绳"二句：形容石鼓文字的笔力，像金绳铁索拴在古鼎粗壮结实的锁纽上，把古鼎一下子拉出水面，水中蛟龙被吓得飞上天。极言字体古雅神妙。锁纽：器物上面可以提携或系绳带的部分。壮：结实。古鼎跃水：《史记·秦始皇本纪》："二十八年，始皇东行郡县……还过彭城，斋戒祷祠，欲出周鼎泗水，使千人没水求之，弗

得。"《水经注·泗水》载:"周显王四十二年,九鼎沦没泗渊,秦始皇时而鼎见于斯水,始皇自以为德合三代,大喜,使数千人没水求之,不得,所谓鼎伏也。亦云系而行之,未出,龙齿啮断其系。"龙腾梭:《晋书·陶侃传》曰:"或云侃少时渔于雷泽,网得一织梭,以挂于壁,有顷雷雨,自化为龙而去。" ⑯ "陋儒"二句:谓古代儒生采诗未收石鼓文,二《雅》所收内容狭窄,无雍容阔大之度。褊(biǎn)迫:狭隘。委蛇:同"逶迤",随顺之貌,从容不迫的样子。 ⑰ "孔子"二句:谓孔子未至秦地,故采诗而未收石鼓文,就像只取星宿而遗漏日月。掎摭(jǐ zhí):采取。羲娥:羲和、嫦娥之简称。羲和为日之驾车者,代指日;嫦娥代指月。 ⑱ "忆昔"二句:此指元和元年自江陵法曹参军征为权知国子博士。 ⑲ 故人:老朋友,未详所指。右辅:即右扶风。汉武帝时以京兆尹、左冯翊、右扶风为三辅,所辖皆京畿地,约当今陕西中部。《汉书·百官公卿表》颜师古注:"渭城以西为右扶风也。"至唐犹沿此称。右扶风在凤翔府(今属陕西省),别称右辅;从军在右辅,指凤翔节度府从事。旧注以为郑余庆。但郑余庆虽曾将石鼓移至凤翔,又曾为国子祭酒,此时却无从军右辅事。(参见《旧唐书·宪宗纪》及《郑余庆传》) ⑳ 量度:思考、计划。掘臼科:指发掘石鼓。臼科,臼形的坑,谓坑穴,即石鼓所在。科,"窠"的借字。 ㉑ 祭酒:国子祭酒,国子监长官。《唐六典》卷二一:"国子监,祭酒一人,从三品……掌邦国儒学训道之政令。"《旧唐书·宪宗纪》:"(元和元年九月)丙午,以太子宾客郑余庆为国子祭酒。" ㉒ 毡:毛毡。苞:通"包",这里用作动词。立致:立刻得到。 ㉓ 郜鼎:春秋时郜国所造鼎。参阅《荐士》诗注㊺。

㉔ 光价:犹言声价。 ㉕ 太学:此指京师国学国子监。唐设国子、太学、四门、律、书、算六学,后增广文为七学,均属国子监。 ㉖ 观经鸿都:汉灵帝光和元年,始置鸿都门学士。鸿都门在洛阳,是藏书之所。又

《后汉书·儒林传》:"熹平四年,灵帝乃诏诸儒正定五经,刊于石碑,为古文、篆、隶三体书法,以相参检,树之学门",此即熹平石经。《水经注·谷水》载:碑始立,其观见及摹写者,车乘日千两(辆),填塞巷陌。韩愈此处合用二事。填咽:拥挤,堵塞。㉗坐见:旋见。坐,即将,将然之词。㉘露节角:露出字画。节角,字体的棱角。㉙颇:歪斜,不平正。㉚无佗:没有意外灾害。佗,同"他"。㉛"中朝"二句:谓虽韩愈将移置石鼓之议献之祭酒,终不为朝中主事大臣所注意。中朝大官:即朝中主事大臣。汉朝官有中朝、外朝之分。老于事:指阅事多,处事老练,有讥讽意。感激:感奋激发。媕婀(ān ē):无主见,犹豫不决貌。㉜敲火:击石取火。砺角:磨角。㉝摩挲:抚摸,谓爱惜赏玩。㉞销、铄:二字同义,耗损、销蚀。㉟"六年"句:六年来西望凤翔徒然伤叹。㊱羲之俗书:王羲之,字逸少,琅邪临沂(今山东省临沂市)人,晋书法家,世称"书圣"。韩愈所谓"俗书",或以为指羲之书多不讲偏旁作俗体,或以为对"古书"(篆文)而言,或以为指合"风俗"、"时俗"而无关雅俗。吴德旋《初月楼论书随笔》说:韩愈"意欲推高古篆,乃故作此抑扬之语"。此言较确。趁姿媚:追求运笔娇媚。㊲博白鹅:《晋书·王羲之传》:"性爱鹅……山阴有一道士,养好鹅。羲之往观焉,意甚悦,固求市之。道士云:'为写《道德经》,当举群相赠耳。'羲之欣然写毕,笼鹅而归。"博,换取。㊳继周八代:指石鼓所在之地的朝代更替,即秦、汉、魏、晋、北魏、北齐、北周、隋八代。㊴理则那:哪有道理?诘问之词。那,何。㊵丘轲:孔子(名丘)、孟子(名轲)。㊶上论列:向朝廷条列论说。㊷如悬河:《世说新语·赏誉》:"王太尉(衍)云:'郭子玄(象)语议如悬河泻水,注而不竭。'"㊸蹉跎:白费,辜负,此指愿望不能实现。

[赏析]

本篇是古典诗歌中咏金石书法的名篇，其中不仅可看到诗人"思古之幽情"，而且表现出浓厚的文化意识。全诗六十六句，一韵到底。诗中描写周宣王狩猎的情况，气势雄壮；又描述石鼓文书写刻字的才艺"辞严义密"，以利剑喻文体的拗折笔画，以鸾飞凤舞喻字体的飘逸，又以珊瑚、碧树、金绳、铁索、古鼎、龙腾显现石鼓文的健举笔势。《唐宋诗举要》引吴闿生云："句奇语重，能字字顿挫出筋节，最是此篇胜处。"已说明这类学术史料诗不容易写得好，关键在于说理多而抒情少；而韩愈描摹得形神兼备，再出之以雄奇高古、典重瑰奇，是本诗最突出的表现。末尾韩愈想把石鼓运到太学，这一建议未被采纳，故而感慨系之。

送无本师归范阳

无本于为文[1]，身大不及胆[2]。吾尝示之难，勇往无不敢。蛟龙弄角牙，造次欲手揽[3]。众鬼囚大幽，下覷袭玄窞[4]。天阳熙[5]四海，注视首不颔[6]。鲸鹏相摩窣，两举快一啖[7]。夫岂能必然，固已谢黯黮[8]。狂词肆滂葩[9]，低昂见舒惨[10]。奸穷怪变得，往往造平淡[11]。风蝉碎锦缬，绿地披菡萏[12]。芝英擢荒榛[13]，孤翾起连菼[14]。家住幽都[15]远，未识气先感[16]。来寻吾何能，无殊嗜昌歜[17]。始见洛阳春，桃枝缀红糁[18]。遂来长安里，时卦转习坎[19]。老懒无斗心[20]，久不事铅椠[21]。欲以金帛酬，举室常顾颔[22]。念当委我去，雪霜刻以憯[23]。狞飙搅空衢，天地与顿撼[24]。勉率吐歌诗，慰女别后览[25]。

【题旨】

　　题下原注："即贾岛也。"贾岛（779—843），字阆仙，范阳（治今河北省涿州市）人。早年为僧，号无本。宪宗元和五年（810）冬至长安，见张籍；六年春至洛阳，谒韩愈。此诗即为是年十一月韩愈在长安（时已任职方员外郎）送之归故里时作。后岛返俗应举，然终身未第。文宗开成二年（837）授长江（今四川省蓬溪县）主簿，三年秩满，迁普州（今四川省安岳县）司仓参军。有《长江集》。其诗以五律见长，源出杜甫，属于"韩门"，与孟郊并称"郊寒岛瘦"，而以描写幽微之境出奇。韩愈对其诗的艺术评价，可由这首诗看出。晚唐、南宋、晚清皆有人步趋贾岛，成生涩险怪派诗风。

[注解]

　　①为文：谓作诗，取"有韵为文，无韵为笔"之义。　②"身大"句：形容胆大包身。　③"蛟龙"二句：以欲手搅蛟龙喻其搜奇抉怪。弄角牙：掉弄角牙，谓张牙舞爪。造次：仓促间，不加考虑就做。　④"众鬼"二句：以捕捉深幽处的众鬼喻诗胆。大幽：最黑暗的地方。下觑：向下窥伺。袭：触及，到。玄窞（dàn）：幽深洞穴。《易·坎卦》："入于坎窞，凶。"　⑤煕：曝晒。　⑥颔（qīn）：头部摇动。　⑦"鲸鹏"二句：谓把鲸、鹏一起拿来快意地大嚼一顿。摩宰：摩擦。啖：吞食。　⑧"夫岂"二句：承上八句对贾岛艺术追求的形容而来，意谓虽未必达到如上境界，但终究摆脱了暗淡衰飒的状态。黯黮（àn dǎn）：暗昧不明。　⑨肆滂葩：发扬滂沛、纷葩的风貌。　⑩低昂：指音调的抑扬高下。见舒惨：表现出情绪的舒徐和惨淡。舒惨，欢与悲、畅快与忧愁。张衡《西京赋》："夫人在阳时则舒，在阴时则惨。"　⑪"奸穷"二句：谓贾岛诗得自巧思（奸）、苦吟（穷）、怪异、新变，而往往归于平淡自然。　⑫"风蝉"二句：形容贾

诗，或如蝉翼那样斑斓锦绣，又像绿池荷花那样自然秀美，意本《南史·颜延之传》："延之尝问鲍照己与灵运优劣，照曰：'谢五言如初发芙蓉，自然可爱；君诗若铺锦列绣，亦雕缋满眼。'"锦缋：织锦。缋，彩丝，这里指轻纱，喻蝉饮百花之露才能有那么美的蝉翼。披菡萏：荷花纷披。菡萏，荷花。⑬芝英：瑞草。擢荒榛：拔起于荆棘丛中。擢，抽引，特出。榛，通"榛"，荆棘丛。⑭孤翮：独自高飞的鸟。翮，鸟羽毛中的硬梗，代指劲羽、健飞的鸟。起连菼（tǎn）：飞起在一片芦荻之上。菼，初生之荻。⑮幽都：唐幽州治幽都县，即贾岛故乡范阳地。⑯气先感：声气相感发。《易·乾卦》："同声相应，同气相求……则各从其类也。"贾岛有《携新文见张籍韩愈途中成诗》："袖有新诗文，欲见张韩老。青竹未生翼，一步万里道。仰望青冥天，云雪压我脑。失却终南山，惆怅满怀抱。安得西北风，身愿变蓬草。地只闻此语，突出惊我到。"此诗即表达未见面而先有孺慕之情。⑰"来寻"二句：谓贾岛来谒见，无异于嗜菖蒲菹，是背俗的特殊嗜好。嗜昌歜（zùn）：喜欢食用切断的菖蒲根制成的腌菜。昌，通"菖"。《吕氏春秋·遇合》："文王嗜菖蒲菹，孔子闻而服之，缩頞而食之，三年然后胜之。"⑱"始见"二句：谓桃花初放时始见于洛阳。缀红糁：谓长满红色花苞。糁，米粒，这里指缤纷的小花。⑲"时卦"句：谓占卜遇到"习坎"卦。京房《易传》云："龙德十一月在子，在坎卦。"故知指送别贾岛的时间在十一月，又有可能指其时运气不佳。《易·坎》："习坎，重险也。"习坎即二坎相重䷜，坎为险，习坎为重险。⑳斗心：谓进取之心。㉑事铅椠（qiàn）：谓从事写作。铅，铅粉笔。椠，木板。都是古代书写工具。㉒"欲以"二句：谓自己衣食不充，无法在经济上接济贾岛。举室：全家。颇颔（kǎn hàn）：因吃不饱而面黄肌瘦。㉓"念当"二句：形容贾岛告别回范阳，自己心情如冰霜一样惨淡。委我去：点明贾岛将行。委，弃，这里作离别解。刻以憯（cǎn）：严刻、凛冽而又使人心伤。

韩愈诗选 | 143

㉔"狞飙"二句：写别时季候。狞飙：狂风，暴风。狞，凶猛。空衢：空旷的街道。与顿撼：一起摇撼。　㉕"勉率"二句：谓自己勉力作这首告别诗，让你别后阅读稍感安慰。勉率：勉力。尉女：即"慰汝"。

[赏析]

　　这首诗称赞贾岛能下探鬼穴，上视太阳，又能一口吞下鲸鹏，指出他"勇往无不敢"，但无论如何穷怪变异，最终归于平淡自然的高雅境界。可见，韩愈对贾岛的创作途径有透彻的了解，也是自示其"诗法"。此诗可视为韩愈诗学创作论和作家论之一。在创作过程中，韩愈多用力于"奸穷怪变"方面，亦与贾岛诗风相合。

双鸟诗

　　双鸟海外来，飞飞到中州。一鸟落城市，一鸟集岩幽①。不得相伴鸣，尔来三千秋。两鸟各闭口，万象衔口头②。春风卷地起，百鸟皆飘浮。两鸟忽相逢，百日鸣不休。有耳聒皆聋③，有舌反自羞。百舌旧饶声④，从此恒低头。得病不呻唤，泯默⑤至死休。雷公告天公，百物须膏油⑥："自从两鸟鸣，聒乱雷声收。鬼神怕嘲咏⑦，造化⑧皆停留。草木有微情，挑抉示九州⑨。虫鼠诚微物，不堪苦诛求⑩。不停两鸟鸣，百物皆生愁；不停两鸟鸣，自此无春秋；不停两鸟鸣，日月难旋辀⑪；不停两鸟鸣，大法失九畴⑫。周公不为公，孔丘不为丘。"天公怪两鸟，各捉一处囚。百虫与百鸟，然后鸣啾啾。两鸟既别处，闭声省愆尤⑬。朝食千头龙，暮食千头牛；朝饮河生尘，暮饮海绝流。还当三千秋，更起鸣相酬⑭。

[题旨]

　　此为寓言诗。双鸟究竟何指？或谓佛、老；或谓李白、杜甫；葛立方《韵语阳秋》卷六认为是韩愈与孟郊，清代人较接受此说。吕大防《韩吏部文公年谱》云："（宪宗）元和六年（811）辛卯选拔职方员外郎，有《双鸟诗》。"

[注解]

　　①岩：指高山。幽：指幽深的山谷。　②"万象"句：对天地间万事万物的观感印象都不说出来。万象：宇宙间的一切现象。衔：含。　③"有耳"句：有耳能听的都被它们吵死了。聒：喧扰，嘈杂。　④百舌：鸟名，即反舌，全身黑色，惟嘴黄。善鸣，声音多变化。饶声：声音多变化。饶，多。　⑤泯默：完全不出声。　⑥膏油：指雨水。　⑦嘲咻：嘲笑讥讽。　⑧造化：创造化育，指宇宙万物生生不已的变化过程。　⑨"草木"二句：说九州的草都带有感情，在双鸟鸣叫声中都弯下了腰。微情：隐微的感情。挑抉：同义复词，弯曲貌。九州：古代泛指全中国。参阅《鸳骥赠欧阳詹》注⑨。　⑩诛求：原意是责求、需索，这里指鸟鸣声的喧扰。　⑪"日月"句：古代神话传说日神、月神都是乘车运行，这里指日月难以循环运转。旋辀：掉转车辕。辀，车辕。　⑫"大法"句：天地人事的根本法则都起不了作用了。大法：天地间的根本法则。九畴：传说禹治水时，天帝赐给他治理天下的九类大法。详见《书·洪范》。　⑬"两鸟"二句：两鸟既然被隔离而分居两处，只好闭口不鸣，反省自己的过错。怨尤：罪过。　⑭鸣相酬：以鸣叫声互相应答。酬，酬唱，酬对，有以诗文相赠答、唱和之意。

[赏析]

　　《双鸟诗》是韩愈诗歌中很特别的作品。韩愈《送孟东野序》曾提出

"物不得其平则鸣"的主张,显然双鸟之鸣有其特殊含义。诗中"落城市"乃韩愈自指,"集岩幽"指孟郊。二人虽然难相逢,一旦相逢,即互鸣不休。雷公在天帝前对双鸟的控告,以极度夸张之词表出,似贬实褒。结尾"还当三千秋,更起鸣相酬"暗喻不会一生困顿不得志,将来总会有东山再起、一展抱负的时机。韩愈作诗"怪怪奇奇",一方面构想奇特,一方面造语遣词也颇为奇特。这首诗惊动天地、鬼神、万物,又连用四句"不停两鸟鸣"的夸饰手法,以及戏谑周公、孔子的笔触,都体现着韩愈尚奇寻新的刻意追求。

晚期：清新蕴藉

（宪宗元和十年至穆宗长庆四年，815—824）

游太平公主山庄

公主当年欲占春①,故将台榭压城闉②。欲知前面花多少,直到南山不属人③。

[题旨]

太平公主是唐高宗李治第三女,武则天所生。初招薛绍为驸马,绍死,再嫁武承嗣,三嫁武攸暨,是武后、玄宗之际的政治风云人物。先是三哥中宗死后,联合四哥睿宗推翻了三嫂韦后,于是权震天下,封至万户;后又联合睿宗反对睿宗第三子玄宗,谋废太子,事败,被赐死。山庄是唐代贵族的私人庄园,主要用来游乐,还可有经济收入。太平公主山庄在当时京兆府乐游原(今陕西省西安市长安区)上,向南一直延伸到终南山脚,凡四十多里长,公主死后被朝廷没收分赐宁、申、岐、薛四王,《新唐书·诸帝公主列传》说她:"田园遍近甸,皆上腴。吴、蜀、岭峤市作器用,州县护送,道相望也。天下珍滋谲怪充于家,供帐声伎与天子等。侍儿曳纨縠者数百,奴伯妪监千人,陇右牧马至万匹。"又说:"始,主作观池乐游原,以为盛集。"及其死后,"簿其田赀,瑰宝若山,督子贷,凡三年不能尽"。可见她一生穷极奢华的一面。宪宗元和八年(813)三月,韩愈四十六岁,被提升为比部郎中史馆修撰,到城南太平公主山庄旧址春游时,见其遗址,写下了这首脍炙人口的作品。

[注解]

①占春：占领春色，喻占显要地位。 ②台榭：泛指亭台楼阁多种建筑。台，筑高供观游的高土台。榭，台上供游观的敞屋。城闉（yīn）：古代城门外层的曲城。这句意谓：公主山庄的建筑要和长安城的所有建筑斗胜。 ③南山：即终南山，在今西安市南五十里。参阅《南山诗》。这句表面指上句的"花"，实际上是指土地：从长安城边一直到终南山下都是属于她的。

[赏析]

这首诗未公开指斥太平公主的贪横不法，只是描写太平公主山庄台榭之巍峨、园苑之广大，含蓄地说出她当年熏天的气焰，而她所占据的土地，今尽属他人。美籍学者宇文所安（Stephen Owen）《中国"中世纪"的终结：中唐文学文化论集》说："这里的核心词是'占'字（'占据'或'据为己有'）和'属'字（'拥有'或'属于'）。公主之'欲'，表明了她的所作所为是有意如此（'故'）。'压'字极佳，妙尽逼近之势：她的山庄颇'压'城门，不容存在别人可以自由穿行、阻挡她的视线的空间。她不是简单地渴望占有，而是希望慢慢地品味她所占有的天地之广大。该诗的诱人之处，一部分则在于诗人（韩愈）寻访公主的山庄，侵犯她已经消逝了的所有权。我们很容易把这首诗视为八世纪初期的骄奢淫逸的嘲讽，然而就像所有美刺传统中的诗歌那样，该诗陶醉于他所谴责的东西。诗人以想像性的诗歌占有，取代了公主的合法占有，他站在她昔日的位置，通过想像中的公主的视线，沉湎于想像中的占有权。"这首诗的确从侧面反映了唐代统治者的生活腐化，自有言外之意在其间。

奉和虢州刘给事使君三堂新题二十一咏（选十）

竹　洞

竹洞何年有？公初斫竹开①。洞门无锁钥，俗客不曾来。

[题旨]

　　奉和：别人作诗在先，自己按照原诗题材再作，称"和"；加"奉"字，表示对原作者的尊敬。虢（guó）州刘给事使君：指刘伯刍。伯刍，字素芝，广平（今河北省广平县）人。进士及第，征拜右补阙，历官给事中。据《旧唐书·刘伯刍传》："裴垍罢相，为太子宾客，未几而卒。李吉甫复入相，与垍宿嫌，不加赠官。伯刍上疏论之，赠垍太子少傅。伯刍妻，垍从姨也，或谮于吉甫，以此论奏。伯刍惧，亟请散地，因出为虢州（今河南省灵宝市）刺史。"使君是对州、郡长官的称呼。汉代人称太守为使君，唐时刺史相当于汉太守，故亦称使君。三堂：虢州刺史宅旁的园林，吕温有《虢州三堂记》。

　　韩愈作此组诗有序曰："虢州刺史宅连水池竹林，往往为亭台岛渚，目其处为三堂。刘兄自给事中出刺此州，在任逾岁，职修人治，州中称无事。颇复增饰，从子弟而游其间，又作二十一诗以咏其事，流行京师，文士争和之。余与刘善，故亦同作。"韩愈与刘伯刍过从甚密，其子正夫曾向韩愈请教作文之法，韩愈有《答刘正夫书》。宪宗元和七年（812），刘伯刍出守虢州，此组诗当作于元和七年之后，韩愈为国子博士时。选三、五、六、八、九、十四、十五、十七、十八、二十一等十首。题目或无"奉"字，或无"奉"、"新题"三字。

[注解]

①公：指刘伯刍。斫：砍伐。

渚 亭①

自有人知处，那无步往踪②？莫教安四壁③，面面看芙蓉④。

[注解]

①渚亭：小洲上的亭子。 ②"自有"二句：谓有人知道的地方，就有人迹。 ③教：使。安四壁：修筑亭的四堵墙壁。 ④芙蓉：荷花。

竹 溪

蔼蔼①溪流慢，梢梢岸筱长②。穿沙碧竿净③，落水紫苞④香。

[注解]

①蔼蔼：茂盛貌。此处形容竹林的景致。 ②梢梢：垂下枝条的样子。岸筱（xiǎo）：岸边的绿竹枝条。筱，细竹。 ③穿沙：形容嫩竹从沙地钻出来。碧竿净：碧翠洁净。竿，小竹。 ④紫苞：包裹着竹子的箨叶，初呈紫色。此处"紫苞香"三字颇得竹之神。

花　岛

蜂蝶去纷纷，香风隔岸闻。欲知花岛处，水上觅红云①。

[注解]

①红云：谓花岛在水中的倒影，看起来像一朵红云。这首诗不直接写一座小岛，而从眼见、鼻嗅、费猜疑几个方面着笔，最后从倒影看出花岛，构思精巧。

柳　溪

柳树谁人种？行行夹岸高。莫将条系览①，著处有蝉号②。

[注解]

①条系览：用柳条系住船只。　②号：叫。

柳　巷

柳巷还飞絮，春余几许时？吏人休报事①，公作送春诗②。

[注解]

①吏人：衙门差吏。休报事：不要来报告公事，意谓勿以俗务烦人。　②送春：柳絮飞舞，表明春日将逝。这首诗设想刘伯刍制止吏人报

事而专心写"送春诗",表刘氏惜春之情。

花　源

源上花初发,公应日日来。丁宁①红与紫,慎莫一时开。

[注解]

①丁宁:即"叮咛",嘱咐。

镜　潭

非铸复非镕①,泓澄②忽此逢。鱼鰕不用避,只是照蛟龙。

[注解]

①铸、镕:古代以青铜制镜,故云。　②泓澄:水深广而清澈。

孤　屿①

朝游孤屿南,暮戏孤屿北。所以孤屿鸟,与公尽相识。

[注解]

①屿:有山的洲岛。

月　池

寒池月下明，新月池边曲。若不妒清妍，却成相映烛①。

[注解]

①"若不妒"二句：谓月与水不相嫉妒，却相互映照。若：同"尔"、"汝"，你们，指月与水。清妍：水之清，月之妍。妍，娇艳。映烛：映照。

[赏析]

此组诗专道林泉间兴趣，不沾惹世俗尘埃。虢州的林园之乐，使韩愈写出闲淡自然之致，与大多数韩诗雄奇高古的风格不同。孙昌武《韩愈选集》说："这一方面显示了韩愈创作风格、体裁的多样化；另一方面这类诗多写于元和后期，也反映了诗坛风气的变化和诗人思想情绪的转变。"

桃源图

神仙有无何眇芒①，桃源之说诚荒唐。流水盘回山百转，生绡数幅垂中堂②。武陵太守好事者③，题封远寄南宫下④。南宫先生忻得之⑤，波涛入笔驱文辞⑥。文工画妙各臻极，异境恍惚移于斯⑦。架岩凿谷开宫室⑧，接屋连墙千万日⑨。嬴颠刘蹶了不闻⑩，地坼天分⑪非所恤。种桃处处惟⑫开花，川原近远烝红霞⑬。初来犹自念乡邑，岁久此地还成家。渔舟之子来何所？物色相猜更问语⑭。大蛇中断丧前王，群马南渡开新主⑮。听终辞绝共凄然⑯，自说经今六百年⑰。当时万事皆眼见，不知几许犹流传。争持酒食来相馈⑱，礼数不同樽俎异⑲。月明伴宿玉堂⑳空，骨冷魂清无梦寐。夜半金鸡啁哳㉑鸣，火轮㉒飞出客心惊。人间有累㉓不可住，依然离别难为情。船开棹进一回顾㉔，万里苍苍烟水暮。世俗宁知伪与真，至今传者武陵人。

[题旨]

　　桃源图：据晋代陶渊明的《桃花源记并序》而画出的图画，画及作者均不详。陶渊明虚构了这块与世隔绝的乐土，其地人人丰衣足食，怡然自得，不知世间有祸乱忧患。自《桃花源记》问世以来，后人或祖述其语，或发挥其意，甚或实地考察其地……其中王维的《桃源行》在唐代流传颇广。但那首诗却把陶记中的"避地"写成了"出世"，把"人间"换作了"仙境"，直指桃花源中的人是"避地去人间"，"成仙遂不还"。随后刘禹锡《游桃源一百韵》描述"近世仙"瞿氏子在桃源遇仙，见到仙翁的竹杖、王母的核桃、姹女的丹砂、青童的金液，真是宝气神光，"虚无天乐来"，后来得道，"如烟去无迹"，更说得活灵活现。韩愈是反对这种态度的。他题诗的对象——这幅《桃源图》的山水画，尽管所画的情景可能已受到王维诗的影响，或径取王意，韩愈却宁可从现实出发，批判此一现象，遂有此作。诗约莫作于宪宗元和八至十年间（813—815），姑系于此。

[注解]

　　①眇芒：今作"渺茫"。　②生绡数幅：指桃源图。生绡，没有漂煮

过的丝织品，是一种薄绢，可供作画的底布。宋以前绘画多用绢，所谓"绢本"、"画卷"。绢有生熟，唐人画多用生绢。垂：悬挂。中堂：厅堂的正中间。　③武陵太守：指窦常。元和十年，窦为朗州刺史，朗州为唐武陵郡（今湖南省常德市）。钱仲联《韩昌黎诗系年集释》："太守，窦常也。常以元和七年冬出守武陵，见刘禹锡《武陵北亭记》。"此时刘禹锡为朗州司马，被贬至此地八年，未曾量移。窦、刘二人当有同游武陵桃源的机会，遂将《桃源图》和刘禹锡长诗寄给长安友人。　④题：题字。封：装封。南宫：本为南方列宿名，汉时以拟尚书省，唐代沿袭称尚书省及其所属官署。　⑤南宫先生：指卢汀。汀字云夫，贞元元年进士，历虞部、司门、库部郎曹，后迁中书舍人，终给事中。虞部属尚书省工部，郎中一人，从五品上，掌天下虞衡山泽之事。忻：喜欢，高兴。之：指《桃源图》。　⑥波涛：形容汹涌起伏的文思。驱文辞：即遣词造句撰写诗文，此处指为《桃源图》题字。　⑦异境：异乎寻常的胜境。恍惚：仿佛，隐约的样子。　⑧架岩凿谷：依凭山崖，在崖上架屋；凿通山谷，在幽谷建屋。岩，山崖。宫室：房屋。　⑨"接屋"句：指一家连一家地修筑房屋，年深日久，越建越多。　⑩嬴颠刘蹶：嬴姓秦朝倒了，刘家汉朝垮了。颠、蹶同义，原意是跌倒，这里代指灭亡。了不闻：一点也不曾听说过。　⑪地坼天分：指三国、东晋两段历史政局的分裂、对峙。坼，裂。　⑫惟：由于。　⑬川原近远：遍地。烝红霞：形容桃花怒放，像蒸腾的红色云霞。烝，同"蒸"。　⑭物色：访求。相猜更问语：本《桃花源记》"见渔人，乃大惊，问所从来"及"村中闻有此人，咸来问讯"数语。　⑮"大蛇"二句：从《桃花源记》中"不知有汉，无论魏晋"的情况，设想出渔人对桃花源村人的答词。这两句概括了西汉、东晋两个阶段的史实。大蛇中断：指汉高祖斩白蛇起义。丧前王：指灭掉秦朝。《汉书·高帝纪》载："（刘邦）夜径泽中，令一人行前。行前者还报曰：'前有大蛇当径，愿还。'高祖醉，曰：'壮士行，何畏！'乃前，拔剑斩蛇。蛇分为两，道开。行数里，醉困卧。后人来至蛇所，有一老妪夜哭。人问妪何哭，……妪曰：'吾子，白帝子也，化为蛇，当道，今者赤帝子斩之，故哭。'"群马南渡开新主：指晋室南渡，司马睿（晋元帝）建立东晋王朝。《晋书·元帝纪》："太安之际，童谣云：'五马浮渡江，一马化为龙。'……帝与西阳（西阳王司马羡）、汝南（汝南王司马祐）、南顿（南顿王司马宗）、彭城（彭城王司马绎）五王获济，帝竟登大位焉。" ⑯辞绝：话说完。共凄然：本《桃花源记》："此人一一为具言，所闻皆叹惋。" ⑰六百年：《桃花源记》所写桃花源居民是避秦暴政入山，武陵渔人是晋太元年间入山，其间相距五百八十余年，此举其成数。 ⑱馈：赠送。此句本《桃花源记》："余人各复延至其家，皆出酒食。" ⑲樽：酒杯。俎：装肉的器皿，一说陈列祭品的几案。樽、俎都是祭器，这里代指礼教、风俗。本陶渊明《桃花源诗》："俎豆犹古法。" ⑳玉堂：仙人居所，此指渔人在桃花源的住处。 ㉑啁哳（zhāo zhā）：杂乱细碎的声音。 ㉒火轮：太阳。 ㉓累：牵累，此指家室。 ㉔棹：船桨。进：向前划动。

[赏析]

此诗是全集唯一的题画诗。借桃源图画为题材，力辟神仙之说，开宗明义就指其"眇芒"、"荒唐"，而后先叙画，次叙本事，以《桃花源记》原文为蓝本，铺陈描绘，夹以桃花源的故实，恢复其本来面目：不过就是传说之乡、想象之境。结笔以微言作结，讽喻"世俗"要辨明"伪与真"。韩愈《送王秀才（含）序》曾说过，陶渊明是"未能平其心，或为事物是非相感发，于是有托而逃焉者也"。对《桃花源记》的作意，当然也作如是观。清人王士禛论《桃园诗》云："唐、宋以来，作《桃源行》最佳者，王摩诘、韩退之、王介甫三篇。"不过，王维和刘禹锡都是写神仙之说，王安石重述陶渊明《桃花源记》本意，惟独韩愈从否定神仙之说着笔，这是绝大的不同。

春　雪

新年都未有芳华①，二月初惊见草芽②。白雪却嫌春色晚，故穿③庭树作飞花。

[题旨]

此诗当是一时兴起之作，约作于宪宗元和十年（815）二月初，韩愈时任考功郎中知制诰。

[注解]

①都未有：算来没有。芳华：并指芳草、香花。　②"二月"句：韩愈《早春呈水部张十八员外》中曾写道："草色遥看近却无"、"最是一年春好处"，诗人对"草芽"似乎特别多情。　③故穿：故意穿过。穿，飘飞。

[赏析]

初春天气，"未有芳华"，这是一抑；"惊见草芽"，这是一扬。作者惊见草芽，内心涌起一份欣喜，于是以流畅的语言，写出诗人遇见早春的感受。初春时节，雪花飞舞，本来是造成"新年都未有芳华，二月初惊见草芽"的原因，可是，诗人偏说白雪是因等不及春天迟来的身影，才"故穿庭树"纷飞而来。这种翻因为果的写法，增加了诗的意趣。把春雪描绘得美好而有灵性，"作飞花"三字，描述白雪穿梭人间，一片美丽景象衬映成趣。翻静态为动态，把初春的冷落翻成缤纷热闹，一翻再翻，成为一首构思巧妙的好诗。南宋杨万里《小雨》一诗，与此诗有相近的况味。

盆池五首

老翁真个似童儿，汲水埋盆作小池。一夜青蛙鸣到晓，恰如方口钓鱼时①。

[题旨]

盆池：即第一首诗中的"汲水埋盆作小池"意。此组诗写作年月不详，诗中表现出志满意得、轻松愉快的心情，当与《春雪》同时，姑从旧本系于宪宗元和十年（815）夏。诗中有"恰如方口钓鱼时"之句，方口又见于韩愈《卢郎中云夫寄示送盘谷子诗两章歌以和之》诗"平沙绿浪榜方口"句，诗作于元和七年，所述"方口钓鱼"或以为即盘谷寻李愿时事，可参阅韩愈《送李愿归盘谷序》一文。

[注解]

①方口：即"枋口"。韩愈《送李愿归盘谷序》说盘谷附近沁水流经之处，由山水汇成的一个大水池。在河南省济源市东北三十里，韩愈常游于此。

莫道盆池作不成，藕梢初种已齐生①。从今有雨君须记，来听萧萧打叶声。

[注解]

①藕梢：莲藕初生芽。齐生：已冒出水面。

瓦沼①晨朝水自清，小虫②无数不知名。忽然分散无踪影③，惟有鱼儿作队行。

[注解]

①瓦沼：即盆池，盆乃瓦器，以瓦盆蓄水当作池沼，故云。沼，小池。 ②小虫：饲鱼之小红虫。 ③分散无踪影：指饲鱼的小红线虫，已被鱼吞食尽了。

泥盆浅小讵①成池，夜半青蛙圣得知②。一听暗来将伴侣③，不烦鸣唤斗雄雌。

[注解]

①讵：岂。 ②圣得知：这是唐宋人的习惯用语，即敏锐、神速地知道。 ③暗来将伴侣：夜晚时带伴侣来到此地。将，带。

池光天影共青青，拍岸①才添水数瓶。且待夜深明月去，试看涵泳②几多星。

[注解]

①拍岸：水拍击池岸（盆边）。写得声势俱在，仿佛有波涛，其实是"才添水数瓶"罢了。与下面写盆池夜深时"涵泳几多星"，同是小中见

韩愈诗选 | 161

大的手法。　②涵泳：沉浸其中，此处指星辰倒映在水中。韩愈《岳阳楼别窦司直》云："星河尽涵泳，俯仰迷下上。"

[赏析]

　　盆为小物，埋瓦盆作池，或种花草，或饲养虫鱼，是一片闲情逸致。妙在韩愈处处谐语，于小中见大，通过丰富的想象与观察，想出雨打荷叶萧萧声，看见鱼儿在湖中结队游行，听见青蛙在深夜呼朋引伴，池塘里天光云影，倒映许多星斗……使人感到妙趣横生。以第二首为例，汪佑南《山泾草堂诗话》说："此首咏种藕，不曰看荷而曰听雨，盖荷叶齐放，亭亭净植，雨来作清脆之声，胜于芭蕉。可见昌黎别有天趣。"似此，昌黎所爱者，实不限于盆中所见景物而已，称之"天趣"，不亦宜乎？

游城南十六首（选三）

晚　春

　　草树知春不久归，百般红紫斗芳菲①。杨花榆荚无才思②，惟解漫天作雪飞。

[题旨]

　　城南：指长安城南。十六首诗非一时之作，约宪宗元和十年（815）后完稿，各自单独成篇，不作组诗处理。《晚春》为其中第三首，《赠同游》为第八首，《楸树》为第十五首。

[注解]

①红紫：草树之花。斗芳菲：比美。　②榆荚：榆树未生叶时，先在枝条间生榆荚，这些子实，在细枝间成串，形圆如钱，俗称榆钱。榆荚老时呈白色，随风飘落。杨花、榆钱花色白，与万紫千红相比便黯然失色，有如缺乏文采，故谓之"无才思"。无才思：没有才情。

[赏析]

诗题原作"游城南"，可知描写内容乃郊游即目所见。乍看来，只是一幅花卉争奇斗艳的"群芳谱"，却写到杨花、榆荚因风起舞，化作雪飞。仅此寥寥数笔，就带给读者满眼风光的印象。

再进一步不难发现，此诗生动的效果与拟人化的手法有关。"草树"本属无情物，竟然能"知"能"解"还能"斗"，尤其是与杨花、榆荚竟有"才思"高下之分，设想甚奇。最奇的还在于"无才思"三字，若可解若不可解，引起见仁见智之说。有人认为那是劝人珍惜光阴，努力向学，以免如"杨花榆荚"白首无成；有的从中看到谐趣，以为是故意嘲弄它们没有红紫美艳，一如人之无才华，写不出有文采的篇章。其实，"杨花榆荚"未必只是揶揄，其中或有怜惜之意，或许是比况当时诗坛孟郊、贾岛奇僻瘦硬的诗风。朱彝尊《批韩诗》说："此意作何解？然情景却是如此。"刘永济《唐人绝句精华》干脆存疑："玩三四两句，诗人似有所讽，但不知究何所指。"姑不论诸说各得诗意几分，仅就其解会之歧异，就可看出此诗确乎奇之又奇。

若从"无理而妙"的角度设想，或许能对此诗做出正确的诠解。

赠同游

唤起窗全曙，催归日未西①。无心花里鸟，更与尽情啼②。

[注解]

①"唤起"二句：唤起窗全曙：谓唤起同游朋友时，天已大亮。（参见释惠洪《冷斋夜话》）唤起、催归：黄庭坚认为是二鸟名。也说："二鸟名，若虚设，故人不觉耳。"唤起，又名春唤，声如络丝，圆转清亮，每年正月、二月作声，报知春晓。催归，即子规鸟，一名杜鹃。曙：明亮。　②"无心"二句：谓出游快乐，未注意到花丛中的小鸟，后来听闻其声，发觉鸟群正尽情啼叫。无心：似说人无心，无意间听闻鸟叫声；也似说鸟无心，自顾自地啼叫，与尘世无关。更与：相与，一起。

[赏析]

前人对此诗"唤起"、"催归"是否为二鸟名，尚有争议。然而首联写结伴出游耗尽整日，尾联写鸟群鸣声上下，又与出游心情相契合。是能出之于平淡，而复归之于恬淡的作品。

楸　树①

青幢紫盖立童童②，细雨浮烟作彩笼③。不得画师来貌取，定知难见一生中。

[注解]

①楸树：落叶乔木，质地细致而耐湿，宜于造船、制家具。　②幢：旗帜。盖：车盖。童童：枝叶茂盛、能庇荫的样子。这句是说：楸树茂盛如青幢紫盖。　③"细雨"句：谓楸树被细雨浮烟所笼罩，像一个彩色的笼子。

[赏析]

这首诗写来似一幅风景画。前二句突出楸树的形貌,青色、紫色频添色彩美感,至第三句以画师为喻,说出眼前美景不易口述,末句"定知难见一生中",更加强调风景之奇美。

调张籍

李杜文章①在,光焰万丈长。不知群儿愚,那用故谤伤②?蚍蜉③撼大树,可笑不自量。伊④我生其后,举颈遥相望。夜梦多见之,昼思反微茫。徒观斧凿痕,不睹治水航⑤。想当施手时,巨刃磨天扬⑥。垠崖划崩豁,乾坤摆雷硠⑦。惟此两夫子,家居率荒凉。帝欲长吟哦,故遣起且僵⑧。翦翎⑨送笼中,使看百鸟翔。平生千万篇,金薤垂琳琅⑩。仙官敕六丁,雷电下取将⑪。流落人间者,太山一豪芒⑫。我愿生两翅,捕逐出八荒⑬。精神忽交通⑭,百怪入我肠。刺手拔鲸牙,举瓢酌天浆⑮。腾身跨汗漫,不著织女襄⑯。顾语地上友⑰,经营无太忙⑱?乞君飞霞佩,与我高颉颃⑲。

[题旨]

调:调侃,戏赠。张籍:参见《此日足可惜一首赠张籍》题旨。宪宗元和六年(811)韩愈自洛阳回长安,与张籍重聚,唱和频繁。韩有《题张十八所居》、《晚寄张十八助教周郎博士》等诗,张任国子助教在元和十一年前后,此诗当作于此时。

[注解]

①文章:辞章,泛指诗歌。 ②那用:何用,为什么?谤伤:毁谤中

伤。③蚍蜉：一种大蚂蚁，常在树根部营巢。《尔雅·释虫》："蚍蜉，大蚁。" ④伊：发语词。 ⑤"徒观"二句：以夏禹凿山导河之功比喻李、杜诗的创造，谓只看到其凿削技巧，却无法追踪其创作成就。瞩：看见。治水航：治水的航船，喻大禹当年治水的具体行程。 ⑥"巨刃"句：承上句"斧凿"之喻，以巨刀磨天形容创作的伟大魄力。磨天：直碰天空，与天相摩擦。扬：举。 ⑦"垠崖"二句：继续形容"斧凿"之功，谓山崖用巨刃一划而崩落，天地震动，想象大禹劈山通道、天崩地裂的情景，比喻李、杜诗歌创作过程中的磅礴气势。垠崖：陡峭的山崖。划：劈裂，裂开。崩豁：崩塌破裂。乾坤：天地。摆：震动。雷硍：山崩石动之声。 ⑧"帝欲"二句：是说故意让他们起落，升沉不定，处于苦乐相循的生活环境。帝：天帝。遣：放逐，迁谪。起且僵：才站起来又仆倒。僵，倒下。 ⑨翦翎：剪掉翎羽。用祢衡《鹦鹉赋》"闭以雕笼，翦其翅羽"句意，喻天帝使他们生活困顿局促，无法伸展长才。 ⑩"平生"二句：谓李、杜众多作品，如金错书刻在玉版上那样珍贵。金薤（xiè）：金错书，倒薤书，即以金字写在玉版上。薤，古代的"薤叶书"体，参见《岣嵝山》注③。琳琅：美玉。 ⑪"仙官"二句：设想李、杜大量作品为天帝所喜爱，于是仙官派火神用雷电取走，实指已佚失了。敕：命令。六丁：道教神名，为天帝役使的火神，能行风雷，制鬼神。取将：两字是同义复词，取去，拿走。将，持，携带。 ⑫豪芒：比喻微小。豪，通"毫"。 ⑬八荒：八极，八方荒远之地。 ⑭交通：交互感通。 ⑮"刺手"二句：形容自己受李、杜感发的境界：或反手拔去深海中鲸鱼的牙齿，或抬手用北斗舀取银河的美酒。暗用杜甫《戏为六绝句》"未掣鲸鱼碧海中"、李白《短歌行》"北斗酌美酒，劝龙各一觞"。刺手：刺疑为"剌"，剌手即反手、转手。天浆：天上的美酒。 ⑯"腾身"二句：谓自己到天上遨游，不再如织女那样终日劳苦。

汗漫：无穷无尽的空间。不著：不穿。织女襄：《诗·小雅·大东》："跂彼织女，终日七襄。"童第德《韩集校诠》依《毛传》训"襄"为"反"，"终日七襄"即从旦至暮，七次更换。　⑰地上友：指张籍。此处归结为"调"的题旨。　⑱无太忙：犹如无乃太忙、岂不太忙吗？　⑲"乞君"二句：劝勉张籍与自己共同学习李、杜，一起高飞。乞：给，赠予。霞佩：彩霞制成的大带，即仙人衣裳。这里指学习李、杜必走的途径。颉颃（xié háng）：鸟飞上飞下。这里是偏义用法，只取飞上义。

[赏析]

　　昌黎此诗专意推崇李白、杜甫，批评当时扬此抑彼，或"谤伤"李、杜的现象。如元稹《唐故检校工部员外郎杜君墓系铭》说："李尚不能历其藩篱，况堂奥乎？"这是尊杜抑李的说法。白居易《与元九书》评李白说："李之作才矣奇矣，人不逮矣，索其风雅比兴，十无一焉。"评杜甫说："杜诗最多，可传者千余首，至于贯穿今古，覙缕格律，尽工尽善，又过于李。然撮其《新安》、《石壕》、《潼关吏》、《芦子关》、《花门》之章，'朱门酒肉臭，路有冻死骨'之句，亦不过三四十首。"这含有贬抑李、杜二人的意思。张籍虽亦忝列韩门，诗却近于元、白，论诗亦往往与韩愈意见相左，因此退之出以调笑之笔，而并尊李、杜，并非无谓而发。

　　韩愈之前，李、杜仍未受到普遍的尊重，韩愈则并提二人，视其文章"光焰万丈"，作诗常言："少陵无人谪仙死，才薄将奈石鼓何！"（《石鼓歌》）"勃兴得李杜，万类困陵暴。"（《荐士》）"高揖群公谢名誉，远追甫白感至诚！"（《酬司门卢四兄云夫院长望秋作》）

　　此外，在《醉留东野》、《感春》等诗中也推崇李白、杜甫。即以这首《调张籍》而言，首先肯定李白、杜甫永难磨灭的艺术成就，想见李、杜诗歌创作的宏伟构想和雄大气魄。"惟此两夫子"及以下十一句，指出李、杜一生坎坷，反而玉成其光辉璀璨的诗歌创作。"我愿生两翅"及以下七句,说明自己吸收李、杜的精神,而又具有怪怪奇奇的独特风格。最后点出"调"的意思,希望张籍能和自己一起展翅翱翔。正因为韩愈对李、杜诗歌体会深,又能驰骋想象,一系列神仙形象联翩而来,因而写出这篇立论公允而又想落天外、笔力雄健的诗论,耐人寻味。

听颖师弹琴

昵昵儿女语,恩怨相尔汝①。划然②变轩昂,勇士赴敌场。浮云柳絮无根蒂③,天地阔远随飞扬。喧啾④百鸟群,忽见孤凤凰⑤。跻攀分寸不可上,失势一落千丈强⑥。嗟余有两耳,未省听丝篁。自闻颖师弹,起坐⑦在一旁。推手遽⑧止之,湿衣泪滂滂⑨。颖乎尔诚能,无以冰炭置我肠⑩。

[题旨]

颖:僧人名。师:对佛徒的尊称。颖师来自天竺(印度),是当时善琴的艺僧,曾向多位诗人求诗。李贺有《听颖师弹琴歌》云:"竺僧前立当吾门,梵宫真相眉棱尊。古琴大轸长八尺,峄阳老树非桐孙。凉馆闻弦惊病客,药囊暂别龙须席。请歌直请卿相歌,奉礼官卑复何益。"贺官终奉礼郎,殁于宪宗元和十一年(816),诗为罹病时所作。韩愈此诗中有失意语,应作于左降太子右庶子以后。

[注解]

①"昵昵"二句:状琴声有如青年男女窃窃私语,卿卿我我。昵昵:亲切貌。尔汝:至友间不讲客套,径以你我相称。②划然:以刀破物之

声,此处即突然之意。 ③蒂:果实与枝茎相连之处。 ④喧啾:群鸟杂乱喧闹的叫声。 ⑤见:同"现"。孤凤凰:单凤独鸣,叫声和谐优美。 ⑥千丈强:千丈有余。 ⑦起坐:忽起忽坐,坐立难安。 ⑧遽:急速。 ⑨滂滂:大水涌流貌,此状泪如雨下。 ⑩冰炭置我肠:喻感情激烈动荡,忽冷如冰,忽热如火炭。《庄子·人间世》云:"事若成,则必有阴阳之患。"郭象注:"人患虽去,然喜惧战于胸中,固已结冰炭于五藏矣。"

[赏析]

这首诗以一系列生动的比喻,把音乐声调的高低、旋律的缓急,转化为视觉形象。起笔四句,写琴声忽而弱骨柔情,忽而张牙舞爪;其下"跻攀"二句,写琴声一步一寸向上攀登,再不可升高了,突然滑下千丈深谷,急行急止。自"嗟余"以下再写作者感受之深,泪水滂沱,听完琴声是十分感动的。全诗形容琴声幽细用闭口韵,如"语"、"汝"、"上";形容琴声昂扬用开口韵,如"昂"、"场"、"扬"、"凰"、"强";其中五言、七言夹用,也是为了要写出琴音的起伏抑扬。富于变化的语言形式和表达内容的和谐统一,增强了全诗的感染力。

病　鸮

屋东恶水①沟,有鸮堕鸣悲。青泥掩②两翅,拍拍不得离。群童叫相召,瓦砾争先之。计校生平事③,杀却④理亦宜。夺攘不愧耻⑤,饱满盘天嬉⑥。晴日占光景,高风送追随。遂凌紫凤群,肯顾鸿鹄卑⑦?今者运命穷,遭逢巧丸儿⑧。中汝要害处,汝能不得施。于吾乃何有，不忍乘其危。丐⑨汝将死命，浴以清水池。朝餐辍鱼肉⑩，暝宿防狐狸⑪。自知无以致，蒙德久犹疑⑫。饱入深竹丛，饥来傍阶基⑬。亮无责报心，固以听所为⑭。昨日有气力，飞跳弄藩篱。今晨忽径去⑮，曾不报我知。侥幸非汝福⑯，天衢⑰汝休窥。京城事弹射⑱，竖子岂易欺。勿讳⑲泥坑辱，泥坑乃良规⑳。

[题旨]

鸱：鹞鹰，一种恶鸟，性好攫而贪，善飞。此诗借鸱鸟受伤后，被人抚养而痊愈，伤愈之后不辞而别的故事，讽刺世间作恶而背恩之徒。诗约作于宪宗元和十一、十二年（816—817）间。

[注解]

①恶水：浊水。 ②掩：不能张开。指被泥粘住。 ③计校：检查。生平事：指鸱鸟一生所作所为。 ④杀却：杀掉。张相《诗词曲语辞汇释》卷一："却，语助辞，用于动辞之后。" ⑤夺攘：争夺。不愧耻：不感到羞耻。此句及以下五句是"计校生平事"的具体内容。 ⑥"饱满"句：鸱只知饱食后盘旋于天际，嬉戏一番，无所事事。嬉：游戏，戏耍。 ⑦鸿鹄：大雁和天鹅。卑：低下。 ⑧巧丸儿：善射弹丸的人。 ⑨丐：施舍、救助。 ⑩"朝餐"句：谓主人早餐停止享用鱼肉，用来喂食病鸱。辍：停止。 ⑪"暝宿"句：亦是主人呵护备至的表现。暝：夜晚。宿：过夜，睡觉。 ⑫"自知"二句：是说鸱知道这样的遇救过程，吃得好、睡得饱，自己的生平所为无法得到这样的好报，因此蒙受恩德时间虽久，却仍然心存怀疑，不敢相信这是事实。 ⑬"饱入"二句：是说鸱吃饱了，仍然跑入竹丛嬉戏；饿着时，就回到台阶前讨食。傍：依靠。阶基：厅前台阶。 ⑭"亮无"二句：是说救鸱人实在没有要求回报的心思，所以听任其所为，亦即上二句所写的饥来饱去。 ⑮径

去：自行离去，不告而别。 ⑯"侥幸"句：偶然避免不幸不一定是福分。此句及以下五句是对负恩者的告诫。 ⑰天衢：天街，京城大路，喻高显之位。 ⑱事弹射：从事弹射的人很多。 ⑲讳：憎恶，隐瞒，回避。 ⑳良规：很好的教训。

[赏析]

　　这首诗浅显明白。前半叙述病鸥被救的过程，完全出于一片同情，"亮无责报心，固以听所为"显现了作者宽大为怀的精神。后半说出鸥忽然不辞而别的行为，这当然不妥，故末六句劝它莫再自处甚高，应记取往日的教训。这正是陈沆《诗比兴笺》所言："此君子待小人之道，始以宽厚，终以忠告也。"

和李司勋过连昌宫

　　夹道疏槐出老根，高甍巨桷压山原①。宫前遗老②来相问：今是开元几叶孙③？

[题旨]

　　李司勋：李正封，时以吏部司勋员外郎兼侍御史任裴度的随军判官，与韩愈同从裴度征蔡州，故韩愈以官职称之。连昌宫：唐高宗显庆三年（658）建筑的离宫，在河南府寿安县西（今河南省宜阳县），是其往来长安、洛阳两地的著名行宫。玄宗开元年间曾临幸此地，后长期锁闭。韩愈与李正封于平淮西乱返京途中，路过连昌宫而有唱和，李氏诗作已佚，韩愈和诗作于宪宗元和十二年（817）十二月。

[注解]

①"高甍（méng）"句：连昌宫的建筑宏伟，正俯瞰着整片台地。甍：屋脊。桷（jué）：方形的屋椽。山原：台地的地形。　②遗老：前朝的旧臣，亦指经历世变留下来的老人。　③几叶孙：几代孙。叶，世代。

[赏析]

唐朝不少诗人以连昌宫为题材，借其叙说唐王室的兴废盛衰，元稹《连昌宫词》就是借宫边老人之口，追述"安史之乱"前后的世局，希望能恢复往日太平景象。实则，唐玄宗开元年间曾驾临连昌宫，当年游宴极盛一时，"开元之治"又是史家赞颂不已的富丽升平气象，而今低回此地，怎能不触景伤情？更何况元和十二年七月裴度进兵淮西，奏请韩愈为行军司马；十月，裴度部将李诉擒吴元济，平定叛乱；十一月启程回朝，献俘长安。这次讨贼获胜，带给唐王室中兴的希望，亲身经历其事的韩愈、李正封等人，其心情雀跃，可想而知。此诗兴奋地问道："今是开元几叶孙？"希望宪宗皇帝以"开元之治"为典范，富有深义。此时上距开元六十余年，当年遗民，今已垂老，因喜见平藩镇而中兴之势，遂有此问。韩愈借宫边老人立言，这比起元稹《行宫》云"白头宫女在，闲坐说玄宗"似更有余味，也更为积极。

附

连昌宫词　元稹

连昌宫中满宫竹，岁久无人森似束。又有墙头千叶桃，风动落花红蔌蔌。宫边老人为予泣："小年进食曾因入。上皇正在望仙楼，太真同凭栏干立。楼上楼前尽珠翠，炫转荧煌照天地。归来如梦复如痴，何暇备言宫里事？初过寒食一百六，店舍无烟宫树绿。夜半月高弦索鸣，贺老琵琶定场屋。力士传呼觅念奴，念奴潜伴诸郎宿。须臾觅得又连催，特敕街中许燃烛。春娇满眼睡红绡，掠削云鬟旋装束。飞上九天歌一声，二十五郎吹管逐。逡巡大遍凉州彻，色色龟兹轰录续。李谟擪笛傍宫墙，偷得新翻数般曲。平明大驾发行宫，万人鼓舞途路中。百官队仗避岐薛，杨氏诸姨车斗风。明年十月东都破，御路犹存禄山过。驱令供顿不敢藏，万姓无声泪潜堕。两京定后六七年，却寻家舍行宫前。庄园烧尽有枯井，行宫门闭树宛然。尔后相传六皇帝，不到离宫门久闭。往来年少说长安，玄武楼成花萼废。去年敕使因斫竹，偶值门开暂相逐。荆榛栉比塞池塘，狐兔骄痴缘树木。舞榭欹倾基尚在，文窗窈窕纱犹绿。尘埋粉壁旧花钿，乌啄风筝碎珠玉。上皇偏爱临砌花，依然御榻临阶斜。蛇出燕巢盘斗拱，菌生香案正当衙。寝殿相连端正楼，太真梳洗楼上头。晨光未出帘影黑，至今反挂珊瑚钩。指似傍人因恸哭，却出宫门泪相续。自从此后还闭门，夜夜狐狸上门屋。"我闻此语心骨悲，太平谁致乱者谁？翁言："野父何分别？耳闻眼见为君说。姚崇宋璟作相公，劝谏上皇言语切。燮理阴阳禾黍丰，调和中外无兵戎。长官清平太守好，拣选皆言由相公。开元之末姚宋死，朝廷渐渐由妃子。禄山宫里养作儿，虢国门前闹如市。弄权宰相不记名，依稀忆得杨与李。庙谟颠倒四海摇，五十年来作疮痏。今皇神圣丞相明，诏书才下吴蜀平。官军又取淮西贼，此贼亦除天下宁。年年耕种宫前道，今年不遣子孙耕。"老翁此意深望幸，努力庙谋休用兵。

次潼关先寄张十二阁老使君

荆山已去华山来①，日出潼关四扇②开。刺史莫辞迎候远，相公亲破蔡州回③。

[题旨]

次：军队停宿。潼关（今陕西省潼关县北），扼秦、晋、豫三省要冲，自古为兵家必争之地，唐代属华州（今陕西省华阴市）管辖。按：潼关与华阴相距百余里。张十二：作者原注"张贾"。贞元二年进士，曾任礼部员外郎，时被谴为华州上佐。十二，是其排行。阁老：唐代中书省、门下省的属官中有资历者"两省相呼为阁老"（李肇《唐国史补》卷下）。张贾曾任门下给事中，以旧衔称。使君：指刺史。张贾时任华州刺史。这首诗是宪宗元和十二年（817）十二月，裴度一行返抵潼关前，韩愈写给当地行政首长——华州刺史张贾的一首七绝。依惯例，潼关既属华州辖境，华州刺史应迎候彰义节度使裴度的军队。可能由于路途遥远，张贾未能及时赶到。韩愈与张贾熟识，遂写下此诗催请他前来。

[注解]

①荆山：一名覆釜山，此指河南陕州（今河南省三门峡市）。华山：一名太华山，在华州（今陕西省东部）境内，号称西岳。 ②四扇：其实是东西两门，门各两扇对开。 ③相公：指裴度。裴度初任淮西宣慰招讨处置使，后加宰相衔（守门下侍郎同平章事）兼彰义节度使，故称。蔡州：治所汝阳（今河南省汝南县）。此处借指蔡州的叛将吴元济。

[赏析]

当初裴度是自动请求督战，韩愈也极力主战，二人皆有豪气干云的态势。裴度出发时对宪宗说："臣若灭贼，则朝天有期；贼在，则归无日。"这是武将的威风！出征淮西，返抵国门，路程一千四百余里，往返三个多月，终于平定了一场难以预测结局的战争。而韩愈这首诗，只用四句二十八字就写出了大军凯归的盛况："荆山已去华山来"，意境何其阔大；"日出潼关四扇开",军容何其壮盛;"刺史莫辞迎候远",正是功业非比寻常,理当亲迎劳师;"相公亲破蔡州回",更将裴度治军的功绩一笔带出,表达了伐贼胜利后的愉快心情。全诗没有安一个形容词,没有征引一个典故,而笔调自然流畅,风格刚强稳健,成为七绝名作。查慎行《十二种诗评》说:"气象开阔,所谓卷波澜入小诗者。"

华山女

街东街西讲佛经,撞钟吹螺①闹宫庭,广张罪福资诱胁,听众狎恰排浮萍②。黄衣道士亦讲说,座下寥落如明星。华山女儿家奉道,欲驱异教归仙灵。洗妆拭面著冠帔,白咽红颊长眉青。遂来升座演真诀,观门不许人开扃③。不知谁人暗相报,訇然④振动如雷霆。扫除众寺人迹绝,骅骝塞路连辎𫐄⑤。观中人满坐观外,后至无地无由听。抽钗脱钏解环佩,堆金叠玉光青荧⑥。天门贵人⑦传诏召,六宫⑧愿识师颜形。玉皇颔首许归去,乘龙驾鹤来青冥⑨。豪家少年岂知道?来绕百匝脚不停。云窗雾阁事慌惚,重重翠幔深金屏⑩,仙梯难攀俗缘重,浪凭青鸟通丁宁⑪。

[题旨]

华山女:指华山一女道士。华山为西岳,在今陕西省东部。此诗描述一位以色相技艺倾动一时的女道士,竟把佛门子弟都招徕过去,且被接引入宫。唐宪宗晚年既信佛,又好神仙,有奉迎佛骨、任用道士柳泌〔事在元和十三年(818)十一月〕等举,韩愈对此深表反对,元和十四年春上《论佛骨表》一文，可说是郁积已久，不得不发。此诗当作于元和十三年末或十四年初，姑系于此。

[注解]

①撞钟吹螺：钟、螺皆乐器，呜呜咚咚地奏响，以号召群众。法显《佛国记》："每日出后，精舍人则登高楼，击大鼓，吹螺敲铜钹。"王勃《益州绵竹县武都山净慧寺碑》："抚香象而高视，鸣法螺而再唱。" ②狎恰：同"洽恰"，稠叠密集貌。此乃唐人语。排浮萍：如浮萍般挤在一起。 ③观（guàn）门：道观之门。开扃（jiōng）：开门。扃，门栓。 ④訇（hōng）然：大声貌。訇，拟声词。 ⑤"骅骝（huá liú）"句：写达官贵人纷至沓来，男女百姓车马奔波，都是为了听华山女讲道。骅骝：相传为周穆王乘坐的八骏之一，后泛指良马。参见《驽骥赠欧阳詹》注⑬。辎軿（zī píng）：四周有帷幕的车。辎，车前面的帷。軿，车后面的幔。 ⑥"抽钗"二句：描写施舍情况。青荧（yíng）：青光闪映貌。此状金玉堆积，光彩闪烁。 ⑦天门贵人：即宫中贵人，宦官。天门，指宫门。 ⑧六宫：指后妃们。 ⑨"玉皇"二句：谓华山女成仙飞升，即进到宫中去。玉皇：玉皇大帝，道教的天帝。颔首：点头，同意。青冥：青天。 ⑩"云窗"二句：谓华山女飞升事从深宫传出，难以得知内情。云窗雾阁：指华山女的居处。翠幔、金屏：形容华山女居处的富丽隐秘。 ⑪"仙梯"二句：暗示飞升纯属欺骗，而道观中可能有男女隐秘之事。俗缘：尘世因缘。浪凭：漫凭，随意凭借。青鸟通丁宁：《汉武故事》："七月七日，上于承华殿斋。日正中，忽见有青鸟从西方来集殿前。上问东方朔，朔对曰：'西王母暮必降尊像……'……有顷，王母至，乘紫车，玉女夹驭，戴七胜，履玄琼凤文之舄，青气如云，有二青鸟如鸾，夹侍母旁。"青鸟为交通仙凡的使者。丁宁，同"叮咛"，即通消息。

[赏析]

这首诗绘声绘色地描写佛、道相争的一个场面。先写佛教徒"俗讲"

功效甚大,讲经内容在于"反佛有罪,信佛得福"。然而一个"白咽红颊长眉青"的女道士,披上神秘色彩的外衣,即造成万人空巷、弃佛就道的景象。佛、道两教的庄严,一下子被撕得粉碎。诗的后半把宪宗比为玉皇,皇宫比为天宫,把华山女比为下凡的仙女,召华山女入宫比作乘龙驾鹤。如此类比,当然是讥讽皇帝了。韩愈《答张籍书》中曾说:"今夫二氏(指佛、老)之所宗而事之者,下乃公卿辅相。"那么上面带头迷信二氏的,自然是皇帝了。结尾六句,直指女道士私生活的风流放诞,在富丽难测的生活背后,所谓清修纯属欺人之谈。此处由窗、阁到幔、屏,是由外入内的过程。借由外在氛围,烘托华山女和豪门少年之间的情事,也就令人不言而喻了。

韩愈以反对道教为主题的诗,另有《谢自然诗》、《谁氏子》。所不同的是:《谢自然诗》是正面劝告人们不要迷信,《谁氏子》是批判民间人士弃家庭、学神仙,《华山女》则是侧面讽刺、揭露,笔尖直指皇室。三篇可以合读。

左迁至蓝关示侄孙湘

一封朝奏九重天①,夕贬潮州路八千②。欲为圣明除弊事,肯将衰朽惜残年!云横秦岭③家何在?雪拥蓝关马不前。知汝远来应有意,好收吾骨瘴江④边。

[题旨]

左迁:贬官。蓝关:蓝田关。参阅《南山诗》注⑩。侄孙湘:韩湘字北渚,韩愈兄会之孙、侄老成之子,后于长庆三年(823)中进士,官至大理丞。他便是民间传说"八仙"之一的"韩湘子"。

《旧唐书·宪宗纪》云:"(元和)十四年春正月……迎凤翔法门寺佛骨至京师,留禁中三日,乃送诣寺,王公士庶奔走舍施如不及,刑部侍郎韩愈上疏极陈其弊。癸巳(十四日),贬愈为潮州刺史。"《新唐书·韩愈传》云:"宪宗遣使者往凤翔,迎佛骨入禁中,三日,乃送佛祠。王公士人奔走膜呗,至为夷法灼体肤,委珍贝,腾沓系路。愈闻恶之,乃上表……表入,帝大怒,持示宰相,将抵以死。裴度、崔群曰:'愈言讦牾,罪之诚宜。然非内怀至忠,安能及此?愿少宽假,以来谏争。'帝曰:'愈言我奉佛太过,犹可容;至谓东汉奉佛以后,天子咸夭促,言何乖剌邪?愈,人臣,狂妄敢尔,固不可赦。'于是中外骇惧,虽戚里诸贵,亦为愈言,乃贬潮州刺史。"韩愈《潮州刺史谢上表》云:"臣以正月十四日蒙恩除潮州刺史,即日奔驰上道。"则此诗作于宪宗元和十四年(819)正月十四日后数日,是韩愈南下过蓝关遇见韩湘之时。

[注解]

①封:封事,上给皇帝的奏表,即《论佛骨表》。朝奏:早朝上奏报。九重天:指天子所在。参阅《孟生诗》注⑤。 ②潮州:一作"潮阳",今广东省潮安县。路八千:据《元和郡县图志》卷三四载,潮州"西北至上都取虔州路五千六百二十五里",八千是约数。钱仲联《韩昌黎诗系年集释》云:"《旧唐书·地理志》:韶州,至京师四千九百三十二里。公在韶所作《泷吏》诗云:'下此三千里,有州始名潮。'合计之近八千。文集卷三十《唐故中散大夫少府监胡良公神道碑》亦言潮州距长安八千里。" ③秦岭:在陕西省南部,蓝田山为其一部分。东西走向,海拔两千公尺以上,为黄河与长江流域重要分水岭之一,也是北方与南方的重要分界线。 ④瘴江:潮州有恶溪(后为纪念韩愈改称韩江),多水

多瘴疠之气，故称瘴江。

[赏析]

　　韩愈忠而获咎，在感慨万分时写出这首诗。首联"朝"、"夕"两字，泛言其得罪之速，当非实指。而"九重天"、"路八千"写出辽阔无尽的空间，更显得自己五十二岁的"残年"，仍有"欲为圣明除弊事"的勇气与担当！三、四句为一篇之骨，义烈气节，掷地有声。五、六两句，一句回顾，一句前瞻，用眼前的景色写胸中的感慨，婉转深沉，对仗精工，是难得的佳句。由此归结末联文意，写得凄恻动人，饶富艺术感染力。

　　赵翼《瓯北诗话》卷三指出，韩诗中律诗最少，七律仅十二首，盖由于才力雄厚，古诗可资其驰骤，然而"七律更无一不完善稳妥，与古诗之奇崛，判若两手"。今读此诗，仍有以古文章法行之的气味，而感情深沉，结构精审，正可显示韩愈律诗的技巧。

题楚昭王庙

　　丘坟满目衣冠尽①，城阙连云②草树荒。犹有国人怀旧德，一间茅屋祭昭王。

[题旨]

　　楚昭王：战国时楚国国君，熊氏，名珍，楚平王之子，公元前515—公元前488年在位。曾因吴王夫差破楚，而迁郢都至鄀，鄀故地在今湖北省宜城市。据《穀梁传·定公四年》载，昭王深得民心。《左传·哀公六年》亦引孔子曰："楚昭王知大道矣，其不失国也宜哉！"其后昭王战吴师而死。昭王庙在宜城，韩愈另有一篇《记宜城驿》云："此驿置在古宜城内，驿东北有井，传是昭王井，有灵异，至今人莫汲。……井东北数十步有楚昭王庙，有旧时高木万株，多不得其名，历代莫敢剪伐。尤多古松大竹。于太傅帅襄阳，迁宜城县，并改造南境数驿，材木取足此林。旧庙屋极宏盛，今惟草屋一区。然问左侧人，尚云每岁十月，民相率聚祭其前，庙后小城，盖王居也。其内处偏高，广员八九十亩，号殿城，当是王朝内之所也。……元和十四年二月二日题。"所记情景与《题楚昭王庙》诗相合，故知此诗为韩愈南贬途中所作，记与诗写作时间相近。

[注解]

①丘坟：坟墓。扬雄《方言》："冢大者谓之丘。"衣冠尽：楚世家早已亡，楚国人物已身死骨朽。衣冠，一般用以指世族、士绅。　②城阙连云：谓当年楚国巍峨的城楼与宫殿高耸入云天。城阙，城门两旁的楼观。

[赏析]

整首诗写出荒凉的感觉而又意味深长。其中"城阙连云"是想象之境，想象昔年楚国盛世，而今却只剩下"草树荒"；末尾"一间茅屋"四字，更极尽盛衰之慨。然而屋宇虽小，后人追缅情怀并未衰绝。末句颇有风致。钱仲联《韩昌黎诗系年集释》说："楚王城遗址位于今宜城县南偏东约十五里之岗陵地上。城址南北长约四里，东西广约三里，城周围共十二点七里。现在城垣，似大型土堤一圈，均为土筑，高低不一。此遗址于一九七七年发现。"抚今追昔，再亲临其地凭吊，恐怕更别有一番况味了。

泷吏

南行逾六旬，始下昌乐泷。险恶不可状，船石相舂撞①。往问泷头②吏:"潮州尚几里?行当何时到?土风复何似?"泷吏垂手笑:"官何问之愚!譬官居京邑,何由知东吴③?东吴游宦乡④,官知自有由。潮州底处所⑤?有罪乃窜流。侬幸无负犯⑥,何由到而知⑦?官今行自到,那遽妄问为?"不虞卒见困⑧,汗出愧且骇。吏曰:"聊戏官,侬尝使往罢⑨,岭南大抵同,官去道苦辽⑩。下此三千里,有州始名潮。恶溪⑪瘴毒聚,雷电常汹汹⑫。鳄鱼大于船,牙眼怖杀侬。州南数十里,有海无天地。飓风有时作,掀簸真差事⑬。圣人⑭于天下,于物无不容。比闻此州囚,亦有生还侬⑮。官无嫌此州,固罪人所徙。官当明时来⑯,事不待说委⑰。官不自谨慎,宜即引分⑱往。胡为此水边,神色久怆慌⑲?缸大瓶罂小⑳,所任自有宜。官何不自量,满溢以取斯?工农虽小人,事业各有守。不知官在朝,有益国家不㉑?得无虱其间㉒,不武亦不文,仁义饰其躬,巧奸败群伦㉓。"叩头谢吏言:"始惭今更羞。历官二十余㉔,国恩并未酬。凡吏之所诃,嗟实颇有之。不即金木诛㉕,敢不识恩私㉖。潮州虽云远,虽恶不可过㉗。于身实已多,敢不持自贺。"

[题旨]

泷(lóng):激流。诗中所言昌乐泷,指岭南道韶州乐昌县(今广东省乐昌市)的泷水;以其地有昌乐山,故称昌乐泷。王士禛《南来志》:"曲江城西南武溪,水自乐昌来,注于浈水,即马文渊所谓'武溪毒淫'者也。武溪中有三泷,韩退之《泷吏》诗'南行逾六旬,始下昌乐泷',今日韩泷。"(张宗柟纂集《带经堂诗话》卷十三)泷吏指当地小吏。韩愈于宪宗元和十四年(819)正月十四日离京,六十日后过昌乐泷,四月二十五日到达潮州。诗曰"南行逾六旬",推知诗当作于当年三月。

[注解]

①舂撞：冲击，冲撞。舂，通"冲"。 ②泷头：泷水岸边。 ③东吴：三国时孙权政权的辖地，相当于今长江中下游以及闽、赣、两广等地。此处借指广东韶州一带地方，三国时吴始兴郡。 ④"东吴"句：此处"游宦乡"与上文"居京邑"相对。唐人以任京官为荣，以外任为辱。东吴：一作"京都"。何焯《义门读书记·昌黎集》亦以为应作"京都"。游宦：在外做官。 ⑤底处所：何处所？什么地方？底，何。此吴地方言。 ⑥侬：自称。此亦吴地方言。无负犯：没有犯罪。 ⑦何由：由何。到而知：到那里，也知道那里的详情，指潮州。 ⑧不虞：没有料到。卒（cù）见困：仓促间被难倒，无言对答。卒，通"猝"、"促"。 ⑨使往罢（pí）：因被遣去当地而感到疲困。罢，通"疲"。 ⑩辽：远。 ⑪恶溪：河流名，即潦江。参阅《左迁至蓝关示侄孙湘》注④。 ⑫汹汹：拟声词，巨大的波涛声。此句谓流水如雷电轰鸣。 ⑬掀簸：掀动颠簸。差事：怪事。差，同"诧"。或以为差谓相左，差事即事有差池，出事故。 ⑭圣人：这里指天子——唐宪宗。 ⑮比闻：近来听说。生还侬：生还的人。此"侬"泛指人，亦为吴语。 ⑯当：正当，正逢。明时：圣明之时，指朝廷政治清明。 ⑰"事不待"句：事情不消说便知原委。此句影射犯罪被贬来之意——应上文潮州是"罪人所徙"之地。说委：细说原委。 ⑱引分：照着本分，谓引过自责。分，本分。 ⑲悢慌（tǎng huǎng）：或作"惝恍"，恍惚失意貌。 ⑳缸、罂：皆瓶类容器，瓦制品。依大、中、小分为缸、罂、瓶三种。缸，大瓮。罂，小口大腹的瓶。 ㉑不：同"否"。 ㉒得无：莫非，能不？疑问之词。虱其间：虱官于其间，犹如说在那里面作寄生虫。 ㉓"仁义"二句：谓表面上躬行仁义，实则狡猾邪恶，败坏了朝中同辈人。饰：伪装。躬：自身。群伦：同僚。 ㉔历官二十余：谓自贞元十二年受董晋之辟署为观察推官起，至今贬潮州刺史止，已二十多年。 ㉕

即：受，承当。金：刀、锯、斧、钺。木：棰、鞭、桎、梏。诛：罚。《庄子·列御寇》："为外刑者，金与木也。" ㉖恩私：指朝廷恩宠。私，偏爱。 ㉗"潮州"二句：谓潮州虽远而又非人所居。前人疑此句文字有舛误，或谓"潮州虽恶，但不可以认为是处分太过"。

[赏析]

韩愈再次远谪南疆，内心之郁郁不平，实难以避免。而这首诗借助向昌乐泷小吏问事，抒发被贬后的委屈心情，实继承屈原《渔父》、贾谊《鵩鸟赋》遗风而来。诗中借小吏之口责问：在朝为官，是否于国有益？是否仁义其外而奸巧其中？韩愈全用"怨而不怒"、"正言若反"的方式表达愤懑之情，戏谑中又流露出坚毅不屈的情志。何焯《义门读书记·昌黎集》说："最古。自讼兼望后命，亦得体。"沈德潜《唐诗别裁》卷四说："借吏言以规讽，自嘲，亦自宽解也。"他们都深刻了解韩愈此诗的用心。此外，全诗采用对话形式，用朴拙语，间杂俚语方言，其中十一个"官"字、四个"侬"字，符合小吏的身份，也体现了地方色彩，可说是韩愈求新变的另一种努力。

题临泷寺

不觉离家已五千①，仍将②衰病入泷船。潮阳③未到吾能说，海气昏昏④水拍天。

[题旨]

临泷：古县名，唐属韶州，在今广东省韶关市曲江区附近。韩愈于宪宗元和十四年（819）三月贬官赴潮阳途中作此诗。

[注解]

①"不觉"句：韩愈贬官前，家眷在京城；谪官后，家属亦被遣。家：代指长安旧宅。五千：指里数。《旧唐书·地理志》："岭南道韶州，至京师四千九百三十二里。" ②将：扶，带。 ③潮阳：唐潮州潮阳郡，今广东省潮州市潮安区。 ④海气昏昏：形容大海迷茫无边。此句与《泷吏》所言"有海无天地"正合。

[赏析]

诗人历经千辛万苦，终于越过南岭，即将到达目的地。此时想到前方，未免带有几分恐惧、几分迷茫。这首诗充分表达了疑惧交加的感情，未老先衰，心境已苍凉。

晚次宣溪辱韶州张端公使君惠书叙别酬以绝句二章

韶州南去接宣溪，云水苍茫日向西①。客泪数行元自落②，鹧鸪休傍耳边啼③。

[题旨]

次：途中停留。宣溪：水名，在韶州城南八十里。唐岭南道韶州治曲江县，今广东省韶关市曲江区西。辱：谦辞。张端公：名未详。李肇《唐国史补》卷下："（唐代）侍御史相呼为端公。"此人曾在朝中任侍御史，后出任韶州刺史。使君：即刺史。韩愈过韶州赴潮州任时，路过宣溪，张使君寄来书信叙别，勾起诗人的伤感悲情。诗约作于宪宗元和十四年（819）二、三月间。

[注解]

①日向西：太阳斜坠至西边。此三字照应题目"晚次宣溪"。　②客：行客，韩愈自称。元自落：自行落下。此启下句，意谓并非听到鹧鸪叫"不如归去"而流泪。元，通"原"。　③鹧鸪：鸟名，产于中国南方。它的鸣声悲切，类似"行不得也哥哥"。傍：靠。

兼金那足比清文①，百首相随愧使君②。俱是岭南巡管内③，莫欺荒僻断知闻④。

[注解]

①兼金：纯金，最好的黄金。清文：高雅的文章，喻张刺史的来信。　②百首相随：指韩愈自己的诗作。愧使君：不如张端公的作品好。　③"俱是"句：谓韶州和潮州都属于岭南道管辖。岭南：岭南道。　④欺：嫌弃。荒僻：指潮州。知闻：音讯，音信。

[赏析]

韩愈贬官岭外，万里孤绝一身，忽闻鹧鸪声，倍觉伤怀。"元自"、"休傍"两组虚词，使句意更深折有味，纵使鹧鸪不啼，客泪早已自落，更何况还啼叫不休呢！落寞中遇到知交的慰问，觉得分外温暖，即所谓"清文"贵于"兼金"，并希望"莫断知闻"。诗歌词意哀深，而风致绝胜。

赠别元十八协律六首（选二）

吾友柳子厚①，其人艺且贤。吾未识子时，已览赠子篇②。寤寐想风采，于今已三年③。不意流窜路，旬日同食眠。所闻昔已多，所得今过前。如何又须别，使我抱悁悁④？

[题旨]

元十八：应当是元克己，柳宗元（773—819）、白居易（772—846）之友，也是裴行立的幕僚。柳宗元有《送元十八山人南游序》，又《钴鉧潭西小丘记》云：与元克己同游，可知交情深厚。协律：即协律郎，属太常寺，掌校正乐律。韩愈于贬官赴潮州途中，元克己自桂林来访，他奉了桂管观察使裴行立之命，携带书信和药物，也捎来柳宗元的讯息。韩愈深受感动而写下六首诗相赠，约作于宪宗元和十四年（819）三月，这里选注第三、六首。

[注解]

①柳子厚：柳宗元，字子厚，河东（今山西省永济市）人。唐代杰出的思想家、散文家和诗人。贞元年间进士，参与推动"永贞革新"失败后，贬官永州司马，迁柳州刺史。韩、柳交谊匪浅，同为唐代古文运动的领导人物。　②"吾未"二句：谓未认识您之前，已拜读柳宗元赠您的文章。柳宗元《送元十八山人南游序》，序中称："元生之为学，恢博而贯统。"　③"寤寐"二句：承前二句来，表明对元十八的思慕之情。寤寐：犹言日夜。寤，醒时；寐，睡时。　④悁悁：忧愁郁闷的样子。

寄书龙城守①,君骥何时秣②?峡山③逢飓风,雷电助撞捽④。乘潮簸扶胥,近岸指一发⑤。两岩⑥虽云牢,木石互飞发⑦。屯门⑧虽云高,亦映波浪没。余罪不足惜,子生⑨未宜忽。胡为不忍别?感谢情至骨。

[注解]

①龙城:即柳州。《新唐书·地理志》:"柳州龙城郡,下。本昆州,……贞观八年又以地当柳星更名。"守:太守,一郡的长官。隋初废郡存州,州刺史即郡守。元和十年柳宗元任柳州刺史,十四年韩愈任潮州刺史。 ②"君骥"句:意谓您何时能被召回朝廷呢?隐含期盼之意。骥:骏马,代指柳宗元。秣:喂马吃粮草。 ③峡山:一名中宿峡,在今广东省清远市。 ④撞捽(zuó):袭击,碰撞。 ⑤"乘潮"二句:谓船只乘着潮水颠簸地来到扶胥,由于浪潮汹涌,有时只相距一发间,船仍无法靠岸。扶胥:地名,在广州东南郊,地已近海。唐时扶胥附近的珠江水面宽阔。韩愈《南海神庙碑》云:"扶胥之口,黄木之湾。"即指此地。 ⑥两岩:两岸的山岩。 ⑦木石互飞发:山岩上的木石被风浪所打,交互飞迸,交叉坠落的样子。 ⑧屯门:山名,在今广州市郊。 ⑨子生:指元克己的生涯和前程。元克己与韩愈相处十日后,一路相陪,不愿离去。韩愈因见风暴水险,力劝他就此止步。

[赏析]

这两首诗,皆以真挚友情取胜。不论涉及元十八或柳子厚,诗句皆直叙如话,出之以至诚。末首"峡山逢飓风"及以下七句,极写贬官途中的惊险遭遇,而归结于"余罪不足惜,子生未宜忽"。这是患难知交能处处为人着想的深情流露。

宿曾江口示侄孙湘二首

云昏水奔流,天水漭相围①。三江灭无口②,其谁识涯垠③?暮宿投民村,高处水半扉。犬鸡俱上屋,不复走与飞。篙舟④入其家,暝闻屋中唏⑤。问知岁常然,哀此为生微⑥。海风吹寒晴,波扬众星辉⑦。仰视北斗高⑧,不知路所归⑨。

[题旨]

曾江:即今增江,是东江的支流。曾江口:指增江与澄溪、九曲水相汇合流入东江的总口。诗中"三江灭无口"的"三江口"即指此。位置约在今广东省广州市增城区南。侄孙湘:参见《左迁至蓝关示侄孙湘》题旨。此诗写作期间,韩愈已上潮州刺史任,遇增江泛滥,灾民流离失所,乃有此作。诗作于宪宗元和十四年(819)。

[注解]

①漭:形容水广远之貌。相围:水与天相接,如四面合围之状。 ②"三江"句:三江泛滥,已淹没了江口。 ③涯垠(yín):涯岸,岸边。 ④篙舟:撑船。篙字作动词。 ⑤暝:黑暗处,指夜晚时分。唏:哀叹声,哀而不泣。 ⑥生微:生命过于微贱。 ⑦"海风"二句:谓海风劲吹,天气寒冷而晴朗;水波荡漾,群星的光辉倒映在其中。 ⑧"仰视"句:喻天高皇帝远,未能关怀民间疾苦。北斗:北斗星。 ⑨"不知"句:即杜甫诗"吾道将何之"之意。

舟行亡故道，屈曲高林间。林间无所有，奔流但潺潺。嗟我亦拙谋，致身落南蛮。茫然失所诣^①，无路何能还？

［注解］

①诣：往。指前去的方向。

［赏析］

这两首诗，为韩愈哀悯民生的佳作。第一首语语沉痛，写景而情在其中。诗中"问知岁常然"句，揭露当权者对人民漠不关心，末尾"不知路所归"句，写出自己彷徨苦闷的心情，实是为生民叹惋。末四句，写辽阔海景贴切入微，又借此夜色表达百姓孤苦伶仃之感，语极沉痛。第二首由灾民的痛苦生活，联想到自身被流放的处境，"亡故道"与无路可还前后相应，也令人同感伤悲。

去岁自刑部侍郎以罪贬潮州刺史乘驿赴任其后家亦谴逐小女道死殡之层峰驿旁山下蒙恩还朝过其墓留题驿梁

数条藤束木皮棺，草殡^①荒山白骨寒。惊恐入心^②身已病，扶舁沿路众知难^③。绕坟不暇号三匝^④，设祭惟闻饭一盘。致汝无辜由我罪，百年惭痛泪阑干^⑤。

［题旨］

宪宗元和十五年（820），韩愈自潮州获赦还京途中作。层峰驿：在今陕西省商南县。韩愈于元和十四年贬潮州,其后家眷也被迫南迁,途中第四女名拿,染病而死,葬于此。据作者《女拿圹铭》:"愈既行,有司以罪人家不可留京师,迫遣之。女拿年十二,病在席,既惊痛与其父诀,又舆致走道,撼顿失食饮节,死于商南层峰驿,即瘗道山下。五年,愈为京兆,始令子弟与其姆易棺衾,归女拿之骨于河南之河阳韩氏墓,葬之。女拿死当元和十四年二月二日。"又《祭女拿女文》:"呜呼!昔汝疾极,值吾南逐。苍黄分散,使女惊忧。我视汝颜,心知死隔。汝视我面,悲不能啼。我既南行,家亦随谴。扶汝上舆,走朝至暮。天雪冰寒,伤汝羸肌。撼顿险阻,不得少息。不能食饮,又使渴饥。死于穷山,实非其命!不免水火,父母之罪。使汝至此,岂不缘我?草葬路隅,棺非其棺。既瘗遂行,谁守谁瞻?魂单骨寒,无所托依。人谁不死,于汝即冤。我归自南,乃临哭汝。汝目汝面,在吾眼傍。汝心汝意,宛宛可忘。……"

[注解]

①草殡:草草殓埋。 ②惊恐入心:写病女因父亲得罪朝廷、远谪南疆的事,受到很大的惊吓刺激。 ③"扶舁(yú)"句:想象病女在途中的情况。舁:借作"舆",车子。 ④"绕坟"句:春秋时吴国延陵季子从齐国返吴,其长子已死,葬于嬴、博之间。封墓后,季子绕坟号哭三次。事见《礼记·檀弓》。此处写自己被谴先行,女儿在后面死了,连"绕坟"、"号三匝"都不可能。这是旧典新出。匝:环绕一周。 ⑤阑干:当纵横解。形容面部泪水纵横如阑干之交错。唐诗常见如此用法,如白居易《长恨歌》:"玉容寂寞泪阑干。"

[赏析]

此诗与《女拿圹铭》、《祭女拿女文》合观,当知作者的伤恸。诗旨在追述葬时、葬后情景,或得之听闻,或得之猜想,总之是女儿无辜,受父亲连累至此,悔恨心情溢于言表。人间父女本属血肉至亲,一旦天人永隔，亲情难再延续，其伤痛终究无涯无尽了。

同水部张员外曲江春游寄白二十二舍人

漠漠轻阴晚自开①，青天白日映楼台。曲江水满花千树，有底忙时②不肯来？

[题旨]

水部张员外：张籍，字文昌，时任水部员外郎，为从六品上，工部属官，掌水产、水利、水道政令诸事。（参阅《此日足可惜一首赠张籍》）曲江：曲江池，在长安城东南郊。（参阅《杏花》注③）白二十二舍人：白居易（772—846），字乐天，号香山居士。唐代著名诗人。时任中书舍人，为正五品上，掌进奏表章、起草文件诸事。二十二，排行。此诗为穆宗长庆二年（822）春，韩愈奉命宣抚镇州（今河北省正定县），回长安后与朋友间应酬的作品。

[注解]

①漠漠：形容阴云笼罩，迷蒙而广阔的样子。轻阴：薄雾。晚自开：到傍晚自然散开。 ②有底忙时：有什么事情在忙啊？底，什么。时，相当于"呀"、"啊"，为语气间歇之用。参见张相《诗词曲语辞汇释》卷一。

[赏析]

这首诗直抒胸臆，不假雕饰，颇合白居易主张诗歌创作应让老妪、童子皆懂的胃口。末句颇有谐趣，故白居易写下和篇解释了不来同游的缘由,《酬韩侍郎张博士雨后游曲江见寄》云:"小园新种红樱树,闲绕花行便当游。何必更随鞍马队?冲泥踏雨曲江头。"

送桂州严大夫

苍苍森八桂①,兹地在湘南。江作青罗带,山如碧玉篸②。户多输翠羽③,家自种黄甘④。远胜登仙去,飞鸾不暇骖⑤。

[题旨]

桂州:岭南道桂管经略使治所,今广西壮族自治区桂林市。严大夫:指严谟。其穆宗长庆二年(822)四月以秘书监为桂管观察使,例带御史大夫衔。韩愈于此时作诗送严谟,白居易、张籍亦有诗。诗题或有"赴任"二字,下或注"同用南字"。

[注解]

①森:高耸茂盛。八桂:我国神话中的月宫有八株桂树。桂州因产桂而得名,所以"八桂"就成了它的别称。《山海经·海内南经》:"桂林八树,在贲隅东。"注:"贲隅,音番隅,今番禺县。"此处韩愈取原来字义,指茂盛多桂之地。似用孙绰《游天台山赋》"八桂森挺以陵霜"语。 ②"山如"句:写桂林的山,壁立孤峙,瘦峭挺拔,形如妇女的玉簪竖立在平地上。碧玉篸(zān):碧玉的头簪。篸,同"簪"。 ③户:与下句的家,是同义复词的拆用,意即家家户户。输:进贡,缴纳。翠羽:翠鸟羽毛,名贵的装饰品。《新唐书·地理志》:"岭南道:……厥贡金、银、孔翠、犀象、彩藤、竹市。" ④黄甘:陈迩冬《韩愈诗选》

说：桂林人称其为"黄皮果"，与《汉书·司马相如传》所称"黄甘橙楱"、颜师古注引郭璞曰"黄甘，橘属，而味精楱，亦橘之类也"者，不是一物。　⑤鸾：传说仙人所乘的神鸟，可以飞升成仙。不暇骖：不需要坐骑了。骖，骖乘。

[赏析]

韩愈并未到过桂州，仅凭粗浅印象，却能写出属对工整的名句："江作青罗带，山如碧玉篸。"颇具初唐风格。韩愈以"青罗带"、"碧玉篸"形容桂林山水，一直为后世许多诗人、画家所本。全诗以桂林山水贴合严大夫，正是地灵人杰，自成一格。

早春呈水部张十八员外二首

天街小雨润如酥①，草色遥看近却无。最是一年春好处，绝胜烟柳满皇都②。

[题旨]

此诗为韩愈在穆宗长庆三年（823）春任吏部侍郎后为赠张籍而作。张十八员外：张籍。十八，排行。参阅《此日足可惜一首赠张籍》、《同水部张员外曲江春游寄白二十二舍人》。

[注解]

①天街：长安城纵贯南北的朱雀门大街。润如酥：温润如酥油。酥，乳酪品，质地光滑。　②绝胜：远远胜过。烟柳：雾轻散时所见的柳树。此处以烟形容柳。皇都：京城长安。

莫道官忙身老大①,即无年少逐春心。凭君先到江头看②,柳色如今深未深?

[注解]

①"莫道"句:韩愈时任吏部侍郎,位居要津,公务烦冗,所以说"官忙"。这年已五十六岁,所以说"身老大"。 ②凭:这里作"请"讲。江头:指曲江头。参阅《杏花》诗注③。

[赏析]

此为韩愈晚年之作,把长安早春微雨的景色,写得新鲜别致,十分难得。"草色遥看近却无"一句,对景物体察入微,成为世人传诵的名句。黄叔灿《唐诗笺注》说:"正如画家设色,在有意无意之间。"第二首写自己,兼写对方,邀请对方欣赏柳色,看得出一片闲情逸致的好心情。

枯 树

老树无枝叶,风霜不复侵。腹穿人可过,皮剥蚁还寻①。寄托惟朝菌②,依投绝暮禽③。犹堪持改火④,未肯但空心。

[题旨]

这首诗就诗意、语句看,当是晚年作品。写作时间不详。

[注解]

①剥:剥落。寻:游走其间。 ②寄托:谓寄生于枯树。朝菌:《庄子·逍遥游》:"朝菌不知晦朔。"朝菌,有人释为"大芝",有人释为

"朝蜏"；一是植物，一是昆虫。然皆有朝生暮死、生命短促的含意。此处用法，似指植物（倘指昆虫就和上句的"蚁"重复）。"朝"字与下句的"暮"相对仗。 ③"依投"句：谓老树脱尽枝叶，连鸟儿也不肯来投宿。绝：断。 ④犹堪：还能。改火：《论语·阳货》："钻燧改火。"古人钻木取火，依季节不同用不同的树材，故云。

[赏析]

　　这首诗中间两联，以四物说明枯树的无用，而第二、七句又分别以风、火来说明枯树似有用，章法整饬。末联提出"犹堪持改火"，是无用之为大用；"未肯但空心"，更是表明壮志暮年之雄心不已。树老而志不衰，颇有自寓之意。全诗有对仗工整处，亦有流畅自然处，当是韩愈晚年已臻化境之作。

南溪始泛三首

　　榜舟南山下①，上上②不得返。幽事随去多③，孰能量近远？阴沈过连树④，藏昂抵横坂⑤。石粗肆磨砺，波恶厌牵挽⑥。或倚偏岸渔，竟就平洲饭⑦。点点暮雨飘，梢梢新月偃⑧。余年懔⑨无几，休日怆已晚⑩。自是病使然，非由取高蹇⑪。

[题旨]

　　南溪：在长安城外终南山下，韩愈有庄园在溪旁。张籍《祭退之》诗曰："去夏公请告，养疾城南庄。籍时休官罢，两月同游翔。……会有贾秀士，来兹亦间并。移船入南溪，东西纵篙根。……公为游溪诗，唱咏多慨慷。"(《张司业诗集》卷七）籍又有《同韩侍郎南溪夜赏》亦云："南溪两月逐君行。"（《张司业诗集》卷六）皆述及游溪及咏诗事。句中"贾秀士"即贾岛，有《和韩吏部泛南溪》，见《长江集》卷九。韩愈此组诗为穆宗长庆四年（824）夏病中作，是年十二月病卒。

[注解]

①榜舟：行船。榜，船桨，这里用作动词。南山：即终南山，在长安城南方。参阅《南山诗》。　②上上：谓船逆流而上，前进不止。　③幽事：幽美的景物。事，物。随去多：随着前行路越来越多。　④阴沉：浓荫树枝低垂貌。连树：密排的林树。　⑤藏昂：犹言昂藏、昂扬。本指气宇轩昂、意兴勃发之状。诗中与"阴沉"对文，写沿途树木或疏或密，人在舱中，一时低头闪避，一时直起腰身，甚贴切。坂：山坡。　⑥"石粗"二句：形容粗石肆无忌惮地刮磨船底，激流逼使人牵挽行船，令人生厌。牵挽：人在岸边，分列船两侧，一起用力拉船前行。通常用在逆流而上时。　⑦"或倚"二句：有时倚着岸边捕鱼，然后到平坦的沙洲上造饭。　⑧梢梢：同"稍稍"，形容微小。新月偃：黄昏月初升时，月弧面向西边日落的方向，有如偃卧状。　⑨懔：感到恐惧。　⑩休日：退休的时候。怆：感到悲伤。　⑪"非由"句：谓不是要自抬身价、博取隐居的名声呀！高蹇：高卧、高蹈，喻归隐。

南溪亦清驶，而无楫与舟①。山农惊见之，随我观不休。不惟儿童辈，或有杖白头。馈②我笼中瓜，劝我此淹留③。我云以病归，此已颇自由。幸有用余俸，置居在西畴④。囷仓⑤米谷满，未有旦夕忧⑥。上去无得得，下来亦悠悠⑦。但恐烦里间，时有缓急投⑧。愿为同社人⑨，鸡豚燕春秋⑩。

[注解]

①"南溪"二句：谓向来没有船行驶过南溪，韩愈泛舟南溪是创举。清驶：清澈流急。驶，疾，快。楫：船桨。 ②馈：饷，赠送。 ③淹留：久留。 ④西畴：西边的田亩。意本陶潜《归去来分辞》："农人告余以春及，将有事于西畴。"此处"西畴"示退居意，并不实指。畴，已耕地。 ⑤囷（qūn）仓：粮仓。囷，圆形粮仓。 ⑥旦夕忧：指平日生活困乏。旦夕，早晚之间，犹言日常。 ⑦上去：与下句"下来"分指居官、退职。得得：尤焴《全唐诗话》引贯休诗："千水千山得得来。"注："得得，唐人方言，犹特地也。"张相《诗词曲语辞汇释》卷四："得得，犹特特也。"引申为得意、自得貌。与下句"悠悠"义同，悠闲自得貌。 ⑧"但恐"二句：谓只恐自己时常有紧急之事，麻烦乡里近邻。里闾：同"闾里"，乡里。缓急：偏义复词，指紧急之事。投：奔投，冀得援助。 ⑨同社人：指同村庄的人。古时有春社、秋社，在立春、立秋后第五个戊日，备妥牺牲祭拜土地神。春社祭祀土地以祈农作，秋社祭祀土地以酬收获。 ⑩燕春秋：春社、秋社日的聚饮。燕，同"宴"，宴享，宴饮。

足弱不能步，自宜收朝迹①。羸形有舆致②，佳观③安可掷？即此南坂下，久闻有水石。拖舟④入其间，溪流正清激。随波吾未能，峻濑乍可刺⑤。鹭起若导吾⑥，前飞数十尺。亭亭柳带沙，团团松冠壁⑦。归时还尽夜⑧，谁谓非事役⑨？

[注解]

①收朝迹：结束政治生活，身不入朝廷。 ②羸形：瘦弱的身形。舆致：乘竹轿而往。舆，本谓车厢，此处转义为轿子。 ③佳观：对美景的欣赏。王羲之《十七帖》："吾前东，粗足作佳观。吾为逸民之怀久矣。" ④拖舟：《汉书·严助传》："拖舟而入水。"颜师古注："拖，曳

也。" ⑤峻濑:陡峻的石濑。濑,从沙石上流过的急水。乍可:张相《诗词曲语辞汇释》卷一:"犹宁可也。……言不甘随波浮沈,宁可刺船以进也。"刺:刺船,撑船。 ⑥"鹭起"句:古人常以白鹭、沙鸥比喻在野,这里说"若导吾",喻归隐山水。 ⑦"亭亭"二句:亭亭而立的杨柳像衣带般在沙岸边矗立,圆圆如盖的松树像帽子般在山壁上罗列。⑧还尽夜:已经夜深了。还,已经。尽夜,夜将尽了。张籍《祭退之》诗:"月中登高滩,星汉交垂芒。钓车掷长线,有获齐欢惊。夜阑乘马归,衣上草露光。" ⑨非事役:不是大事情。

[赏析]

韩愈因病告假,病中于终南山下小溪边怡情遣兴,度过清静晚年。这三首诗写弃舟登岸,与山农闲话的经过。诗风已尽变过去豪放雄健的风格,转为清远闲淡,自得所适。诗句对偶工巧,"阴沈过连树,藏昂抵横坂"、"亭亭柳带沙,团团松冠壁"数句尤为佳例。"石粗肆磨砺,波恶厌牵挽"、"鹭起若导吾,前飞数十尺"数句,则非亲历其境者不能道。至于"随波吾未能,峻濑乍可刺",再次表明"倔强人到老气概"(方世举《昌黎诗集编年笺注》),依旧令人叹服。个性刚直耿介如昔,而语言转趋平淡闲远,正是昌黎晚年写照。

重要参考书目

陈迩冬. 韩愈诗选 [M]. 北京：人民文学出版社，1984.

陈克明. 韩愈年谱及诗文系年 [M]. 成都：巴蜀书社，1999.

高步瀛. 唐宋诗举要 [M]. 台北：广文书局，1962.

黄永年. 韩愈诗文选译 [M]. 台北：锦绣出版公司，1992.

罗联添. 韩愈研究 [M]. 台北：学生书局，1981.

罗联添. 唐代四家诗文论集 [M]. 台北：学海出版社，1996.

罗宗强，郝世峰，李剑国，等. 隋唐五代文学史 [M]. 北京：高等教育出版社，1994.

马其昶. 韩昌黎文集校注 [M]. 台北：河洛图书出版社，1975.

钱仲联. 韩昌黎诗系年集释 [M]. 上海：上海古籍出版社，1984.

屈守元，常思春. 韩愈全集校注 [M]. 成都：四川大学出版社，1996.

孙昌武. 韩愈选集 [M]. 上海：上海古籍出版社，1996.

汤贵仁. 韩愈诗选注 [M]. 台北：建宏出版社，1996.

王基伦. 韩柳古文新论 [M]. 台北：里仁书局，1996.

王军. 韩孟诗派选集 [M]. 北京：北京师范学院出版社，1993.

宇文所安. 中国"中世纪"的终结：中唐文学文化论集 [M]. 陈引驰，陈磊，译. 田晓菲，校. 北京：生活·读书·新知三联书店，2014.

章培恒，骆玉明. 中国文学史［M］. 上海：复旦大学出版社，1996.

张清华. 韩愈诗文评注［M］. 郑州：中州古籍出版社，1991.

张清华. 韩愈研究［M］. 南京：江苏教育出版社，1998.

张清华，韩存仁. 韩愈大传［M］. 郑州：中州古籍出版社，2003.

止水. 韩愈诗选［M］. 台北：远流出版公司，1988.

邹进先. 韩愈诗文译释［M］. 哈尔滨：黑龙江人民出版社，1985.

清水茂. 韩愈［M］. 东京：岩波书店，1958.

原田宪雄. 韩愈［M］. 东京：集英社，1965.